씨앗이 떨어
지는 곳

씨앗이 떨어
지는 곳

나는 꺼져가는 불씨가
그 무엇보다도 눈부셔.

김태우 지음

바른북스

목차

물감 *6*

슬픈 하시 *48*

소중한 심지 *68*

아기 새가 만나게 될 숲을 바라보는 것은 우리다 *182*

물감

...

 어느새 잠이 들어버렸나 보다. 무거워진 나의 몸이 느껴진다. 눈을 떠서 주변을 살폈다. 역시 평소처럼 아무것도 보이지 않는다. 너무 피곤해서 다시 눈을 감아버렸다. 바닥에 닿은 팔과 배의 감촉을 보니, 나는 바닥에 엎드려 있는 듯했다.
 오늘이라면 왠지 엄마를 만나러 갈 수 있을 것 같은 느낌이 든다. 엄마가 그립다. 엄마의 품에 파고들어 눈을 감고 싶다. 지난 며칠 동안 엄마의 얼굴을 한 번도 보지 못했기 때문에.
 그래도 일주일에 한 번씩은 꼭 아빠가 나를 엄마에게 데려간다. 그날이 오늘이었으면 좋겠다.

...

 눈을 떴다. 또 잠이 들어버렸다. 아쉽게도 아빠는 나를 엄마에게 데리고 가지 않았다. 그 후로 또 언제 잠이 든 것인지 모르겠다.

나는 자리에서 일어난 뒤 한 방향으로 쭉 걸어갔다. 몸이 무거웠다.

'쿵'

내 코가 벽에 부딪히자 벽을 만지며 또다시 한 방향으로 걸었다.

앗. 왼쪽 발바닥에 무언가가 짓눌렸다. 언제쯤 벽에 도달할까, 생각하다가 내가 싸놓은 똥을 밟아버렸다. 질퍽한 정도로 봐서는 하루 이상의 시간이 지난 것 같다. 아마 아빠가 마지막으로 나가고 바로 싼 똥일 가능성도 있었다. 재수가 없는 날이라고 생각했다.

...

어두운 배경에 나와 엄마가 마당에서 뛰어노는 모습을 그려보았다. 엄마를 따라서 풀숲을 뛰어다니다가 순식간에 나를 휘어 감았던 꽃밭에 기분이 좋아졌던 기억이 난다. 엄마는 앞질러 뛰어가다가 멈춰 서서 나를 돌아보았다.

엄마의 웃는 얼굴이 아직도 기억난다. 어둠 속에서도 엄마의 어두운 웃음은 빛이 난다.

일어났다.

일어나서 가만히 생각을 해보니 내가 어느 방향에서 걸어왔는지 기억이 나질 않았다. 짜증이 났다. 나는 아무 방향으로 확 걸어버렸다. 하지만 나의 선택은 실패로 돌아갔다. 오른쪽 앞발에 농도가 묽은 것이 짓눌렸다.

...

 '끼익-'

 아빠가 문을 열고 들어온다. 나는 신이 났다. 아빠가 저 물건을 들고 방으로 들어온다는 것은, 곧 엄마에게 간다는 뜻이다. 드디어 엄마를 볼 수 있다.

 아빠를 따라서 문밖으로 나갔다. 나가자마자 왼쪽을 올려다보았다. 긴 계단이 위를 향해 쭉 뻗어 있다. 저 끝으로부터 닿는 바깥세상의 빛이 작은 별처럼 보였다.

 아빠가 문을 열어주자 엄마의 모습이 나의 눈에 들어왔다. 엄마는 놀란 듯이 구석에 쪼그리고 앉아서 뜬금없이 열린 문을 바라보고 있었다. 엄마의 얼굴은 피곤해 보였다. 그렇지만 나는 너무 반가운 나머지 곧장 엄마에게로 달려갔다. 내가 엄마에게 거의 다 도착했을 때 엄마도 나를 향해 밝게 웃었다. 그대로 엄마에게 안겼다. 엄마의 품에 얼굴을 파묻고 눈을 감았다.

 그 어둡고 우울한 방에 있다가 만나는 엄마의 품이란, 한동안 땅만 보며 하늘을 보지 못하던 누군가가 장엄한 일출을 보는 것과 비슷할 것이라고 생각한다. 엄마와 함께 있게 되었을 뿐인데 나의 심장 자체가 물들었다.

 엄마의 품에 안긴 채 한쪽 눈만 꺼내서 아빠를 보았다. 아빠는 뭐가 그리 바쁜지 나를 엄마의 방에 데려다주고는 곧바로 철컥, 하고 문을 닫았다.

 나는 이제 아빠가 어디로 갈 것인지 안다. 아빠는 내 방으로 갈 것이다. 내 방에 있는 많은 똥을 치워야 하기 때문이다. 그것이 내가 엄마를 만날 수 있는 유일한 길이다. 아빠가 내 방을 청소할 때만 엄마를 만날 수 있다는 것이 슬프다. 그래서 평소에 일부러 똥의 양을 조절하며 여기저기 싸놓거나, 엄마를 만나고 싶은 생각이 많아지면 일부러 그 위에서 구른 다음 몸을 털어서 흩뿌리기도 했다. 앞발을 깨물어서 피를 뿌려보기도 했다. 너무 아팠지만.

어디든지 자신의 힘으로 갈 수 있는 사람이 되고 싶다. 아직 나에게는 역부족이다.

엄마는 나의 머리를 부드럽게 쓰다듬어 주었다. 엄마의 품에서 녹아버린 나는 이제 움직일 수조차 없어졌다. 딱히 움직일 필요가 없는 것 같기도 하다.

엄마에게 왜 예전처럼 마당에서 뛰어놀 수 없냐고 물어보았다. 엄마는 그저 아빠가 슬프기 때문이라고 했다.

엄마의 숨소리가 나의 귓구멍에 그대로 들어왔다. 엄마의 숨소리를 가만히 듣고 있었다. 엄마는 나에게 곧 밖으로 나갈 수 있다고 말해주었다. 사실 엄마를 만날 때마다 듣는 말이지만 나는 그 말을 듣고 한 번 더 마음이 놓였다.

'끽-'

다시 방으로 돌아온 아빠는 나와 엄마를 떼어냈다. 엄마는 별다른 반응을 보이지 않았다. 나는 그 자리를 떠나기 싫어서 힘으로 버텨보았지만 결국 아빠의 힘에 못 이겨 함께 내 방으로 갔다.

"엄마의 품에 안겨 있는 것이 너무 좋지? 그건 사랑이라고 하는 거야. 아빠가 그 사랑을 잃어버리지 않게 도와주는 거야."

아빠가 말했다.

나의 진짜 아빠는 어디로 갔을까? 바깥세상? 하늘나라? 아니면 우리와 같이 이곳에 있을까?

...

친구가 놀러 왔다. 마침 그 녀석은 또 언제 오는 거지, 하고 생각하고 있었는데.

사실 처음 친구를 만났을 때는 깜짝 놀라 소리를 질렀다. 어두운 방의 구석에서 어느새 나를 빤히 쳐다보고 있는 커다랗고 동그란 눈이 나를 소름 끼치도록 만들었다. 너무 무서웠다.

친구는 내 방이 더럽다고 했다. 그래서 나는 내 방이 보이냐고 물어봤다. 친구는 자기는 다 보인다고 했다. 이렇게 어두운데 뭐가 보인다는 건지.

"엉망이야."

친구가 말했다.

나도 밖으로 나가서 예전 같은 삶을 살고 싶다. 하지만 나는 아빠의 말을 잘 들어야 하기에. 아빠의 마음을 저버리고 싶지는 않다. 아빠가 우리에게 알려주려는 그 무언가를 놓치고 싶지 않다.

나는 아빠에게 우리 아빠가 어디로 갔냐고 몇 번이나 물었지만, 아빠는 대답이 없었다.

...

오늘은 평소보다 덜 맞았고, 바늘에도 찔리지 않았다. 아빠는 힘이 빠져버렸는지 도중에 방을 나가버렸다. 아팠다. 하지만 나는 아빠의 말을 들어야 한다. 아빠를 사랑한다.
친구가 나에게 다가와서 괜찮냐고 물어보았다. 나는 괜찮다고 했다. 친구는 이해할 수 없다는 눈으로 나를 바라보았다.

...

나는 아빠를 뒤따라가고 있었고, 아빠는 빠르게 걷고 있었다. 정말 그렇게 더운 날에 아빠를 따라가느라고 힘들었다. 코가 화끈거렸고, 침은 입에서 계속 떨어졌다.
향한 곳은 우리 집 뒷산이었는데 어느 날 같이 오르게 되었다. 아빠는 우리 엄마를 마당에 묶어놓고 나만 데리고 산을 올랐다. 여름이었기 때문에 나도 혀를 쭉 내밀고 헥헥, 숨을 쉬었고, 아빠도 힘들었을 거다. 반팔 티셔츠를 입고 있었는데 땀에 다 젖었으니까.
아무튼, 계속해서 나오는 나뭇잎들을 뚫고 아빠를 따라가다 보니까 금방 정상에 도착했다. 뒷산은 그렇게 높은 산이 아니라서 금방 올라갔다.
저 멀리 지평선이 보였다. 정상에는 바위로 된 평평한 공간이 있었고, 바위틈이랑 절벽 아래에서 풀과 나무가 많이 자라서 바위 위까지 자라 올라 있었다.
바위에 앉아서 잠시 쉬고 있는데 아빠가 내 옆에 앉았다.
"우리 오늘 여기서 죽을까?"
내가 왜 그러냐고 물었지만, 아빠는 그저 내 머리를 쓰다듬을 뿐 내 말을 못 알아듣는 것 같았다. 당황했지만 아빠 입에서 그런 말이 왜 나왔는지는 이해가 됐다. 이상하지는 않았다.

그때 아빠는 항상 종이에 무언가를 적어 내려가며 눈물을 흘렸다. 그런 표정을 자주 봤었다. 그때도 그 표정을 짓고 있었다. 입술 양쪽 끝이 아래로 내려가 있었다.

"다른 인간들, 역겨워."

아빠가 자리에서 일어나 절벽 끝으로 터벅터벅 걸어갔다. 나는 놀라서 아빠의 바짓가랑이를 물었다. 그런데 아빠가 다시 그 자리에 털썩 앉아버렸다. 그리고는 혼자 중얼거렸다.

"이제는 사랑까지 나를 버렸어."

아빠는 나를 바라보더니 엄마가 더는 우리를 사랑하지 않는다고 했다. 또 나의 귀를 만지작거리다가 아플 정도로 꽉 움켜잡았다. 그 상태로 내 눈을 쳐다보면서 사랑이 없는 세상에서 어떻게 살아가야 하냐고 말했다. 나는 겁이 나서 가만히 있었다. 아빠의 눈알이 이상할 정도로 위로 올라갔었다.

우리는 곧 집으로 돌아왔다. 아빠는 산을 오를 때보다 훨씬 빠른 속도로 내리막길을 내려갔고 나도 당연히 아빠를 따라서 뛰어 내려갔다.

나무들 사이로 보이는 하늘은 정말 예뻤다. 하늘이 지평선에 가까워질수록 점점 녹아내리고, 짙어지는. 아주 아름다웠다.

집으로 돌아온 나는 거실에 가만히 앉아 있었는데 맛있는 냄새가 나서 주방으로 가봤다. 아빠가 서서 요리를 하는 거다. 나는 그때가 되어서야 새엄마가 없어졌다는 사실을 알았다. 아빠에게 걸어가서 코로 아빠의 다리를 건드렸다. 아빠는 나를 내려다보고는 엄마가 가버렸네, 라고 말했다.

아빠의 젓가락이 접시에 닿는 소리만이 안방을 채웠다. 아빠는 밥을 먹으면서 다시 혼자 입을 열었다. 이해할 수 없는 어떤 말들을 혼자 계속해 나갔다. 나는 그저 아빠의 말을 듣고 있었다. 이해는 되지 않았다.

아빠는 밥을 다 먹고 커다란 종이를 벽에 붙였다. 새엄마가 있을 때는 몰래몰래 썼었는데, 이제는 아예 벽에 붙여놓고 글을 써 내려갔다.

10분 정도 썼을까. 아빠는 연필을 옆으로 툭, 던지고 자리에서 일어났다. 한숨을 푹 쉬고는 수건을 가지고 혼자 욕실로 갔다. 너는 바깥세상으로 안 나가봐서 모르겠지만 우리 집은 씻기 위해서는 밖으로 나가서 욕실이 있는 다른 건물로 들어가야 하거든, 그래서 아빠는 현관문을 열고 마당으로 나갔다. 나는 아빠가 씻으러 간다고 생각하고 내 밥그릇을 핥으면서 방에 있었다.

갑자기 벽에 붙여놓은 종이가 궁금한 거다. 도대체 무슨 말을 써 놓았는지. 그래서 그 종이 앞으로 가봤다.

"아아아악!!!"

나는 사람들의 글을 읽을 줄 몰라서 그저 종이를 들여다보고 있었는데 밖에서 아빠의 소리가 들렸다. 나는 얼른 현관으로 달려가서 마당을 봤다.

아빠가 땅에 머리를 박고 울고 있었다. 깜짝 놀랐다. 이 세상 모든 고통이 아빠의 몸으로 달려 들어간 것처럼. 나는 코로 문을 열고 아빠에게 달려가서 옆에 앉았다. 아빠를 가만히 쳐다보았다. 자동차들이 지나가면서 어둠 속에서 웅크리고 있는 아빠의 윤곽을 보여주었다. 아빠는 머리를 쥐어뜯고 있었고 이미 허벅지랑 머리카락에는 흙이 엄청 묻어 있었다.

나는 결국 코로 아빠의 어깨를 툭 건드렸다. 아빠는 고개를 천천히 들더니 나에게 고개를 돌렸다. 아빠의 눈에 초점이 풀려서 어디를 보고 있는지 잘 알 수가 없었다.

나중에 정신을 차려보니까 나는 마당에 누워 있었다. 혀가 입 밖으로 나와서 땅에 닿아 있었고, 땅바닥이 내 볼에 딱 붙어 있었다. 내 볼에는 흙이 잔뜩 묻었다. 자리에서 일어나려고 했는데 배가 너무 아픈 거다. 나는 내가 맞았다는 것을 알았다.

다시 현관으로 살금살금 걸어갔는데 안방에 아빠가 누워 있는 모습이 보였다. 땀에 젖었던 티셔츠를 그대로 입고, 이불을 뒤집어쓰고 자고 있었다. 흙도 묻어 있을 텐데.

나는 배가 너무나 아파서 욕실로 천천히 돌아갔다. 감히 집 안으로 들어갈 엄두가 안 났다.

살짝 열려 있는 욕실 문을 툭 밀어서 열었다. 철문 소리가 욕실 안에 울렸고, 안으로 들어갔다.

음… 일단 너무 어두워서 아무것도 보이지 않았고 피 냄새가 났던 것 같다. 저 욕실 안쪽에서는 물이 뚝뚝 떨어지는 소리만 들렸다. 갑자기 뭔가가 튀어나올까 봐 경계하며 정말 살금살금 들어갔다. 또 한 번 자동차가 지나가면서 욕실 안에 불빛이 확 달려 들어왔는데, 엄마가 누워 있는 모습이 보이는 거다. 분명히 엄마였다. 진짜 엄마 말고 새엄마.

나는 욕조 옆으로 가서 엄마를 불렀다. 대답이 없었다. 움직임도 없었다. 그저 욕조에 물방울이 떨어지는 소리만 들릴 뿐. 나는 엄마에게 가까이 가서 얼굴을 봤다. 엄마는 금방이라도 눈을 뜰 것 같았다. 엄마의 손을 물고 흔들었는데 아무런 반응이 없었다. 게다가 손은 차가웠고. 엄마를 깨우기 위해 짖어도 보았고 손을 세게 물어보기도 했지만 일어나지 않았다. 엄마의 손을 놓으려고 할 때 자동차가 한 대 더 지나갔다. 그런데 엄마의 손목에 무슨 벌레 같은 것이 붙어 있는 거다. 나는 그 벌레를 떼려고 엄마의 손을 놓고 곧바로 손목을 핥았다. 그런데 피 맛이 강하게 났다. 그 부분을 다시 자세히 보니 엄마의 손목이 갈라져 있었다.

나는 소리를 질렀다. 그건, 짖은 것이 아니다. 울부짖었다.

분명히 나는 욕실 밖으로 도망가야 하는데 누군가 나의 정신을 꽉 붙들고 있는 것처럼 온몸이 움직이지 않았다. 정말 아무 생각도 들지 않았다. 그렇게 나는 욕실 바닥에 주저앉았다.

우는 것을 멈추고 멍하니 엄마를 바라보고 있는데 갑자기 현관에서 소리가 들리는 거다. 나는 다 젖어버린 엉덩이를 들지도 못하고 가만히 있었다.

그러다가 갑자기 머리에서 진동이 느껴졌다. 그리고는 잘 모르겠다. 그냥 몸이 붕 뜨더니 잠시 정신을 잃은 것 같다. 일어나 보니 또 마당에 누워 있었다. 일어나서 내 앞에 보이는 사람의 얼굴을 보니까, 아빠다. 아빠는 주먹으로 내 머리를 내리쳤고 다시 나의 배를 발로 찼다. 배를 맞은 나는 다시 눈을 질끈 감았다. 어둡던 세상이 새하얗게 변하면서 나는 또 쓰러졌다.

• • •

바깥세상과 아빠의 이야기를 해달라고 졸라대는 친구에게 이야기를 해주었더니 이제는 그 이야기들을 바탕으로 새로운 질문들을 한다. 참 귀찮다. 일단 아직까지는 친구의 질문을 무시하고 있다.

• • •

문이 열린다. 방 안으로 무언가가 떨어졌고 나는 그곳으로 걸어간다. 오이였다. 오늘이라고 해야 하나. 지금의 메뉴는 오이다. 오이를 씹고 있는데 다시 아빠가 문을 쾅 하고 연다. 그러고선 나에게 성큼성큼 다가온다. 나는 너무 놀라서 입안에 있던 오이를 뱉었다. 아빠는 머리카락을 한번 쓸어 넘기고는 내 앞에 섰다. 뭔가가 못마땅해 보였다. 나는 울부짖는다.

숨이 안 쉬어진다. 어둡던 방이 밝게 변하고 있다. 배가 아픈 것을 보니 아빠가 나의 배를 발로 찬 것 같다. 나는 바닥에 꼬꾸라져 있었다. 욕실 앞에서 어느 순간 정신을 차려보니 마당에 누워 있었다. 그때의 느낌과 똑같다. 너무 아파서 눈물이 나온다.

"낑낑거리지 마."

자동으로 터져 나오는 비명을 참았다. 갑자기 세상이 번쩍, 하고 환해졌다. 귀에는 삐- 소리만이 들린다. 나는 또다시 뒤로 날아갔고, 아빠의 주먹이 연속으로 나에게 쏟아진다. 옆에서 친구가 아빠에게 소리를 지르며 말렸지만, 아빠에게 친구는 안중에도 없었다. 나는 친구에게 괜찮다고 했다.

나의 머리가 의자에 처박혔다. 움직일 힘이 남아 있지 않아서 가만히 누워 있는데 아빠가 나의 목을 조르며 앞뒤로 흔들었다. 혀가 입 밖으로 튀어나와 찰랑찰랑 흔들렸다. 아빠는 이를 꽉 깨물고 당장이라도 죽이고 싶은 목소리를 냈다.

옆방에서 엄마가 필사적으로 짖는 소리가 들린다. 아빠는 그런 엄마의 소리를 들었는지. 나를 땅에 던진 뒤 곧장 엄마 방으로 향했다. 떨어진 나는 그대로 바닥에 누워 있다. 배가 아프다.

...

엄마의 품은 따뜻하다. 엄마가 울퉁불퉁해진 나의 머리를 핥아주며 눈물을 흘린다. 나는 엄마에게 괜찮다고 했다. 아빠의 방 청소가 오래 걸리도록 일부러 똥을 여기저기에 싸놓았다. 똥을 싸고 그 위에 오줌을 싸서 똥물을 만들었고 그 위에서 구른 뒤 반대쪽으로 가서 또 굴렀다. 방 여기저기에 묻어 있다. 아빠는 내 방을 보고 짜증이 났는지 빗자루로 나를 몇 대 때리고 나의 목덜미를 잡아서 엄마의 방에 던져 넣었다.

엄마가 내일이 바로 우리가 밖으로 나가는 날이라고 했다. 나는 엄마의 말을 듣고 신이 났다. 엄마는 내일 아빠와 직접 대화를 할 테니, 대화가 끝나면 함께 계단을 올라가자고 했다. 나는 기뻐서 알겠다고 하며 언제 다시 돌아와야 하냐고 물었다. 엄마는 다시 돌아오지 않아도 된다고 했다. 그럼 아빠는 어떻게 해야 하냐고 물었다. 엄마는 다른 말 없이 그저, 나가서 다른 꽃밭을 찾아보자고 이야기했다. 우리는 잘 살 수 있다고. 나는 잘 사는 것이 어떤 것이냐고 물었다.

'뚜벅뚜벅'

아빠가 들어온다. 나와 엄마는 동시에 대화를 멈추었다.

'쾅'

아빠가 문을 열었다. 아빠는 다시 나를 방으로 데려갔다. 내 방에 들어가자 구석에서 커다란 눈 2개가 나를 죽일 듯이 노려보고 있었다. 나는 순간 소름이 돋았지만, 곧 친구의 눈이라는 사실을 알아채고 꼬리를 흔들며 친구에게 다가갔다. 그리고는 친구의 앞에 서서 잘 산다는 것이 어떤 것인지 물어보았다. 친구는 대답이 없었다.

...

'뚜벅뚜벅'

자고 일어나서 친구와 이야기를 하며 놀고 있는데, 아빠의 발소리가 들린다. 발소리는 점점 커지더니 내 방 앞에 멈췄다. 나는 친구와 함께 숨소리도 내지 않고 침묵했다.

문이 열린다. 그 순간 엄마의 방 쪽에서 엄마가 큰 소리로 짖는 소리가 들려왔다. 아빠는 방문을 열다가 그대로 엄마 방으로 걸어갔다. 엄마의 방문이 열리는 소리가 들렸다.

…방문이 그대로 열려 있다.

나는 문으로 걸어갔다. 심장이 뛰는 것이 느껴졌다. 문틈으로 고개를 살짝 내밀고 왼쪽을 올려다보았다. 계단 저 끝에서 자그마한 별이 나를 보고 있다.

지금 뛰어나가면 아빠가 나를 잡지 못하겠지, 나는 생각했다.

그래.

문밖으로 나왔다. 계단으로 다가가 첫 번째 칸에 앞발을 올렸다. 지금 뛰면 나갈 수 있다. 지금 뛰면 나는 자유다. 더는 맞지 않아도 된다. 발에 피가 나지 않아도 된다.

나는 계단을 올라가기 시작했다. 그런데 엄마의 방에서 흘러나오는 소리가 내 귀에 닿았다. 엄마의 비명이다.

고통이 가득 찬 엄마의 목소리. 분명 아빠에게.

나는 멈추었다. 엄마의 비명은 아윽, 아윽, 하며 짧았다가 고통스럽게 길어졌다가를 반복했다. 나는 아빠가 엄마의 방에서 나오면 나의 방으로 갈 것을 알고 있다. 나의 손에는 또다시 구멍이 뚫릴 것이다. 내가 없어진 사실을 알면 아빠는 엄마를 죽일 가능성이 있다.

결과적으로 엄마를 죽인다고 해도, 죽음 전까지, 아빠는, 엄마를, 고통스럽게 괴롭힐 것이다. 괴로움 끝에 만나는 죽음이 엄마를 집어삼킬 것이다. 지금 달려서는 절대로 안 된다.

나는 다시 계단을 내려갔다. 내 방문 앞에 서자 엄마의 소리가 더욱 가까이 들린다. 살짝 열린 문틈으로 다시 들어가기 위해 고개를 넣는 순간 엄마의 방문이 벌컥 열린다. 나는 깜짝 놀라서 엄마의 방에서 나온 아빠를 바라보았다. 나를 본 아빠도 화들짝 놀라서 나에게 달려온다. 나는 소리를 지르며 방 안으로 달려 들어갔다.

방구석에서 친구가 동그란 눈으로 아빠를 노려보고 있었다. 나는 친구의 옆으로 가서 꼬리를 내리고 나에게 달려오는 아빠를 가만히 지켜보았다. 너무 무섭다. 금방이라도 오줌을 쌀 것 같았다. 아빠는 나의 목덜미를 잡고 구석에 있는 의자로 끌고 간다. 나는 싫어서 소리를 질렀다. 친구는 어느새 아빠를 마구 때리고 있었다.

하지만 별로 효과가 없는 듯했다. 아빠는 미동도 없었다. 친구에게는 고마웠지만, 누구도 아빠를 막을 수 없다는 것을 나는 알았기에 상처 역시 받지 않았다.

아빠는 나를 의자 위에 올려놓고 재봉틀을 작동시켰다. 나는 움직일 수가 없었다. 예전에 의자에서 달아났다가 더욱더 아빠의 화를 키운 적이 있었기 때문이다. 재봉틀은 책상을 넘어뜨리기라도 할 듯이 움직이며 요란한 소리를 내기 시작했다. 나는 빠르게 움직이는 바늘을 바라보았다. 바늘은 아무런 표정이 없었다. 아빠는 나의 앞발을 잡고 바늘로 가져간다. 아빠의 손에는 엄마의 피가 묻어있었다. 아빠는 나에게 말했다.

"저주받은 우리는 감정이라는 것을 잊어야 해. 마치 나무처럼. 내가 무뎌지게 해줄게. 지금 이 순간. 네가 이 세상에서 가장 마음 편한 존재야. 아빠 덕분이라고. 모든 감각을 잊게 되면 비로소 편해지지."

'다다다다다'

바늘이 웃는다. 이 웃음은, 나를 향한 놀림인가. 아니면 자신이 다시 달리게 됐다는 것에 대한 희열인가.

친구가 아빠의 팔을 잡았지만, 아빠는 친구를 느끼지 못하는 것 같다. 나는 친구에게 괜찮다고 했다.

"낑낑, 거리지. 마. 이기적인… 내가 지금 도와주잖아."

'푹푹푹푹푹푹푹푹푹'

재봉틀의 요란한 소리에 나의 비명이 묻히는 것이 느껴졌다. 바늘이 나의 피부를 뚫는 것이 고스란히 느껴진다. 고개를 마구 흔들며 친구를 보았다. 친구는 아빠의 목을 조르고 있었다. 나는 친구에게 목이 졸리는 아빠를 쳐다보았다. 재봉틀 소리 때문에 희미하게 들렸지만, 아빠는 분명히 흐흐흐, 거리며 웃고 있었다.

결국 아빠의 팔을 물었다. 아빠는 소리를 지르며 주먹으로 나의 귀를 때렸다. 정신이 없었다. 귀에서 '삐-' 소리가 났고, 책상이 넘어지면서 나는 바닥으로 떨어졌다. 손에 구멍이 여러 개 뚫려서 쉽게 일어설 수가 없었다. 저 멀리서 엄마가 짖는 소리가 들린다. 엄마의 목소리는 작아져 있었다.

"저 개새끼가."

아빠는 벽에 기대서 나에게 물린 팔을 꽉 잡고 있다. 아빠의 팔에서 흐르는 피를 보고 곧바로 아빠에게 미안하다고 생각했다. 나에게 가르침을 주려고 하는 것인데… 아빠는 나를 쳐다보고는 천천히 일어나 방에서 나가려 한다. 나는 떠나려고 하는 아빠를 붙잡으려고 아빠를 불렀다. 아빠는 어깨를 들썩, 하며 놀라고는 문을 닫았다.

...

이 언덕이 어디에 있는 언덕인지, 내가 왜 이곳을 걷고 있는지. 자세히는 모르겠다. 무성히 자란 갈대숲 가운데 길 하나. 나는 그 길을 따라 걷고 있다.

나는 그만 걸음을 멈췄다. 안개 속에서 눈을 감았다.

두려웠다.

나의 감정이 두렵다.

내가 두렵다. 다른 존재들이 더 존재할까 무섭다. 앞으로 쪼그려 앉아 눈을 감고 가만히 주변을 들었다. 안개 방울들이 하나하나 내 옆을 지나가는 모습을 상상한다. 어떤 방울들은 나의 뺨에 닿기도 할 것이다. 어딘가부터 여행을 떠나온 차가운 안개 방울을 느낀다. 그들은 흥미로운 여행을 떠난 삶을 살고 있을까, 머물 곳이 없는 비참한 삶을 살고 있을까. 나는 한숨을 내쉬며 그 자리에 그대로 누워버렸다. 눈을 감은 채 갈대들이 서로 부딪히는 소리에 집중한다.

무언가가 나의 오른쪽 뒷발을 꽉 잡는다. 나는 어느새 멍해져 있었는지 갈대가 내 뺨을 때렸을 때 내가 공중에 떠 있다는 것을 깨달았다. 다리를 잡힌 것은 알았지만 딱히 신경을 쓰지는 않았다.

뭔가가 나를 잡아들고 빠르게 달리고 있다. 나는 공중에서 고개를 돌려 그 존재를 보려고 했다. 고개를 틀려는 순간 그 존재는 나를 그대로 땅바닥에 처박았다. 나는 내동댕이쳐졌고, 머리가 땅에 부딪혔다. 정신이 없고, 두렵도록 거대한 진동만이 나를 지배했다. 나는 어지러운 정신을 애써 유지하며 다시 일어나 그 존재를 보려고 했다. 성공적으로 고개를 들었지만, 눈이 피로 덮이는 바람에 잘 보이지 않았다. 나의 옆에 서 있는 어떤 거대한 검은 형태만이 인식되었다. 나는 그 형태를 보려고 애썼다. 검은 형태가 왼쪽으로 휙 하고 돌았다. 나는 다시 바닥에 처박혔다. 소리를 질렀다. 나의 오른쪽 머리가 다시 한번 진동한다.

괴물은 한 번 더 나를 번쩍 들고 풀숲으로 던졌다. 정신이 없다. 내 몸이 공중에 뜨자 내장이 움직이는 느낌이 났다.

왜? 무엇 때문에? 짜증이 났다.

또다시 땅에 떨어졌다. 나의 머리와 땅이 닿는 순간 쨍그랑, 하고 유리가 깨지는 소리가 났다. 얼른 고개를 들어 주변을 봤다. 갈대밭 사이로 계단이 보인다. 왠지 저 계단을 올라가면 살 것 같다는 생각이 들었다. 나는 계단으로 달려갔다. 곧바로 괴물이 뒤에서 쫓아오는 소리가 들린다. 으히히 웃는 소리가 들린다. 소름이 끼쳤다. 이빨로 물어서 고통을 주고 싶었다. 괴물을 돌아봤지만 피 때문인지 그저 무언가가 날뛰고 있는 형태밖에 보이지 않았다. 오히려 그런 형태가 나를 더욱 겁에 질리게 했다.

계단을 한 칸, 두 칸. 필사적으로 올라갔다.

다행히 괴물에게 잡히지 않고 어느 정도 높이로 올라온 후, 뒤를 돌아보았다. 괴물은 계단 앞에 얌전히 서서 나를 바라본다. 괴물은 계단을 한 칸도 올라오지 않았다. 그곳에 머물고 싶어 하는 것처럼 보였다. 이해가 되지 않았다. 나는 앞발로 눈을 비비고 다시 계단을 내려다보았다. 눈을 뜨면 괴물이 바로 앞에 서 있을 것 같아서 얼른 눈을 떴다.

'아빠가 거기에…'

아빠였다. 머리가 잠시 생각을 멈추었다. 아빠를 물끄러미 쳐다보고 있으려니 그의 등 뒤에 갈대들이 여럿 보인다. 그들에게는 눈알이 하나씩 달려 있었다. 그 눈들은 마치 친구의 눈과 비슷했다. 내가 처박혔던 부분에는 여전히 피가 묻어서 줄기가 불그스름했다. 붉게 물든 그 갈대들도 눈을 부릅뜨고 나를 놀리듯이 살랑살랑 흔들린다. 아마 자기들이 바람에 흔들리고 있다는 사실조차도 모를 것이다. 갈대가 생각이라는 것을 할 수 있는 생명체였으면, 나를 도와주었을까? 나는 아무것도 잘못한 것이 없다.

나는 그저 길을 걷고 있었는데.

아빠는 나의 앞에 서 있다. 아빠와 눈이 마주친다. 잔뜩 충혈되어 초점을 잃은 눈. 천천히 입을 벌린다.

'쨍그랑!'

'쿵'

무언가가 넘어지는 요란한 소리가 들린다. 그런데 그 소리는 아빠의 찢어진 입속에서 들리고 있었다. 그 입은 내 머리 하나쯤은 쉽게 삼켜버릴 것 같다. 나는 그런 괴물을 멍하니 바라본다.

아빠가 나에게 다가온다. 아빠가 다시 한번 입을 벌렸다. 아빠의 입속에서 또 소리가 울렸다.

'쨍그랑!!!!!!!!!!!!!!!!'

달린다. 최대한 빠른 속도로 달린다. 유리가 깨지는 소리를 듣고 무의식적으로 뛰어야겠다고 결정했다. 심장이 쿵쾅쿵쾅 뛰었다. 입속에서 비명이 터져 나왔다. 나는 최대한 빠르게 뛰려고 하지만, 뒷다리가 부러졌는지 자꾸만 절뚝거리게 된다.

'갈대가'

윽.

'감정이 있었다면 나를 도와줬을까?'

아빠가 뒤에서 으흐흐 웃는다.

'퍽, 퍽'

"왈, 왈!!!!"

뛰는 것을 멈추었다. 엄마의 목소리다. 분명히 괴물의 입속에서 들렸다. 괴물은 여전히 그 자리에 서 있었고 그 뒤에는 갈대들이 살랑살랑 흔들리고 있었다. 아무도 나를 도와주지 않는다. 절벽에서 떨어지려고 해도, 인간에게 맞아도. 누구도 상관하지 않을 것이다. 지성이 있는 존재들도, 지성이 없는 갈대도. 다 똑같다. 이 세상은 그냥 존재해서는 안 되는 세상이었다. 그 안에서 단 하나, 가치가 있는 것이라면 유일하게 나를 위해 소리를 질렀던 우리 엄마. 그 목소리가 나의 귀에서 흘러나와 원망스럽도록 나의 시야를 막아버리는 갈대숲으로 울려 퍼진다.

나는 괴물에게로 달려간다. 가만히 두지 않을 것이다. 정말 아무도 도와주지 않을 거라면 내가 가서 전부 다 죽여버릴 것이다.

나의 목소리가 이 세상의 끝까지 퍼져나간다.

나는 괴물 앞에 마주 섰다. 내 앞에 떡하니 서서 입을 벌리고 있었다. 소름이 끼쳤다. 나는 순간적으로 나의 판단을 후회했다. 이제 도망을 갈 수도 없었다.

"왈왈!!!"

'퍽!'

엄마.

이제 어떡하지. 순간적으로 계산이 돌았다. 내가 지금 괴물을 문다면 괴물이 어떻게 반응할지 알 수 없다. 물어버리면 안 된다. 도망을 가서도 안 된다…

"왜 나를 때려?"

나는 대화를 하기로 했다. 안간힘을 써서 떨리는 입술을 열었다.

입을 벌리고 있는 멍청한 괴물이 내 말을 알아들었는지 못 알아들었는지 당최 분간이 가지 않는다.

"왜 나를 때리는 거야. 나, 나는 아빠를 사랑할 수도 있잖아. 아빠의 모든 말을 따르고, 나는 그렇게 살아왔잖아."

나의 목소리가 떨렸다. 금방이라도 눈물이 쏟아질 것 같았다.

"왈!"

엄마…

괴물은 손을 뻗어 나의 등을 잡았다. 손의 힘이 너무 세서 뼈가 으스러질 것 같았다. 하지만 참았다. 고개를 들어 으르렁거리며 괴물의 눈을 똑바로 보았다. 역시 빌어먹을 아빠의 눈이었다.

'끝없는 이 빌어먹을.'

괴물은 나를 번쩍 들어 올려 나의 머리를 한입에 베어 물었다.

...

눈을 떴다. 손에서 흐른 피가 굳어 있었다. 온몸이 찢어질 것 같은 것은 여전하다. 주변을 둘러보았다. 친구가 나의 옆에서 나를 쳐다보고 있다.

"일어났어?"

"응."

친구의 뒤로 방문이 살짝 열려 있는 것이 보인다.

"오늘 너, 밖으로 나가는 날이네."

나는 고개를 끄덕이고 멍하니 있었다. 친구의 눈을 보고 있자니 살랑살랑 흔들리던 갈대가 생각났다. 나는 친구에게 달려가 친구를 물었다. 나의 입안에 들어오는 것은 아무것도 없었다. 하지만 나는 계속해서 허공을 물어뜯으며 으르렁거린다.

'우당탕!'

밖에서 요란한 소리가 난다. 무언가가 넘어졌다. 엄마일 것이다. 괴물의 입에서 들렸던 소리다. 나는 소리가 들어오는 문틈을 한번 바라보고 방 안을 둘러보았다.

갑자기 방 안의 모든 것이 낯설게 느껴지는 느낌이 든다. 친구를 불러봤지만 어두운 방 안에는 나 혼자 서 있을 뿐이었다.

나는 점점 낯설어지는 방을 보며, 내가 여기서 얼마나 지냈던 건지 생각했다. 저 의자에서 소리를 질렀고, 그 아래에 있는 바닥으로 굴러떨어지고, 저 구석에서 똥을 싸고. 이 바닥에서 구타를 당하며 시간이 흘렀다. 시간. 시간은 계속 전진한다. 이곳에서, 그 전진하는 시간의 내용은 이것뿐이었다.

나는 지나온 시간을 내 손으로 보내온 것이다.

나는 이 방 안에서 오직 한 가지 생각만 계속했다. 마당에서 뛰어놀던 그 장면. 아빠가 나에게 주려는 그 가르침. 또다시 의문이 들었다. 혹시 태어났을 때부터 여기서 인간 아빠에게 맞으며 자랐다면, 난 그것을 본래의 삶이라고 생각했을까? 세상은 원래 이런 형태라고. '원래' 다른 존재가 나를 때리고 상처 입히는 것은 이 세상에서 자연스러운 것이라고. 정말 이곳이 진짜 세계이고, 꽃밭에서 엄마와 뛰어놀던 장면은 그저 꿈인 것 같다는 생각이 들던 참이었다. 그 장면은 정말 실제로 있었을까. 회의감이 들기도 했다. 하지만 아니다.

그것은 정말 존재했던 순간이다.

나의 기억이 또렷한 증거다.

아빠는 우리를 여기 가두었다.

나의 마음은 아빠를 따르려 했지만, 신체는 아빠를 물도록 했다. 나의 몸과 마음은 분리가 되어 있는 것일까? 그것은 신체적인 본능일까? 나는 아빠를 거부한 것인가? 나는 정녕 아빠를 믿는 것일까? 애초에 '이해'한다는 것이 불가능한 상황이었을까? 아빠는 정말 나를 사랑하는 것일까? 머리가 복잡했다. 세상은 이렇게 고통스러울 수밖에 없는 것일까? 왜 우리밖에 없었던 그 꽃밭에서는 아무 문제가 없었던 것인가? 아, 그렇다면 지금은 문제가 있는 것인가?

"왈!"

또 들려온다.

"악!!"

나는 문밖으로 달려 나갔다. 바닥에 피가 뚝뚝 떨어져 있었다. 사람의 피다. 아빠의 피다. 아니, 괴물의 피다. 팔을 물었을 때의 냄새와 똑같다. 엄마의 피 냄새도 섞여 있었다. 나는 지하실의 안쪽으로 들어가기 위해 달려 나가 코너를 돌았다.

순간 놀라서 '멍!' 하고 짖었다. 바닥에는 사람이 누워 발버둥 치고 있고 그런 사람을 무자비하게 물어뜯는 짐승. 엄마였다. 나는 본능적으로 괴물에게 달려가 놈의 다리를 물었다. 재봉틀 상처의 굳은 피가 다시 벌어지며 찢기는 듯이 아팠지만, 꾹 참았다. 엄마는 괴물을 무는 것에만 집중했다. 눈을 부릅뜬 채 괴물의 피를 얼굴 여기저기에 묻히고 괴물의 목을 물고 있었다. 괴물은 막상 누워 있으니 나보다 몸집도 작아 보이고 꽤 만만해 보였다. 나는 온 힘을 다해 괴물의 다리를 이빨로 뚫었다. 괴물이 소리를 지른다. 자꾸만 주먹을 이리저리 휘두르기에 나는 종아리에서 발로 공격 부위를 옮겼다. 괴물이 발을 찬다. 나는 아랑곳하지 않고 머리를 좌우로 사정없이 흔들었다.

머리에 충격이 느껴졌다. 괴물이 다른 발로 나의 머리를 찼다. 하필 괴물의 발이 평소에 아프던 부분에 맞았다. 나는 소리를 지르며 바닥에 넘어졌다. 엄마는 여전히 괴물의 목을 물고 있고, 괴물은 엄마의 목덜미를 힘없이 붙잡고 있었다.

내 입에 무언가가 남았다. 누운 채로 바닥에 뱉어보니 괴물의 발가락이었다.

나는 엄마를 쳐다보았다. 순간 괴물이 엄마의 꼬리를 잡아서 확 떼어냈다. 엄마의 입에 힘이 풀리면서 괴물의 목을 놓았다. 괴물의 목이 온통 피로 물들었고 상처 부위에는 지방 같은 것이 튀어나와 있었다. 나는 곧장 괴물에게 달려가며 큰소리로 엄마를 불렀다.

"안 돼."

오늘 엄마가 나에게 한 첫마디였다. 나는 그 자리에 서서 엄마를 보았다. 엄마는 눈물을 흘리며 괴물의 팔을 물었다.

"어서 밖으로 나가. 오늘은 밖으로 나가는 날이라고 했지?"

"엄마."

"이런 녀석은 생명이 아니야. 오로지 욕구에만 이끌려 움직이는 더러운 놈. 사고라는 것이 없는 인간. 모든 인간이 싫지만, 그중에서 최악인 녀석이 이 녀석이야. 너는 다른 동물들과 인간들에게 좋은 감정을 선물하며 살아야 한다. 그렇게 할 수 있지? 닮아버리면 당한 기억에 져버리는 거야. 인정하는 거야."

나는 그저 엄마를 바라보았다.

"달려 나가. 나가서, 살고 싶은 곳에서, 살고 싶은 대로, 살고 싶은 만큼 살아. 엄마가 옆에서 보듬어 주지 못해서 미안해. 멀리서 소리만 지를 수밖에 없었던 것도 미안해. 매일 너를 핥아주지 못해서 미안해. 좋은 환경에서 자라게 하지 못해 미안해. 없던 재앙을 만들어 버린 녀석은 이 녀석이야. 엄마가 이 녀석을 죽이고 금방 나갈 거니까."

나는 엄마에게 달려간다.

"스스로의 주변을 사랑스럽게 만들어. 그게 세상이야. 이 녀석은 틀렸어. 감정은 선물이야… 기쁨도 슬픔도."

엄마의 배에 꽂힌 주사기 2개가 달랑달랑 흔들린다. 엄마는 그대로 바닥에 쓰러졌다. 나는 울부짖으며 엄마에게 달려간다. 엄마의 털을 핥는다. 나의 눈물이 입과 코를 타고 내려와 엄마의 털에 뚝뚝 떨어진다. 괴물을 쳐다보니 한쪽 눈만 뜬 채 나를 노려본다. 웃고 있었다.

"내 말이 다 맞았던 거야. 짐승도 피해 갈 수 없는 거야. 결국, 너도 감정이라는 저주를 받았구나. 그게 사랑이라는 거야. 근데 있잖아, 그 저주 중에 사랑이 제일 나쁜 거다. 그래서 내가 알려준다고 했는데."

나는 다리를 물었다. 사정없이 고개를 흔들었다. 괴물은 으흐흐 웃는다.

"빨리 죽여. 너도 느껴보니 알겠지? 너 자신을 봐. 넌 나를 죽이고 있어. 우리 모두가 감정의 피해자야. 난 너와 네 어미를 구원하려고 한 거야. 아니, 그런데 왜, 네 아빠가 너를 물어뜯을 때는 가만히 있었으면서. 왜 나한테만 지랄이야? 네 아빠를 죽여줬잖아, 내가."

나는 내 방으로 달려갔다. 앞발에 구멍들이 벌어지기라도 하는 듯 심한 통증이 온다. 코로 방문을 열고 들어가자 친구가 방구석에서 가만히 서 있었다. 커다란 눈을 뜨고 뚫어져라, 나를 바라본다.

"가자!"

"난 언제나 너와 함께 있을 거야. 죽을 때까지. 너의 인간 아빠 덕분에 난 삶을 얻었어. 이제 너의 안에서 영원히 살 거야."

나는 친구를 물어 죽이기 위해 방 안으로 뛰어 들어갔지만 내가 물 수 있는 것은 여전히 없었다. 방 안에는 나 혼자 서 있을 뿐이었다. 나는 문밖으로 나와서 다시 지하실의 안쪽을 보았다. 엄마가 피를 흘리며 누워 있었고 괴물도 바닥에 그대로 누워 있었다.

...

눈이 부시다. 눈물이 흐른다. 밀려오는 이 감정을 어떻게 해야 할지 몰라서 허공에 소리를 지르며 달렸다. 계속 짖었다. 지나가는 인간들이 나를 쳐다본다.

내 친구가 어느새 나를 따라오고 있었다. 밖에서 마주한 친구의 모습은 똑같았다. 허공에 붕 뜬 채로 커다란 눈으로 나를 바라본다.

달리던 길이 점점 좁아지고, 어느새 나의 양옆에는 인간의 집들이 쭉 나열되어 저 끝까지 이어져 있다. 태어나서 이런 곳은 처음 본다. 뛰는 것을 멈추었다. 걷다가 문이 열린 한 집을 들여다보았다.

어떤 강아지 한 마리가 자기 앞을 날아다니는 잠자리를 잡느라 정신이 없었다. 부드러워 보이는 털을 가지고 있는 새끼강아지. 잠자리는 강아지 얼굴 주변을 맴돌다가 내 쪽으로 날아온다. 강아지는 곧 나와 눈이 마주쳤다. 줄에 묶여서 마당에 서 있는 이 자그마한 강아지는 나를 보자마자 자세를 낮추며 '왈!' 하고 짖었다. 나는 그런 강아지의 목을 묶고 있는 줄을 보고 이 녀석도 나랑 같은 처지구나, 하고 생각했다. 나는 대문 안으로 들어가서 그 강아지 앞에 섰다. 내가 새끼를 낳았어도 이 정도는 컸을 것이다. 강아지는 정말 작았다. 나는 그 강아지의 볼을 핥았다. 인간 냄새가 났다. 하지만 왠지.

"너 되게 행복해 보인다."

"…"

"잘 살고 있니?"

강아지는 대답이 없었다. 겁을 먹은 것 같았다. 나는 코로 강아지의 볼을 툭툭 건드리며 다시 말했다.

"안 들려? 너 되게 좋은 얼굴이야. 어쩌면 그렇게 행복한 얼굴을 하고 살 수가 있어? 이게 잘 사는 거야?"

"피 냄새 나…"

강아지가 말했다. 가슴이 철렁했다. 강아지의 말을 듣고 나의 발과 몸을 보았다. 앞발은 다 찢어졌고, 다리는 절뚝거리며, 몸에는 사람의 피가 떡칠이 되어 있었다. 얼굴은 말할 것도 없을 것이다. 뽀송

뽀송하고 행복해 보이는 강아지와 나를 번갈아 가면서 보았다.

"얘야, 넌 행복해?"

드르륵, 문이 열리고 인간의 집에서 인간이 나왔다. 머리가 하얀 노인이었다. 할머니는 마당에 서 있는 나를 보고 흠칫했다. 그리고는 나를 경계하며 문 옆에 세워져 있던 빗자루를 들었다. 나는 그런 할머니를 계속해서 쳐다보았다.

나는 살랑살랑 꼬리를 흔들기 시작했다. 그런 나를 본 할머니는 살금살금 우리에게 다가온다. 살가운 척을 하면서 반대로는 경계를 한다. 만일의 상황을 대비하여 들고 오는 빗자루를 보며 나는 다시 한번 인간의 순간적인 전략에 소름이 끼쳤다.

나는 귀를 뒤로 눕히고 꼬리를 크게 흔들며 할머니의 손을 핥았다. 할머니는 나의 머리를 한번 쓰다듬고는 "에구, 넌 꼴이 왜 이래?" 하고 말했다. 나는 가만히 있었다. 할머니의 손은 나에게서 곧 강아지에게로 갔다. 강아지는 펄쩍펄쩍 뛰며 좋아했다. 할머니의 손을 핥느라 정신이 없었고 할머니는 그런 강아지를 번쩍 들어 품에 안았다. 할머니의 품에 묻혀 나를 슬쩍 쳐다보는 강아지와 눈이 마주쳤다.

나는 할머니에게 달려들었다. 할머니는 강아지를 땅에 던지고 소리를 지르기 시작했다.

단순한 이유다. 그들에게 내가 여태껏 살아온 삶이 틀리지 않았음을 주장하고 싶었다. 내가 먼저 이 인간을 죽이지 않는다면 이 인간은 나를 때리고, 괴롭히며, 결국에는 죽일 것이다. 그것이 이유다. 인간들은 전부 결국 나를 괴롭힐 것이다. 나는 할머니의 발을 물었다. 하지만 할머니는 재빨리 방 안으로 도망간다. 나의 입에는 인간들이 사용하는 신발만이 물려 있었다.

할머니가 방문을 닫으려고 한다. 나는 방향을 틀어서 저 구석에서 겁에 질려 있는 강아지에게 다가갔다. 강아지는 필사적으로 나를 향해 짖었다. 할머니는 방 안에서 그 광경을 지켜보았다. 나는 할머니를 힐끔 쳐다보고 강아지의 목을 물어 살을 뚫어버렸다. 머리를 좌우로 사정없이 흔들자 강아지는 고통스럽게 소리를 지르다가 끝내 침묵했다. 나는 강아지를 땅에 놓고 방문을 보았다. 할머니는 문틈으로 눈만 내놓고 나를 지켜보고 있었다. 그 모습은 순간 괴물의 모습을 연상시켰다. 더욱 역겨워지기 시작했다. 곧바로 할머니에게 달려갔다. 할머니는 달려오는 나를 보고 문을 닫았다.

...

어떡해.

우리 딸이 선물로 준 강아지가 죽어버렸다. 나도 하마터면 미친개에게 다리를 물릴 뻔했다. 지금 이 상황을 어떻게 해야 할지 모르겠다.

경찰에게 전화를 걸었다. 어떻게 해야 할지 몰라 전화를 했다. 생각나는 번호는 112밖에 없었다.

나는 방문을 잠그고 경찰이 올 때까지 문을 절대 열지 않기로 했다. 혹시 경찰이 출동하지 않을까 봐, 어떤 미친놈이 우리 집에서 나를 위협한다고 말했다. 아직 우리 강아지 이름도 못 지었는데. 너무 슬프고, 화가 난다. 어쩌다가 저런 미친개가 찾아와서. 딸이 알면 분명히 슬퍼할 것이다.

'똑똑'
"경찰입니다."
 살았다. 나는 문을 열었다. 건장한 남자 두 명이 문 앞에 서 있었다.
"마당에 강아지 죽어 있는 것 보셨어요? 미친개가 완전히-"
"강아지요? 강아지는 못 봤는데요…"
"아니, 어떤 미친개가 와서 우리 집 강아지를 물어 죽이고, 저도 하마터면 죽을뻔했어요."
 경찰 두 명은 고개를 갸우뚱하더니, 일단 집 안으로 들어와 이야기를 계속하자며 들어와도 되겠냐고 물었다. 나는 그렇게 하시라고 했다. 한 명은 수첩을 꺼내 들며 방 안으로 들어왔고, 다른 한 사람도 따라 들어오며 한 발을 방 안으로 들였다.
 그때 아까 그 미친개가 어디선가 나타나 경찰의 다리 사이를 통과해 쏜살같이 방 안으로 들어왔다. 우리는 잠시 이게 무슨 상황인지 판단이 서지 않았다. 경찰이 서둘러 총을 꺼내 미친개에게 발포했지만 이미 미친개가 나의 다리를 문 후였다.
 나는 바닥에 쓰러져 소리를 질렀다. 고통이 너무나 컸다. 경찰 한 명은 미친개의 입을 잡고 벌리려고 안간힘을 쓰고 있었고, 나머지 한 명은 나에게 총알이 맞지 않게끔 미친개를 조준하고 있었다.

...

 빌어먹을 인간이 문을 열지 않길래 강아지에게 다가갔다. 강아지의 목에 연결된 얇은 줄은 잘근잘근 씹다가 확 당기니 끊어졌다.

"나에게 고마워해. 넌 할머니 품에서 웃고 있었지만 그건 진정한 행복의 웃음이 아니야. 정말로 행복한 것은 자유롭게 날아다닐 수 있는 거야. 내가 도와준 거야. 자유롭게 하늘을 날아다니렴. 내가 아무리 생각을 해봐도 그게 행복이야. 꽃밭을 뛰어다니는 것도 한계가 있어. 인간에게 잡히거든. 날 수 있는 것이 최고야. 기왕이면 꽃밭에서."

주위를 둘러보았다. 옆을 보니 걸어 들어갈 수 있는 어두운 공간이 있었다. 나는 강아지를 물고 그 어두운 곳으로 들어갔다. 안에 들어가니 연탄이 산처럼 쌓여 있었다. 괴물이 몇 번 뜨거운 연탄을 내 방에 넣어준 적이 있어서 기억한다. 그 연탄에 뚫린 구멍들을 보니 손이 욱신욱신 아프고 돌아버릴 것 같았다.

나는 강아지를 보았다. 아직 숨이 붙어 있었다. 나는 강아지에게 다가갔다.

"아파?"

녀석은 그저 낑낑거리는 소리만 낼 뿐이었다.

"아픈 거 참 싫어. 그치? 나도 싫어."

나는 강아지의 목을 힘껏 물었다. 강아지의 가냘픈 숨이 새어 나온다.

'다른 강아지들과 사람들에게 좋은 마음을 선물하며 살아야 한다.'

좋은 마음이란 무엇일까? 왜 엄마와 괴물의 말이 다를까? 내가 이 강아지를 죽이는 것은 좋은 마음일까? 괴물의 말대로라면 방금 내가 한 것은 '구원'이다. 엄마가 말하는 좋은 마음은 무엇이라는 건가? 가만있어 보자. 나는 괴물을 물었지. 그럼 괴물은 틀린 것일 거야. 그럼 나는 지금 왜 이 아이를 죽였지?

난 뭘 하고 있지?

'스스로의 주변을 아름답게 만들어.'

아름다운 것은 뭘까?

'그게 세상이야.'

세상이라는 말은 가늠조차 되지 않는다.

죽은 강아지를 물끄러미 바라보고 있는데 다른 인간 두 명이 대문으로 들어왔다. 나는 숨을 죽이고 고개만 내밀어 그 인간들을 보았다. 인간들은 나를 발견하지 못한 모양이다. 인간들은 문으로 직행한다. 곧 할머니가 문을 열었다. 인간들을 보니 피가 끓는다. 전부 죽여버리는 것이 좋을까.

"너, 저 인간들 죽일 거야?"

나는 주변을 둘러보았다. 친구가 커다란 눈으로 나를 바라보며 연탄 위에 앉아 있었다.

"응."

"왜?"

"나도 몰라. 모르겠어."

인간 한 명이 집으로 들어간다.

"나도 모르겠어. 무슨 생각을 해야 할지도."

"좋은 사람을 만났으면 지금 넌 뭘 하고 있을까. 궁금하네."

"좋은 사람은 어떤 사람인데?"

대답이 없어서 돌아보니 친구는 이미 없었다.

뭐, 모르겠다. 나는 그대로 달려 나가서 인간의 다리 사이를 잽싸게 통과해 집 안으로 들어갔다. 인간은 나를 보자 아까보다 더욱 나약한 표정을 지었다. 나는 그런 인간에게 달려들어 다리를 물었다. 이번에는 확실히 물어버리는 것에 성공했다. 인간은 뒤로 넘어지며 소리를 지른다. 머리를 좌우로 흔드는데 다른 인간 한 명이 내 입을 잡는다. 조금 거슬렸지만 나는 그 손을 무시하고 이 인간을 죽이는 것에 집중했다. 나의 이빨이 마치 바늘처럼 피부를 뚫는 것이 느껴진다. 바늘이 웃었던 이유가, 이것인가.

갑자기 앞이 하얗게 변한다. 어지럽다. 나의 눈에는 어느새 눈물이 흐르고 있었다. 몸이 뜨겁다.

최선을 다해서 이 다리를 물어뜯었다.

...

인간들이 나의 다리를 잡고 대문 밖으로 걸어 나간다. 나는 거꾸로 대롱대롱 매달렸다. 하늘이 보인다. 바닥이 있어야 하는 자리에 하늘이 있었다.

새엄마가 자살하기 전의 일이었다.

'저 끝을 봐봐. 네가 저 주황색을 볼 수 있을지는 모르겠지만. 저 지평선 끝에서 우리가 서 있는 이 산까지 많은 집이 있지? 그 집들에는 다 불이 켜졌고, 그 위에는 오렌지색 하늘이 물감과 같이 펴져 자리 잡았어. 저 오렌지 색깔들은 전부 사람들의 감정이야. 행복이지. 집으로 돌아와 가족을 만나고, 다시 소중한 사랑을 만난 사람들의 행복이 창문과 지붕을 새어 나와 하늘로 붕 뜬 것. 그게 노을이야. 하늘로 떠오를 만큼 아름답고 유일한 사랑의 행복을 이길 수 있는 것은 절대로 없어. 가족을 만났다는 안도와 행복이 가장 큰 부력을 가지고 있어. 자, 그럼 기분도 좋은데 엄마한테 가볼까? 저녁이 거의 다 됐을 텐데.'

하지만 노을이 그때보다는 이미 많이 져버리고 있었다. 저 지평선 끝으로 사라져 가는 어딘가로부터 떠오른 행복은 나와는 너무 거리가 멀었고, 짙었다.

너무 멀리 있었다. 그것도 모자라서 잔인하도록, 짙다.

나는 왜 고통스러울까. 왜 나와 행복은 멀리 있을까.

"다들 저렇게 짙은데!!"

"이 개새끼!"

경찰이 말했다.

친구의 동그란 눈이 수백 개가 되어 점점 어두워지는 하늘 여기저기서 나를 바라본다. 나도 친구를 바라본다.

"죽는 거야?"

수백 개의 눈을 가진 친구가 하늘에서 말했다.

"아파."

"응."

"마음이 아파."

"왜 그렇게 됐어?"

"모르겠어."

나의 위에도 행복이 떠 있나, 하고 온 힘을 다해 다시 눈을 떴다. 그러나 역시, 나의 위에 있는 하늘은 점점 까맣게 물들어 가고 있었다. 친구의 눈알 수백 개만이 나를 보고 있었다.

다른 이들의 떠오른 무언가는 저기, 너무나 멀리서 타오르고 있었다.

'너는 다른 동물들과 인간들에게 좋은 마음을 선물하며 살아야 한다. 그렇게 할 수 있지? 닮아버리면 당한 기억에 져버리는 거야.'

나는 져버린 건가. 인정한 것인가. 엄마의 말과는 다른 결과인 것 같다. 정신을 차리지 못했던 것인가. 잘 모르겠다.

'주변을 아름답게 만들어.'

아니, 아름다운 게 뭔데?

...

꿈에 나왔던 비참한 안개 방울이 떠오른다. 그 방울은 자신을 행복한 여행을 하는 방울이라고 할지라도, 나는 머물 곳이 없이 비참한 방울이라고 하겠다. 그래야만 한다. 그래야만 혼자가 아니다.

...

이것이 죽음.

...

잘 사는 것이 어떤 것이냐고 물었지?
노을이 없는 하늘에서 수백 개의 눈을 가지게 된 친구가 말한다.
'응.'
계속 생각을 해봤어. 너의 질문을 듣고.

'알려줘.'

잘 사는 것. 살아 있는 내가 사랑스러운 것.

아무것도 하지 않아도, 내가 살아 있는 것. 나는 눈치채지 못하고 있지만, 살아 있는 것만으로 이미 잘 살아 있는 것이 아닐까?

'그럴까.'

부족해?

'응.'

그렇다면 들어봐.

그저 살아 있는 것만으로는 충분하지 않다면. 그저 살아 있는 것만으로는 잘 살고 있는 것이라는 생각이 들지 않는다면. 아무것도 하지 않더라도, 그저 살아 있는 것만으로는 편안하지 않다면. 숨 쉬는 나만으로는 사랑스럽지 않다면.

너는 뭔가를 하며 어떠한 가치를 만나고 싶은 거야.

다른 뭔가를 만나서, 함께 손잡고 뒤엉키며 살아가고 싶은 거야.

다른 뭔가를 보며 미소 짓고, 그 안에 있고 싶은 거야.

그렇다면 너는 뭔가를 하면서 살아가는 수밖에 없어.

'응.'

방금 네가 살아 있는 것만으로는 무언가가 부족하다고 느낀 이유가 뭔지 알려줄게. 숨 쉬는 너만으로는 사랑스럽지 않은 이유를 알려줄게.

무엇을 보더라도

누구를 만나더라도

또 무엇을 하더라도

그것에게 따스함을 느끼지 못하기 때문이야. 느껴지는 온기가 조금도 없기 때문이야. 차가운 것이 뭐라고 생각해? 너를 둘러싼 것들이라고 생각해?

그 괴물은 틀렸어. 마음이라는 것은 저주받지 않았어.

우리의 마음은 눈부신 빛이야. 그 빛은 항상 우리 안에 숨어 있어. 그 빛은, 우리가 죽은 후에도 영원히 그 자리에 남아 있어.

죽어가는 불씨를 살려내는 거야. 작은 온기를 지피기 위해서.

불이 꺼져서 깜깜한 채로는

무엇을 보더라도, 무엇을 하더라도, 누구를 만나더라도.

보이지 않고, 따뜻하지 않고, 반갑지 않아.

불씨조차 없는 깜깜한 곳에서 어떻게 온기가 느껴지겠어? 무엇이 보이겠어? 누구를 만나겠어? 너는 그렇게 나를 만난 거야.

차가운 것은 너를 둘러싼 것들이 아니야.

불씨를 잃어버린 너야.

꺼질듯한 가냘픈 빛이라도, 아주 미세한 온기라도 되찾을 수 있다면, 나중에 자신을 인지했을 때에는 어느샌가 너의 안에서 활활 타오르고 있을 것이라고 약속할게.

강아지를 껴안을 수 있는 빛이 남아 있었다면. 설령 웃을 수는 없었더라도, 그 할머니에게 안겨서 울 수 있는 마지막 불씨가 꺼지지 않았더라면.

괜찮아.

다시 태어나면, 너의 소중한 빛을 지켜줘.

차근차근. 느리게. 따스하게 어둠을 밝혀줘.

노을을 볼 때는 다른 생각이 사라지고, 안에 있는 무언가만 느껴져. 아름다워. 소중한 순간이야. 내 앞의 아름다운 노을은 살아 있어. 그 마음으로 대한다면,

그 무엇을 보더라도

어떤 누군가를 만나더라도

그 무엇을 하더라도

아무리 익숙하고, 질리도록 나와 붙어 있어도.

너는 앞에 있는 노을을 빛나는 마음으로 마주할 수 있기에. 눈부신 마음으로 해나갈 수 있기에. 네가 마주하는 것들조차, 마주하는 이들조차 환하게 밝혀질 거야. 환하게 빛나는 너로 인해서.

그때는 눈부신 우리가 함께 숨 쉬고 있기에. 그 속에서 나도 함께 숨을 쉬며, 여기에서 살아 있기에.

함께 살아 있다는 것으로 사랑스럽고, 따스할 거야.

그 속에서 숨 쉬고 있는 우리가 사랑스러워질 거야. 그런 나의 옆에 있는 모든 것이 사랑스럽고 소중해질 거야. 생명의 선물을 받은 물건이든. 밝게 밝혀지고 있는 다른 존재든.

'나와 달리 너는 따스한 마음을 찾았구나.'

무슨 소리야?

다 네가 생각하고 있는 것들인데.

'...'

지금 네가 나를 밝혀주고 있다는 것을 느끼지 못했었니?

'…응.'

 다시 태어난다면, 나는 그곳에 없을 거야. 단지 너의 상상 속에서만 사니까. 나는 이 세상을 만나지 않는 편이 모두에게 좋거든. 네가 나를 찾아도 태어나지 않을 거야.

 그렇지만 이 빛나는 마음은 꼭 다시 태어나는 너에게 전해줄게. 과거를 되돌아보며 미소를 짓게 되고, 눈물을 흘리게 되는 것. 앞으로를 상상하며 소망하고, 두려워할 수 있는 것.

 느끼는 것.

 우주를 이루고 있는 그 어떤 것도 느끼는 역할을 할 수 없어. 우주는 살아 있지 못하고, 느끼지 못하기 때문에. 이 모든 것을 느끼며 살아가는 것은 어디에도 없는 우리의 마음이 특별하기 때문이야.

 그 특이한 불씨가 꺼지는 것 역시 자연스러워. 괜찮아. 흔한 일이지 불이 꺼지는 것은.

 그렇지만 너도 느껴봤잖아? 완전히 없어지는 것보다는 각자의 빛대로 무언가를 밝히려는 것이 기쁘다는 것을.

 이미 알고 있었잖아.

 처음부터.

 모든 물건과 생물의 마음은, 느끼면서 살아갈 권리를 가지고 있어. 자신이 무언가를 밝혀주는 것이 어색하다면, 다른 빛이 나를 밝혀주려고 할 때 소심하게 땔감을 얹어보는 것도 좋아.

 빛을 지켜주는 건 너에게 맡길게.

'응.'

 너의 방식대로.

나, 이곳 우주에 와보니까 있잖아. 아무것도 없어.

무슨 말인지 알지?
이 세상에서는 무엇이든 창조될 수 있어.
다음 생에는 꼭,
잘 살아.

슬픈 하시

남자아이가 나비를 따라서 뛰어다닌다. 정확한 나이를 알 수는 없지만, 태어난 지 10년이 안 된 것은 확실해 보인다. 얼굴에 미소가 가득한 것이 즐거워 보인다. 아름답고 소박한 연노랑의 나비를 쫓는 아이. 오늘이 무슨 날이길래 저렇게도 즐거울까?

 아이의 목에 날카롭고도 기다란 나무가 단번에 날아와 꽂힌다. 아이는 앞으로 꼬꾸라지며 그대로 땅에 머리를 박는다. 바닥에 부딪히며 두개골에 금이 갔고, 다리가 순식간에 마비되었다. 눈이 돌아가며 흰자가 드러났다.

 아이는 그 자리에서 즉사했다. 피가 목에서부터 발까지 흘러 바닥에 고인다.

 많은 시간이 지나지 않았다. 곧 나무가 날아온 방향에서 다른 옷을 입은 남자들이 몰려온다. 무리 사이에는 방금 즉사한 아이와 비슷한 정도로 성장했거나, 더 작은 아이도 있었다. 그 남자들의 장신구를 봤을 때, 이 무리는 죽은 아이와 다른 무리의 사람들이라는 것을 어렵지 않게 알 수 있었다. 몸에 두르고 있는 옷과 머리에 얹은 장식이 확실히 말해주었다.

 어른들은 죽은 아이 앞에 무릎을 꿇고 앉는다. 아이를 똑바로 눕히고, 손으로 아이의 이마를 감싼 뒤 그대로 주먹을 쥐었다. 피가 묻은 주먹을 그대로 올리고 자신들의 머리 위에서 주먹을 폈다. 급격하게 차분해지는 분위기와 행동을 봤을 때, 죽은 아이를 위한 행동으로 보인다. 자신들만의 뜻이 있는 의식이다. 아이를 죽이지 않아야만 다른 부족과의 마찰이 적어진다는 것을 알았다. 그렇지만 이들에게는 기억이 있었다. 그냥 놓아준 아이가 어른들을 데리고 와서 부족이 무방비 상태였던 전멸할 뻔했던 기억이 있었다.

 어른들은 역시 의식이 끝난 뒤, 주위를 신중하게 둘러보며 손에 창을 준비시킨다. 창은 날카로웠고, 나무를 깎아 만든듯했다. 여럿의 어른들이 구역을 나누어 주변을 경계하는 동안 한 명은 죽은 아이의 목에서 나무 창을 빼느라 애를 먹고 있었다. 얼마나 정확하게 관통했던 것인지, 빼내는 데에도 상당한 힘이 필요했다. 날카로운 창끝에서는 아이의 피가 떨어졌다. 창을 든 어른들은 아이가 입은 옷을 손으로 대충 만져보고는 풀숲에 몸을 숨기기 시작한다. 옷을 만지는 행위에도 의미가 있는지는 불확실하다.

 아이의 시체는 그 자리에 그대로 내버려둔 채로 어른들은 신속하게 각자의 구역에서 땅을 팠다. 움푹 파인 구덩이에 다리를 넣고 상체는 풍성하게 자란 풀숲에 완벽하게 숨겨졌다. 이 모든 행동이 아주 짧은 시간 내에 이루어졌다. 그들은 전체적으로 사방에 흩어

저 몸을 숨겼고, 한 명의 아이만이 아이가 죽은 나무 옆에서 무언가를 준비하고 있었다. 아이의 손에는 팔꿈치에서 손목까지의 길이 정도로 보이는 나무가 들려 있었다. 그 창 역시 날카롭게 다듬어져 있었고, 두께가 있었다.

"하시."

한 남자가 아이에게 신호를 보낸다.

하시라는 이름으로 불린 남자아이는 남자의 지시를 받고 앞으로 조심스럽게 나아간다. 신중하게 주변을 살피기 시작했다. 하시의 경계능력이 어른들 못지않아 보인다. 이 부족은 그 숲의 지리를 이미 모두 꿰뚫고 있었다. 어디에 커다란 바위가 있는지, 어느 언덕 아래에 물이 고여 있는지, 어디서 몇 번째 나무에 이끼가 가장 많이 자라났는지를 알았다. 내가 우연히 이 부족을 볼 때마다, 그 섬세함의 정도가 점점 정확해진다는 것을 알 수 있었다.

오늘처럼 다른 부족의 인원이 종종 지나갈 때가 있는데, 이 사람들은 항상 이 사태에 준비하며, 경계하는 것이 사냥만큼이나 가장 큰 책임이었다. 이 어른들이 이곳에서 이렇게 책임을 다하는 동안 강 옆에 자리 잡은 마을에서는 남은 남자들과 여자들, 그리고 아이들이 마을을 보완 및 경계 중이다.

오늘은 하시가 이 부족의 진정한 남자로 거듭날 수 있는지에 대한 심판의 날이다. 그 심판을 위해서는 이방인이 필요하다. 하시에게는 그동안 사람이 보이지 않더니 오늘 드디어 이방인이 나타난 참이었다.

의식을 통과하기 위해서는 사람을 죽여야 하는데, 당연히 같은 부족의 사람을 죽일 수는 없다. 뜻을 함께하며 함께 살아가는 가족이기 때문이다. 과거에는 맹수를 상대하는 방법도 있었다. 하지만 지금 땅속에 다리를 집어넣고 있는 어른들의 세대가 그 율법을 바꾸었다. 맹수는 확실히 자신을 죽일 수 있는 위험한 존재이기는 하지만 남자로 인정받기에는 부족하다. 남자의 신체는 강인해야 한다. 그리고, 정신 또한 그렇다. 그래야만 필요한 상황이 왔을 때 '부족'이라는 무리를 지켜낼 정도의 능력치를 발휘할 것이다. 여자나 아이까지도 사실은 강인하다. 중요한 것은 머릿속이다. 자신들의 가족과 비슷하게 생긴, 바로 '사람' 정도는 죽일 수 있는 정신력을 갖추어야지만 위험한 상황이 왔을 때 망설임 없이 선택할 수 있을 것이다. 타인은 모두가 나름의 목표를 가지고 있으며, 그 목표가 자신들을 해치는 것일지는 아무도 모른다. 이들에게 가족이 아닌 다른 존재들은 모두가 적으로 간주된다.

방금 하시에게 지시를 내린 남자의 뜻이었다.

정찰을 맡은 사람이 지나가는 이방인을 발견하면 나무를 특정한 박자에 맞추어 짧고 간결하게 때린다. 그 소리를 들은 부족원들은 즉시 같은 행동을 반복하여 확인했다는 메시지를 퍼뜨리고, 언덕이나 바위에 올라가 이방인을 기다린다. 박자와 때리는 횟수마다 담겨 있는 메시지가 달랐다.

'외부인을 어렵지 않게 죽여라. 우리는 그들을 모르며, 혹여나 함께 옆에 있는 것이 허용되는 순간이 오더라도 그들의 생각을 완벽하게 읽을 수는 없으니. 우리 부족의 남자라면 우리 부족을 보호하는 법을 깨우쳐라. 성공한다면 넌 우리 부족의 진정한 남자이며,

일부이니라.'

오늘 나비를 쫓던 아이를 발견한 남자의 의견이었다.

하시는 진정한 남자이며, 부족의 일부가 되기 위해서는 살아서 돌아와야 한다. 하시는 눈을 동그랗게 뜨고 앞으로 나아간다.

나뭇가지를 밟아 소리가 났다. 하시는 뒤를 돌아보았다. 방금 죽은 아이가 몇 걸음 뒤에 죽은 채로 누워 있다. 죽은 소년은 자신과 비슷한 시기에 태어났을 것이다. 하시는 그의 얼굴과 몸만 봐도 그렇게 느껴졌을 것이다.

하시는 겁을 먹었다. 지금 하시는 무슨 생각을 하고 있을까. 하시는 저 소년을 죽이고 인정받고 싶었다. 하지만 그것은 인정이 되지 않는다. 어른을 죽여야 한다.

'나는 이 부족의 진정한 남자다. 난 저렇게 되지 않을 것이다. 저 소년은 아직 시험을 받을 시기가 오지 않았던 것이겠지. 이미 시험에 떨어져 부족에서 떨어져 나온 것일 수도 있다. 난 저렇게 한심하게 죽어서 땅에 누워 있지 않겠어.'

하시는 차근차근, 한 발짝씩 앞으로 나아갔다.

"앗."

하시가 목소리를 냈다. 자기도 모르게 목소리가 나온 것으로 보인다. 당황스러워 보인다. 아마도 생각을 너무 깊게 해버렸다. 가시나무의 존재를 발견하지 못한 것이다.

다행히도 별일은 일어나지 않았다. 하시는 앞을 다시 보았다. 곧이어 복잡하게 얽힌 가시나무 덤불이 앞을 막고 있었다. 꽤 넓게 자라난 덤불이었다. 어릴 때 이 근처에서 놀다가 발바닥에 가시가 박힌 적이 있었는데. 못 본 사이에 이렇게나 자랐다. 그때의 하시는 발이 아파서 펑펑 울었겠지만, 이제는 아니다. 마음 같아서는 소리를 지르며 고통을 달래고 싶지만, 지금의 하시는 다르다. 하시는 고통을 참았다.

주변을 둘러보았다. 옆으로 적당히 돌아갈 길이 있는지 살펴보기 위해서다. 오른쪽에는 내리막길이 쭉 이어진 낭떠러지. 왼쪽에는 거대한 바위가 있었다. 왼손으로 저 나무를 붙잡고 낭떠러지 끝에서 점프를 해, 나무를 빙 돌아 적당히 건널 수는 있었지만, 오늘 같은 날에는 한 치의 실수도 용납할 수가 없었다. 나무가 부러지거나 착지를 잘못하면 큰일이다. 발에 가시도 박혔는데 오점이 생기면 골치가 아플 것이다. 조금 귀찮기는 하지만 거대한 바위를 오르는 것이 이득이다.

바위에서 내려와 더 걸음을 옮겼다. 바위로부터 꽤 시간이 지났을까?

눈치를 챌 틈이 없었다. 누군가가 하시를 뒤에서 확 끌어안았다. 나는 그가 멀리서부터 오는 것을 알아차렸지만, 하시는 보지 못한 모양이었다. 어차피 내가 알려준다고 해서 하시가 알아들을 것도 아니니까. 지금까지 그래왔듯이 가만히 나무에 앉아서 구경을 했다.

하시는 악! 소리를 지르고 곧바로 손에 들고 있던 작은 나무 창을 그 누군가의 옆구리에 찔러 넣었다. 그리고는 살이 찢어지도록 창을 이리저리 돌렸다. 창이 살을 파고드는 동시에 그 사람의 숨이 턱 막히는 소리가 여기까지 들려왔다. 하시는 재빨리 힘이 빠진 그 사람의 팔을 풀고 뒤로 돌았다.

하시의 눈앞에서 벌어진 일은 매우 낯설었다. 옆구리에 구멍이 뚫린 남자는 눈물을 흘리고 있었다. 눈물은 이상하지 않다. 고통이 있으면 눈물이 따라오기 때문이다. 하지만 이 눈물은 방금 시작된 눈물이 아니라는 것을 간단하게 알 수가 있었다. 이미 많은 양의 눈물이 꾀죄죄한 그의 얼굴을 타고 흘러 있었고, 이미 말라버린 눈물 자국도 햇빛에 선명하게 보였다. 옆구리가 찔린 사람은 많이 놀란 표정을 하고 있었다. 마치 이런 상황은 절대로 예상하지 못했던 것 같은 얼굴이었다. 그러고서는 손을 허우적거리며 뭐라고 말을 한다. 하지만 하시는 그의 뜻을 이해할 수 없었다.

이상한 감정이 느껴졌다. 남자는 자꾸만 무언가를 말하며 하시에게 손을 뻗었다. 하시는 남자의 손을 보았다. 손가락 5개가 움직였다.

곧이어 남자의 뒤쪽에서 사람들이 여럿 달려왔다. 하시는 또다시 몹시 당황스러워 보였다. 오늘 처음 마주한 시험이라서 그런지 정신이 멍해져 있었을 것이다. 하시의 불안한 심리가 눈에 선하다. 첫 시험인데. 완전히 적에게 노출되었다. 하지만 뭔가, 이상하다. 지금 달려오고 있는 남자들은 얼굴에 미소를 지니고 있었다. 옷차림새를 보니 방금 찌른 남자와 같은 옷을 입고 있다.

옆구리를 찔린 남자는 바닥에 앉아 있었고, 달려온 남자들은 하시를 보고 더욱 미소를 지었다. 남자들은 드디어 옆구리를 찔린 남자의 등 뒤에 도착했고, 그 앞에 하시가 서 있었다. 그중 한 명이 어깨에 매달고 있는 주머니에서 오늘 딴 열매를 몇 알 꺼내 하시에게 건넸다. 하시는 겁에 질렸지만, 티를 내지 않으며 그 열매를 받는다.

하시, 오늘이 심판의 날이라면서 적에게 완전히 굴복했다.

하시는 열매를 준 남자의 손을 보았다. 열매의 과즙이 묻은 손가락이 꼬물거렸다. 하시는 열매를 건네어 받은 자신의 손도 보았다. 손가락 사이사이에 이미 과즙이 묻어 있었다. 다른 손의 손가락을 움직여 보았다. 작은 나무 창과 함께 5개의 손가락이 움직였다.

그나저나 저 남자는 이 장소의 상황을 살피는 것보다 열매를 주는 선택을 먼저 한 셈이다.

열매를 준 남자는 하시의 나무 창을 보았다. 나무 전체에 빨갛게 피가 묻어 있었다. 남자의 표정이 곧바로 어두워졌다. 당황한 것이다.

남자는 주머니를 바닥에 놓은 뒤 바로 앞에 앉아 있는 자신의 동생을 일으켜 세우려고 한다. 동생은 고통에 소리를 질렀고, 몸에 힘이 들어가는 동시에 장기가 밖으로 튀어나왔다. 장기가 밖으로 나오는 고통에 또다시 몸부림을 치자, 다른 장기들이 줄줄이 튀어나왔다. 기다랗게 생긴 장기가 다리 옆에서 대롱대롱 흔들렸다.

나는 더는 보고 싶지 않았다. 여기저기를 날아다니며 인간들을 반강제적으로 관찰해 왔지만, 그들의 행동을 이해하기란 참으로 복잡하고 귀찮은 일이었다. 내가 어디로 날아가든 그들은 있었다. 그들, 인간이라는 몸은 같았지만 입고 있는 옷이나 그들의 표정은 부족마다 가지각색이었다. 그리고 오늘처럼, 멀리 떨어져 있던 서로가 만나는 순간에는 많은 비극이 찾아왔다. 항상. 제아무리 자기들끼리는 많은 감정과 이야기를 나누고 있어도, 그 밖에서 벌어지는 것은 결국 고통뿐인 비극이었다.

오늘에서야 결론이 났다. 인간 무리는 너무 똑똑했기에 멍청한 비극을 불러일으킨 것이다. 새의 입장에서는 그렇다. 나와 나의 친구들에게도 천적이 있고, 풀로만 먹고살 수 없는 동물들은 처음 보는 동물을 죽일 때가 있다. 인간은 전혀 다른 차원의 고통을 만들어 낸다. 다른 차원의 비극이다. 자기들끼리는 아무리 의미부여를 한다고 행하지만, 현실에서는 항상 처참한 비극이었다. 그 재앙은 사건의 둘 사이뿐이 아니라, 그들의 주변에 빠른 속도로 몰아쳤다. 모두가 끈끈하게 연결이 되어 있기 때문이다.

처음 인간들을 봤을 때, 그들은 확실하게 달랐다. 상세한 내용의 대화는 기본이며 의식, 믿음, 계획, 협력, 정치, 의미부여 등 행하려는 뜻과 행동이 일반적인 이 땅의 동물들과는 달랐다. 비슷하면서도 전혀 다른 차원이었다. 그렇게 다른 만큼 세상을 함께 살아가기 위한 생각도 차원이 달라야 하는 것일 텐데. 마을에 모아둔 식량도 많던데… 저렇게 싸워야 하는 이유가 무엇일까? 다르다면 싸워야 하는 것인가? 혹은 자신만의 의미를 위해 누군가를 헤쳐야 하는가? 이왕 만난 것을, 힘을 합쳐 서로를 도울 수는 없는가? 가족들이랑은 통하면서 외부인과는 통하지 않는가? 생각과 언어가 다른 것이 적으로 간주되는 기준인 것인가? 함께 사냥을 하며 살아간다면 더 효율적이지 않은 것인가?

그렇게도 불안한가?

하시가 속한 부족의 경우 타 부족을 이용하는 것이 자신들만의 율법이었다. 다른 부족들도 자신만의 규칙이 있을 것이다.

어린아이가 마음속에 쟁여놓은 듯한 투정 거리가 아닐까? 그 어리숙한 생각의 바깥에 있는 사람은 무슨 죄가 있는 것일까? 그렇게 멋스러운 전통의식은 치를 줄 알면서 세상을 대하는 마음은 좁은가 보다. 모르겠다.

확실한 것은 자기들이 아이들과 좋은 시간을 보내는 것처럼 적들도 좋은 시간을 보내다가 자신들 앞에 서 있다는 것이다.

훗날의 인류는 지금보다는 나아졌기를 바란다. 지금이 더 나음을 위한 과정일 수도 있다. 하지만 그 단계를 굳이 거쳐야 하는지는 인류의 마음의 넓이에 달려 있다.

미소를 가진 부족을 보니…
인간들 자신이 정신만 차린다면, 나에게 본래 소중한 것이 무엇인지 알게 된다면. 상대방 역시 나와 같다는 것을 알게 된다면. 희망의 길을 찾을 수 있어 보인다.

방금처럼이라도, 처음 만나는 그들끼리도 평화롭게 연결되는 마음의 세계를 형성시킬 줄 아는 누군가가 언젠간 다시 나타날까?

이 사건으로 인해서 다시는 웃을 수 없다면 어떡하는가? 우리 일반적인 동물의 생태계도 위험하다. 이 땅이 얼마나 넓은 줄은 모르겠지만, 이 땅의 한 집단도 빠짐없이 어른이 되어 있는 세상은 찾아올까? 내가 인간이었으면 그런 일에는 자신이 있으련만. 인간들이 먹이로만 대하는, 단지 새라서 아쉽게 됐다.

•••

나는 이 광경을 본 적이 있다. 예전에, 사랑하는 가족들이 맹수에게 공격을 받았던 적이 있었다. 그 이름 모를 맹수가 사랑하는 어머니의 배에 구멍을 뚫고, 주둥이를 집어넣는 장면을 본 적이 있었다. 지금 내 앞에 있는 동생이 그 동물의 배를 잡아 들고, 멀리 던졌다. 그때 나는 장기라는 것을 처음 보았다.

다들 어찌할 바를 몰라 보인다. 나 역시 그렇다.

…어머니를 죽였던 녀석은 짐승이다. 정말로 이 아이가 동생을 이렇게 만든 것인가? 우리는 이 아이를 공격해야 하는가?

무엇이 어린아이를 이렇게 만들었는가?

가장 뒤에 서 있던 막내가 우리가 왔던 방향으로 뛰기 시작했다. 나머지 식구들은 멍하니 주변에 흩뿌려진 장기들과 아이를 바라본다.

부족의 막내가 달아나는 뒷모습을 보기는 했지만, 자신들의 몸까지 움직이지는 않았다. 사랑하는 가족이 아이에게 죽임을 당했다.

나는 이 아이를 공격해야 하는가?

"그럴 수는 없어."

주머니를 다시 들고서는 앞으로 걸어간다. 근처에서 나비를 쫓아 뛰어다니고 있을 아들을 찾아서 돌아가야 한다.

'어린싹은 곧게 자라게 하는 것이다. 그대들은 열매를 맺은 멋진 나무들이다.'

맹수에게 잡아먹힌 어머니의 말씀이자 부족의 율법 중 하나가 떠올랐다.

아이를 지나친다. 지나치며 아이의 머리를 한번 쓰다듬었다. 내가 동생을 죽인 어린아이라는 존재에게 무언가 할 수 있는 행동은 그것뿐이었다. 아이의 성장한 정도가 우리 아들과 비슷하게 보인다. 지금쯤 나비를 쫓고 있을 아들을 찾는다면 친구가 되었으면 좋겠다. 내가 새로 가르쳐 주면 되니까. 어린싹은 자라나야 하는 것이다. 나는 저 아이를 멋진 나무로 만들어 주겠다.

조금만 기다려라.

나는 가장 앞에서 생각에 잠겨 앞으로 걷고 있다. 그 뒤를 형, 동생들, 그리고 그 자식들이 따른다. 모두 말이 없었다.

나는 발길을 멈춘다. 가시를 밟았기 때문이다. 고개를 들어 앞을 보았다. 복잡하게 얽힌 가시덤불이 눈앞에 있었다. 오른쪽을 보니 작은 바위가 있었고, 왼쪽을 보니 가파르게 경사진 절벽이 밑으로 쭉 이어져 있었다.

손으로 덤불을 옆으로 치운 뒤, 뒤를 따르는 사람들이 따라올 수 있도록 길을 만들었다. 자신들의 형을 찾아 나선 아이들의 표정이 멍했다. 나는 마음이 아팠다. 이들은 방금 난생처음으로 장기를 보았기 때문이다. 내가 어머니에 대한 이야기를 해준 적이 있기는 하지만 현실에서 맞닥뜨리는 것은 역시 다를 수밖에 없다.

조카는 눈물을 흘리고 있었다. 방금 처음 보는 아이에게 아버지를 잃었기 때문이고, 결정적으로 아버지의 장기를 보았다.

조카는 눈물을 흘리다가 가장 앞에서 걸어가고 있는 삼촌의 손이 눈에 들어왔다. 여기저기가 가시에 찔려 빨간 피가 손을 덮었다. 손가락 끝에서 뚝뚝 떨어졌다.

"악!"

뒤에서 비명이 짧게 울렸다. 나는 놀라서 뒤를 돌아본다. 막내아들의 목에 창이 꽂혀 있었다. 기다란 창이었다. 창이 목을 제대로 관통해서 땅속까지 박혔다. 막내아들은 즉사했다. 목에서 흘러나온 피가 창을 따라서 흘러내서 땅에 고인다. 아직 목으로 들어가지 않은 부분에도 피가 덕지덕지 묻어 있는 창이었다. 이미 사용이 되었다는 뜻이다.

나는 침착하려고 했지만, 여전히 정신이 없었다. 고개를 들어 주변을 둘러보았다. 사람들이 언덕과 바위 위에서 우리를 둘러싸고 있었다. 몸에 걸친 가죽옷을 보아하니 다른 부족의 사람인 것 같았다.

"멈춰!!"

나는 소리쳤다.

"싸우지 않아!!"

목소리가 숲속에 울려 퍼진다.

'-않아!!'

메아리가 돌아온다.

"아파!!"

이번엔 셋째아들의 목소리였다. 나는 즉시 아들을 바라보았다. 아들은 바닥에 주저앉아 자신의 다리를 붙잡고 있었다.

아들에게 달려가며 주변들 둘러싸고 있는 남자들에게 공격하지 말라는 손짓을 시도한다. 하지만 바위 위에 있던 남자는 내가 뛰기 시작하자마자 뭔가를 던졌다. 기다란 무언가가 흐느적거리며 바닥에 떨어진다. 뱀이었다. 나의 앞에 뱀이 떨어졌고, 곧 대가리를 들어 올리며 공격 의지를 보였다.

며칠 전부터 관찰을 해보니, 미소를 짓는 이 부족은 서쪽에서 온 부족이다. 기억을 더듬어 엄마의 말을 따라가 본다면, 이들은 계속해서 사냥을 하고 열매를 따 먹으며 부족의 생명을 이어왔던 것으로 기억한다. 그건 그렇게 해결한다고 치지만 주변에 물이 너무나도 부족했다. 산에서 졸졸 흐르는 물줄기로는 가족을 먹여 살리기가 쉽지 않았다. 먹고 있던 작은 열매들로도 물을 대체하기는 어려웠다. 나머지 가족들은 작은 동굴 앞에 터를 잡아 남자들이 돌아오기를 기다리고 있다. 나비놀이를 하러 나왔다가 이런 봉변을 당하게 됐다니. 나무 위에서 보는 나도 마음이 안 좋다.

우리 아들을 찾아야 한다.
뱀은 내가 살다 온 서쪽 숲에서도 충분히 길들였던 동물이었다. 뱀이 이빨을 보이며 나에게 달려들었다. 나는 뱀의 목을 잡아들고는 머리를 꾹 눌렀다. 뱀이 입을 열지 못하게 되자 숲으로 던졌다.
나는 다리를 붙들고 있는 아들 앞에 무릎을 꿇고 앉았다. 방금과 같은 종의 뱀이 아들 발의 3분의 1 정도를 입속에 넣어 꽉 깨물고 있었다.
"울지마. 아버지가 있으니까 괜찮아."
아들이 눈물을 닦으며 아빠를 올려다보았다. 아빠의 숨이 거칠었다.
뱀의 머리를 잡고 발에서 이빨을 꺼낸 뒤 주변을 둘러보았다. 남자들이 여전히 언덕과 바위 위에 서 있었다. 꿈쩍도 하지 않는다. 아들의 발에서 뱀을 떼어낸 뒤 역시 숲속으로 던졌다. 저들, 우리에게 무기가 없다는 것을 아는 것이다.

고개를 들어 언덕 위를 바라보았다.

바위 위에 있는 사람, 언덕에서 떨어지지 않기 위해서 나무를 안전장치 삼아 붙들고 있는 사람, 사슴 가죽 여러 겹으로 만든 보따리에서 무언가를 찾고 있는 사람. 그 무언가는 아마도 뱀일 것이다. 이 사람들은 어느샌가 전부 손에 뱀을 들고 있었기 때문이다.

나는 재빨리 무릎을 꿇었다.

보따리를 잡은 사람이 신호를 보내자, 남자들은 일제히 뱀을 언덕 아래로 던졌다.

뱀이 날아온다. 나는 무릎을 꿇고 싸우지 않는다는 메시지를 힘껏 보여주고 있었다. 하지만 보따리를 든 사람을 한 번 더 뱀을 꺼내어 들고는 언덕 아래로 던졌다. 나는 뱀을 보았다. 떨어진 뱀들은 총 일곱 마리였다. 아들의 발에서 떨어진 다시 달려든 뱀, 두 마리는 넷째 동생의 머리와 팔에 각각, 한 마리는 나의 어깨에, 나머지는 바닥에서 고개를 들고 가족을 위협하고 있었다.

우리 부족의 신이자 족장이었던 어머니는 평화주의자였다. 다른 인간과 싸워서는 안 되고, 그 인간이 겁에 질려 먼저 공격하려고 하거든 싸울 의지가 없다는 것을 힘껏 보여주라고 하셨다. 무슨 방법을 써서든. 그 인간도 감정과 생각이 있을 것이라고, 가족이 있을 것이라고. 공격을 멈출 것이라고.

어머니는 태어나서 다른 인간을 만난 적이 한 번밖에 없었다. 그때도 상대방이 위협을 가했지만, 어머니의 메시지가 전달되었다. 그리고 그 타 부족은 우리 부족이 되었다. 어머니를 위협한 사람은 우리의 아버지가 되었다.

생각은 하고 있었지만. 역시 받아들이는 인간이 다르면 실패할 가능성이 있는 것이었다.

도대체 무엇 때문인가? 무엇을 보고 있는 것인가? 탐욕? 두려움? 지능? 이 인간들이 우리의 메시지를 읽는 따위의 일은 불가능해 보였다. 우리가 준비되었다고 해서 상대방까지 넓은 마음의 소유자일 것이라는 멍청한 생각은 왜 했던 것일까? 그저 어머니의 사례를 한 번 목격했다고 해서, 이 세상 전체를 정의해 버린 것? 그것이 놀이를 나오는데도 창 하나 들고 오지 않은 까닭일까? 어머니가 도달한 그 경지는 너무 높았던 것일까? 아니면 낮았던 것일까?

우리가 옳다고 하더라도. 우리가 여기서 희생하면, 앞으로의 누군가에게 도움을 전달할 수 있을까? 우리가 죽으면, 우리의 마음도 이렇게 끝나는 것인가? 집에서 기다리는 가족들이 끝까지 살아남아 후대에게 우리의 마음을 전해줄 수 있을까? 전해주면 안 되는 마음인가?

멍하니 있을 수밖에 없었다. 언어가 통하기를 하나, 감정이 통하기를 하나. 싸우고 싶었지만 싸울 수 있는 무기가 없었다. 돌을 찾아서 던져보기에는 시간이 없었다. 돌도 없었다.

갑자기 가슴에서 무언가가 툭 튀어나왔다. 등에서 너무 뜨거운 느낌이 들어 뒤를 돌아보았다. 무언가가 등에 있었지만 이미 흐릿해진 시야에 들어오지가 않았다. 다시 가슴을 보았다. 나무 창이었다. 꿰뚫렸다.

고개를 들어 주변을 보았다. 뱀에게 물리지 않은 가족들은 뱀에게 물린 가족들에게 달려가 뱀을 떼어내는 것을 도와주고 있었다. 그들은 울고 있었다. 뱀에게 물린 사람은 나까지 네 명이었다.

고개를 좀 더 들어 언덕 위를 보았다. 사람들은 여전히 단단한 경계를 하며 서 있었다. 시야가 점점 흐려진다. 다리에 힘이 풀린다.

바닥이 순식간에 가까워졌다. 무릎을 꿇은듯했지만, 무릎에 딱히 감각이 느껴지지는 않았다. 이제야 가슴에서 통증이 느껴진다. 하지만 그 이유는 나무 창이 가슴을 꿰뚫어서가 아니다. 나무 창이 움직이고 있어서였다. 가슴에서 튀어나온 부분을 보았다. 창이 확실히 오른쪽으로 조금씩 돌아가고 있다. 그리고는 피로 물든 창이 다시 가슴으로 들어갔다. 무척 아프다. 소리를 지를 수도 없을 만큼 아프다. 숨이 쉬어지지 않는다.

나는 무릎을 꿇은 그대로 앞으로 넘어져 바닥에 볼을 부딪쳤다. 역시 딱히 감각이 느껴지지는 않았다. 가슴이 무척 뜨거울 뿐이었다. 바닥이 볼에 맞닿아 있다.

저 멀리 뱀이 보인다. 언덕에서 내려온 남자들도 보인다.

그 앞에서는 아들이 다리를 붙잡으며 울고 있었고, 다른 가족들은 그 옆에서 무릎을 꿇고 앉아 있었다. 모두 어머니의 가르침대로 행동하고 있었다. 있는 힘껏 고개를 들어 반대쪽으로 돌려보았다. 넷째 동생의 얼굴이 바로 앞에 있었다. 뱀 두 마리에게 물려 마비되었는가 보다. 혹시 나에게 오려고 했던 것인가. 이 녀석이라면 그럴 만도 하다. 창을 빼낸 것도 이 녀석이다.

동생의 얼굴 너머에서 무언가가 빠르게 움직이고 있었다. 나는 그곳을 보려고 애썼다.

사람이 두 명인데… 한쪽은 크고 한쪽은 작았다. 우리 가족들을 풀어주는 것인가? 아니, 풀어준다면 저렇게 빠르게 몸을 움직일 필요가 있을까. 싸우고 있는 것인가?

작은 쪽이 제자리에서 뛰고 있다. 뛰면서 큰 쪽을 손으로 때리려고 하는 것처럼 보인다. 큰 쪽이 작은 쪽의 팔을 잡으며 다그치는 것으로 보인다. 아이인가. 아이의 행동이다. 우리 아들도 나에게 어리광을 부리면 비슷한 행동을 하고는 한다.

"아들… 아들!!"
나는 고개를 있는 힘껏 들었다. 우리 아들을 찾아야 한다. 나비를 쫓다가 험한 꼴을 당하지는 않았을까?
잘 숨어 있어야 할 텐데.
얼른 안전한 집으로 데려가야 하는데.
고개를 들며 넷째 동생의 머리보다 나의 눈이 높아졌다. 어리광을 부리는 아이의 옷은 우리 부족의 옷이 아니었다.
"하시!!"
뱀 보따리를 들고 있던 남자가 저 아이를 하시라고 불렀다.
동생을 죽인 아이였다. 아이의 이름은 하시였다. 아이 옆에는 작은 나무 창이 떨어져 있었고 창에는 피가 묻어 있었다.
하시는 울고 있었다. 슬픔을 가득 품은 목소리로 내가 알아들을 수 없는 말을 소리치며 자신의 가족들을 때리고 있었다.
그들의 머리 위로 새 한 마리가 빠르게 지나갔다. 새가 시야에서 사라짐과 동시에 목에 힘이 빠졌다. 몸이 심하게 떨렸고, 눈앞이 까맣게 변하고 있었다. 나는 앞으로 기어가며 동생의 머리 너머에 있는 하시를 바라보려고 노력했다.

  보따리를 든 남자의 옷과 하시의 옷이

  하시의 분노에 흔들리는 것이

  흐릿하게

  보인다.

소중한 심지

•••

"교수님, 정록 님 연락이 안 돼요."
"그러게…"
정록이 잠수를 탔다.
갑작스럽고도 황당했다. 지금까지 회의도 잘했다. 말주변이 좋거나 하지는 않았지만 그래도 매번 참여해서 진전을 함께하고는 했다. 무슨 일이라도 있나? 그래도 사전에 아무런 말도 없이 이렇게 잠수를 타다니. 무책임하다. 애초에 처음부터 거절을 했거나, 시작을 하지 말지.
소영은 막막했다. 어떻게 우리 둘이서 헤쳐 나갈까? 발표가 일주일 남았는데.
사회복지과와 간호학과가 함께 준비한 이번 대회. 두 과가 합쳐서 사회에 도움이 될만하고, 두 과의 역량이 모두 들어간 프로그램을 개발해 다른 팀과 경쟁하는 대회다. 복지관계자들과 의사들까지 심사위원으로 참여하는, 대학생에게는 큰 대회였다.

거의 끝자락을 달리던 중이었는데.

교수가 말했다.

"이건 우리 과의 책임이니 내가 다시 한번 전화해 볼게. 나머지 PPT는 교수님이 물론 도와줄 거고."

"알겠습니다. 실망스럽네요."

"이제 진짜 남은 건 교수님밖에 없으세요."

간호학과 지민도 옆에서 거들었다. 정록이 사라지기 전, 정록과 함께 참여한 예정 역시 팀을 떠났기 때문에 둘은 교수에게 짜증 섞인 말투로 말했다. 이제 둘만 남겨진 소영과 지민은 한숨을 푹푹 쉬었다.

"발표 대사는 어떡하라고…"

"발표 망했지, 뭐."

"…"

…

"네, 네."

'입원은 오늘 오후도 가능하신데… 본인도 본인이 입원이 필요하다고 느끼시나요?'

"…네, 그렇습니다."

'저희 병원은 예약은 받지 않고 있습니다. 이따가 오후 중에 오시면 됩니다. 그럼 원장님과 대화 후에 병실 안내해 드릴 거예요. 따

로 원하시는 원장님은 없으시고요?'

"네, 없어요. 감사합니다. 이따가 갈게요."

'네, 감사합니다. 조심히 오세요.'

"네."

'아, 저기 혹시 대충이라도 몇 시 정도에 오실까요?'

"아… 3시 정도에, 그 언저리에 가도록 해볼게요."

'네. 알겠습니다.'

"감사합니다."

휴대전화가 또다시 울린다. 핸드폰 화면을 슬쩍 보고는 당연하다는 듯 핸드폰을 뒤집었다.

다 진짜 뭐 하자는 거야. 난 열심히 하려고 했다고. 왜 그렇게 공격적인 거야? 참 모르겠네.

신해철의 노래가 방을 가득 채우고 있었다. 대낮인데도 커튼을 열지 않아 어두웠다. 한 페이지로는 신해철의 노래를, 또 한 페이지로는 신해철의 인터뷰 영상을 보고 있다.

'20대 초반에는 입원도 했었는데요, 뭐. 너무 괴로워서.'

그래. 나도 입원이다. 이까짓 대학교 맞지도 않는데, 안 가면 되지. 이게 나를 위한 것 같다. 확실하다.

어두운 방에서 나갈 수가 없었다. 나가도 어두우니까. 나와 같은 다른 친구들 역시 그렇다는 것이 위로가 됐다. 다른 또래들은 안 그랬으면 좋겠다, 라는 마음이 바람직하지만.

최소한 혼자는 아니었다.

나는 이제 죽을 때까지 아픈 사람들의 편에 설 것이다. 그럴 수 있을 것 같다.

그들의 방은, 깊은 밤이 찾아올 때 가장 밝아질 것이다. 그들의 마음도 그럴 것이다. 나는 그 불씨가 세상에서 가장 소중한 빛이라는 것을 알고 있다.

설령 서서히

꺼져간다고

해도.

"입원하는 게 맞다."

지금. 지금의 나에게 필요한 길은 이 길이라고 확신했다.

항상 생각했다. 자신은 자신을 표현하는 음악이든, 글이든, 뭐든 간에 예술을 가장 높게 자신의 진로로 소망하고 있었다. 7년 전 호텔에서 따귀를 맞으며 일을 하면서도, 5년 전에 군대에서 생활할 때에도, 3년 전 주방에서 욕을 먹으며 마늘을 썰 때도 마찬가지였다.

사회에서 벗어나고 싶다.

그만 사는 것이 더 편하겠다.

동물이 되고 싶다.

나 왜 이렇게 살고 있지. 태어나면서 동의한 적 없는 세상의 조건에 맞추어서.

그 생각은 항상 심장 속 어딘가에서, 심장의 벽에 콕 박힌 채 심심할 때마다 나의 뇌를 장난삼아 놀렸다.

죽고 싶다. 그만 살고 싶다.

9월인데도 엄청나게 더웠다. 창문을 열어놓고 가방에 이것저것

쑤셔 넣는다. 핸드폰 충전기, 책 2권, 공책과 볼펜, 담배와 라이터, 이어폰.

아차, 이어폰은 가면서 쓸 거니까 빼놓고.

'윙-' 핸드폰이 울린다. 택시가 집 앞에 도착했다.

'빵-' 경적이 울린다.

마음이 급해졌다.

"뭐야?"

원래는 근처에서 한 번 더 알림을 주는데. 못 들은 건가?

슬리퍼를 신고 가방을 챙겼다. 이어폰을 끼고 빠르게 계단을 내려갔다. 택시가 도로 한가운데 서 있었다. 핸드폰에서 확인한 그 번호판이 맞았다. 택시 뒤에서 승용차 2대가 시끄럽게 경적을 울리고 있었다.

"안녕하세요. 죄송합니다."

"빨리 문 닫으세요."

택시 기사는 차가운 것을 넘어서 짜증을 내며 말했다. 뭐 그럴 필요까지 있나… 마음 아프게.

기차역에 도착한 택시의 문이 닫혔다. 감사 인사를 드리고 차에서 내려 운전석을 봤더니 기사가 욕을 하고 있었다.

다시 이어폰을 끼고 역으로 향했다. 에스컬레이터를 타고 가만히 서 있었다. 아직 시간이 많다. 기차가 출발하려면 20분이나 남았다.

플랫폼 1번. 2호 차. 30A. 다 외웠다. 1, 2, 30A.

Wake up My queen! 한겨울의 여왕이여! Now-

이어폰에서 좋아하는 노래가 방금 시작되었다. 기분이 조금 괜찮아졌다. 그래도 톡 건드리면 무너지는 감정의 질감은 변함이 없었다. 언제 상상이라도 해보았던가. 남자의 목소리에 진심으로 설렐 줄이야.

의자에 앉아서 기차를 기다린다. 99%는 죽고 싶은 마음, 1%는 입원을 해본다는 것이 설레었다. 나도 정신병원에 입원을 해보는구나. 아직도 정신병원을 다니는 사람들의 이미지가 안 좋은지에 대한 생각은 사실 해본 적이 딱히 없었다. 직접 이렇게 아파보니 그딴 시선은 상관없었다. 내가 죽을 것 같은데, 뭔 이미지.

이걸로 확실해졌다. 난 예술을 해야 하는 사람이다. 며칠 전에 2024 대학가요제에서 떨어진 것으로 봐서는, 그리고 그 계기로 인해서 음악이랑 노래는 그냥 내가 살아가면서 함께 즐기는 동반자 정도로 여겨야겠다. 이렇게 하나 더 알았다. 아빠의 바람대로 선택해 왔으면 절대로 알 기회가 없었던 것. 기차 타기 전에 노래방이나 갈 걸 그랬다.

'이야… 어떻게 목소리가 이럴 수가 있지? 가사는 또…'
왜 이렇게 따듯한 거야.

나는 글이다. 소설과 시를 써보자. 그 병원 안에 틀어박혀서 완성해보자. 내가 호텔에서 돌아와서, 주방에서 돌아와서, 학교에서 돌아와서 햇살이 창문을 밝힐 때까지 썼던 그 작품들을 완성하는 거야.

창문 밖으로 나무들이 빠르게 지나간다. 널따란 논들이 펼쳐져 있었다. 해는 파란 하늘에 머물러 있었다.
 이제 사회에 섞이기는 절대로 싫어.
 글 생각을 했다. 앞으로 사회에 돌아가서 누군가와 함께 일을 하거나 섞여서 상처받기 싫었다. 글에 대한 확신이 섰다. 여전히 아빠는 나의 안전한 상태를 원한다. 하지만 어떡하란 말인가. 생존을 위한 안전한 길로 갈수록 자살하고 싶은데. 그럼 위험한 것이 아닌가?

 병원에 도착하자마자 이름을 말했고, 신분증을 건넸다.
 "아까 전화 거신 분 맞으시죠?"
 "네."
 "음… 어떤 증상이었는지, 저희가 전화를 많이 받다 보니까 기억이 잘 안 나는데요. 저기서 기다리시다가 1번 방으로 들어가시면 되세요."
 접수원이 굴곡져서 다음이 보이지 않는 통로를 가리키며 말했다.
 "네, 감사합니다."
 곡선의 복도를 걸어 들어가니 의자들이 모여 있었다. 그 옆에는 또 다른 안내 직원들이 있었다. 의자를 둘러싸고 있는 1번부터 7번까지의 방들이 보인다. 각 진료실 옆에는 의사들의 프로파일이 붙어 있었다. 커다란 모니터의 화면을 보니 나는 1번 의사에게로 배정받았다.
 의자에 앉아서 차례를 기다렸다. 앞에는 두 명 정도가 기다리고 있었고, 모두가 1번으로 배정되어 있었다.
 어떻게 말할까? 내 모든 이야기를 하면 될까? 아니야. 어제 거기서는 내가 길게 말한다고 짜증을 냈으니까.

'요점만 말하세요.'

싸가지 없기는. 상태를 정확히 알려면 스토리를 다 세세하게 들어야 하는 거 아닌가? 사고가 좁은 사람인가? 의사라면서.

모르겠다.

차례가 되자 1번 방으로 들어갔다. 흰색 벽이지만 이것저것 많은 것이 걸려 있었고, 구석에 있는 책장에는 정신에 대한 책들로 가득 차 있었다. 정신과가 맞다, 생각했다. 의사는 중간에 앉아 있었고, 그 뒤로 넓은 창문이 있었다. 차들이 지나다니는 것이 보인다.

"안녕하세요."

먼저 입을 떼며 자리에 앉은 것은 나였다. 의사는 직전 환자에 대한 무언가를 쓰고 있는 것 같았다.

"네, 안녕하세요."

경상도 사투리가 섞여 있는 온화한 목소리였다. 그렇다고 낮은 목소리는 아니었다. 높기도 하면서 농도가 짙은 그런 느낌의.

"전화하신 분 맞으시죠? 저도 전해 듣기는 했는데, 그게 몇 시간 전이라서 자세히 기억이 안 나네요."

"아, 네."

좋은 사람이라는 것이 느껴졌다. 하지만 아직 안심하기에는 이르다.

"음, 지금 처음 오셨다고 생각하시고 처음부터 한번 다시 말씀을 해주실래요?"

"네… 음, 저… 제가 이제 누군가와 대화를 하면, 그 대화에 집중이 잘 안되고요. 저한테 뭔가 말을 하는데, 그 문장의 단어들이 머릿속에 안 들어와요. 그러니까, 저 사람의 입이 움직이고 있는 것은 눈에 보이는데 뭐라고 하는지 하나도 못 알아듣겠고. 단어가 인식이 안 된다고 해야 하나요? 그리고 평소에 무기력해서 누워 있기만 하고요. 자살 충동도 매일 매 순간 드는 것 같기도 하고. 그래서 항상 기분이 나락으로 푹 꺼진 그런 느낌이 하루종일 지속이 돼요. 그리고 밤낮도 바뀌어서 아침에 자고요. 어제는 칼로 자해까지 해볼까, 하고 생각이 들길래 저도 놀라서 온 거예요. 왠지 그냥… 칼로 내 몸에 상처를 내도, 어차피 이 모든 것, 사람이 만든 세상 속에서 속으면서 살아가는 건데. 그냥 칼의 원자가 내 손목의 원자를 가르는 것이 끝인데. 아무 의미도 없으니까 제 손목의 원자가 서로 떨어져서 피의 원자가 밖으로 나와도 그냥 그게 다니까요. 그런 생각이 들기도 해서 왔거든요. 좀 위험한 것 같아서.”

"음… 혹시 저희 병원이 처음이신가요?"

"아니요, 제 동생이 간호사라서 동생이 일하는 병원에 있는 정신과에 가서 진료를 받아봤는데, 입원이 필요하다고 하셔서요. 그런데 거기 침대가 없다고 하시더라고요. 그래서 여기로 왔어요."

"저희 병원은 어떻게 알고 오셨어요?"

"제 동생이 여기서 실습을 해봤다고 하면서 추천해 주더라고요."

"그렇군요."

의사는 미소를 띠며 말했다.

"그런 증상들은 언제부터 그랬어요?"

"음… 군대에 있을 때부터 그랬던 것 같아요."

"지금은 일을 하시나요?"

"아니요. 대학생이었는데 거기서도 뭐 임원 같은 것들을 많이 맡았고, 또 대회를 3개씩이나 한 번에 준비했거든요. 준비하면서 임원 네 자리 일은 그대로 하고요."

"어떤 임원이요? 대회는 어떤 거였어요?"

"토론 대회, 다른 과랑 협업해서 프로젝트를 만드는 대회, 사회복지 글쓰기 대회요. 그리고 임원 자리는 과 대표, 봉사동아리 부회장, 문학동아리 총무, 제가 올해 1학년으로 입학을 했는데 2학년에 총부과대표를 할 사람이 없다고 해서 그것도 맡았고요."

"그럼 군대에서는 뭔 일이 있었어요?"

"아니요, 그건 아닌데… 그냥 마음대로 할 수 없으니까 너무 지독하게 힘들었어요."

"네… 아까 이야기 듣기로는 어릴 때도 무슨 일이 많았다고 그러셨는데. 좀 어떤 일들이 있으셨어요? 말씀하실 수 있으시면 말씀하시고, 안 하셔도 됩니다."

"저는 어머니가 네 번 바뀌었고요, 아버지가 그때마다 그분들과 지독하게 많이 싸우셨어요. 대화를 충분히 안 해보고 만난 것인지. 아빠는 아빠의 인생이 있으니까 다른 아주머니를 데려오든 말든 상관은 없는데. 자꾸 칼을 들고, 또 경찰관들이 오고, 경찰이랑 또 싸우고. 저랑 제 동생 앞에서 자꾸 그러니까 그런 게 좀 쌓인 게 아닌가 싶어요."

"혹시 부모님이 왜 싸우셨는지 여쭤봐도 될까요?"

놀랐다. 이 사람. 잘 들어준다.

"아, 자세히 말씀드려도 되나요?"

"네, 저도 알아야죠."

"아, 사실은 제 동생이 일하는 그 병원에서 계시는 의사분은 제가 자세히 말하려고 하니까, 요점만 말하세요. 이런 식으로 말하시길래… 감사합니다. 이렇게 물어봐 주셔서."

의사는 미소를 짓고는 다시 가만히 있었다.

"그래도 너무 길면 안 되니까 간추려서 말씀드릴게요. 저는 제가 6살 때 부모님이 이혼하셨어요. 아빠 말로는 아빠가 일 마치고 집에 들어오시면 항상 어머니가 저희를 무릎 꿇려서 혼내고 계셨다고 해요. 소리를 꽥꽥 지르면서. 그러다가 양육방식에 대해서 언쟁하시다가 이혼하셨고, 두 번째 새어머니가 오셨는데 그분하고는 더 심하게 싸우셨어요. 싸우는 내용을 들어봤을 때는, 돈 때문이거나 생각하는 가치관이 달라서 충돌한 상황이 대부분이었어요. 얼마나 심했냐면, 칼로 서로를 위협하고, 한번은 아빠가 새어머니의 목을 조르고 있었는데, 제가 왠지 이대로는 방에 있으면 안 될 것 같아서 밖으로 나가서 아빠를 제 두 손으로 뜯어말리고. 그러다가 제가 군대에 갔는데, 주말에 전화가 왔어요. 아빠가 빚이 생겼다고. 알고 보니까, 새어머니는 떠나셨고 세 번째 아주머니랑 아빠랑 잘 살아 보려고 했는데, 그 아주머니가 아빠 돈을 다 들고 도망간 거예요. 그래서 빚이 4,000만 원 정도 생겼다고 전화가 오더라고요. 그래서 휴가를 나가서 아빠 상태를 봤어요. 자살하고 싶다고. 저한테 완전히 기대는 모습을 봤고요. 그래서 저는 그때까지 모아놓은 군대 월급 전부, 앞으로 받은 월급 전부, 또 제대 후에는 요리사로

3년 동안 강도 높게 일을 하면서 제가 다 갚았거든요. 그 3년도 쉽지 않았어요. 네 번인가 다섯 번은 옮겼을 거예요. 사람들이랑 맞지 않아서요. 그러다가 대학교에 갔고… 학교에서도 많이 치이면서 이렇게 된 것 같아요."

...

"세면도구 같은 것들은 챙겨 오셨어요?"

의자 옆에서 안내 직원이 말했다. 나에게는 핸드폰 충전기, 책 2권, 공책과 볼펜, 담배와 라이터, 이어폰이 전부였다.

"어… 아니요."

"그 부분에서는 제공되는 게 없어서요. 환자분이 챙겨 오셔야 하는데…"

"아… 혹시 잠시 편의점에 다녀와도 될까요?"

안내 직원이 웃으며 말했다.

"네, 그게 좋을 것 같네요. 지하철 타고 오셨어요?"

고개를 끄덕이며 그렇다고 했다.

"지하철역 바로 앞에 편의점 있거든요. 거기서 필요하신 물품 사 오시면 되세요. 여기 종이 드릴게요."

종이에는 정신병동에 들고 가서는 안 되는 물건들, 환자에게 필요한 물건들이 적혀 있었다. 칼 같은 물건들에는 빨간색으로 X가 그려져 있었고, 면도기는 세모가 그려져 있었는데 '19:00~19:20. 나머지 시간은 간호사실 보관'이라고 적혀 있었다.

병원을 나와 편의점으로 가는 길. 차들이 병원에 올 때와 같이 쌩 쌩 지나간다.

저들은 마음이 편해서 사회에 적응할 수 있는 걸까? 어떻게 저렇게 거침없이 강할까?

'김정록 님 같은 경우는 사실은 폐쇄 병동으로 가야 해요. 자해나 자살의 가능성이 있어서요. 하지만 정록 님이랑 이야기를 해보니, 꽤 조절이 가능하신 것 같으신데… 조절하실 수 있겠어요?'

편의점에 들어갔다. 문을 여는 순간 의사가 한 말이 생각났다. 일반 병동을 선택하기를 잘했다고 생각이 든다.

나는 어차피 도망치고 싶은 생각에 입원한 것이 아닌가. 조절, 가능하다. 물론이다.

수건, 면도기, 칫솔과 치약, 샴푸와 비누를 챙겨 계산대로 갔다.

'사실 전에도 이렇게 조절할 수 있다고 약속했다가 자살을 시도한 환자 한 분이 계셨거든요. 저도 콤플렉스가 돼서…'

의사가 걱정스러운 표정으로 내 눈을 바라보았다.

"2만 6,700원입니다."

"네, 혹시 계좌이체 가능할까요?"

며칠 전에 카드를 잃어버렸다.

...

입원 수속은 능숙하게 이루어졌다. 나는 삼 층의 일반 병동. 309호로 안내를 받았다.

"혹시 마스크 없으세요?"

마스크 착용이라는 것을 까먹은 지는 꽤 됐다. 마스크 없어요.

"왜냐하면 요즘에 또 코로나가 유행하고 있어서, 마스크를 착용하셔야 합니다."

귀찮았다.

내 방은 드물게 보이는 네 명이 꽉 찬 방이었다. 방으로 들어가니 세 명의 환자들이 나를 멀뚱히 보고 있었다. 왼쪽 끝자리. 창문이 바로 옆에 있는 자리였다.

언제 미리 알고 준비를 했는지 커버가 씌워져 있는 침대에 걸터앉았다. 가방을 무릎에 올려놓고는 멍하니 바닥을 바라보았다.

"짐 풀고 정리하시면 돼요."

50대 중후반으로 보이는 아저씨가 말했다. 알코올 중독인가. 분위기로 봐서는 우울증이나 불안이 있을 것 같기도 하고. 자세히 보니까 눈이 사시다. 어디를 보고 있는지 알 수 없었다.

"네."

가방에서 수건, 칫솔과 치약, 핸드폰 충전기 등. 전부 꺼내서 군대 관물대와 비슷하게 보이는 보관장에 정리했다. 침대와 바로 옆 침대 사이에는 플라스틱 세면대 같은 것이 서 있었고, 그 바로 뒤에 콘센트가 있었다. 운이 좋다고 생각했다. 침대에 앉기 전에 말이 없지만 키가 큰 아저씨가 충전기를 들고 와 충전하는 것을 보았다. 줄이 긴 충전기를 챙겨 오기를 잘했다. 이 정도면 누워서도 충전을 하며 핸드폰을 보는 것이 가능하다. 창문 밖의 차 소리가 좀 시끄럽지만.

"며, 며, 며웃 살이세요?"

옆자리 사람이 물었다. 발음이 너무 어눌해서 두 번째로 말을 더

듬을 즈음 알아듣기 위해서 신경을 곤두세워야 했다.

"아, 저는 26살이에요. 반갑습니다."

"아."

그는 아, 라고 짧게 뭔가 깨달은 듯한 반응을 보이고서는 잠시 조용해졌다.

"저, 저, 저는 31살."

그는 입을 열 때마다 손을 앞으로 쭉 뻗는 버릇이 있었다. 뭔가를 잡으려고 하는 듯이. 자기 나이를 이야기하는 데에도 상당히 에너지를 필요로 한다는 것이 느껴졌다.

잘 부탁드린다는 말을 하며 고개를 숙였다.

"혹시, 그, 벼, 벼, 병명이 무어어어어예요?"

벌써 이 말투에 익숙해진 듯했다. 알아들을 수 있다는 안도감이 순간 들었다.

"우울증이랑 수면 장애가 있어요."

"아."

또다시 깨달은 듯한 반응.

"그리고 불안 장애…인데. 저는 모르고 있었는데, 사실 이 병원에 오기 전에 다른 병원에 갔었거든요. 거기서 무슨 점수로 계산하는 검사를 받았는데, 불안 증세도 점수가 제일 높은 단계보다 두 배는 더 나와서 심하다고 하더라고요. 저는 몰랐지만."

"아."

예측 가능한 반응을 보고서는 인사를 하고 충전기를 꽂았다. 그가 아, 라는 반응을 할 때면 왠지 그런 것이 느껴졌다. 아, 라고 한 뒤에 모든 것을 잃은 것처럼 공허해지고 허무해지는 느낌. 다시 보니 깨달은 듯한 느낌은 아니었다. 깨달으면 마음에 무언가가 들어차지 않는가. 내가 그의 무언가를 건드린 것인가?

역시 이 정도면 돌아누워서 핸드폰을 보는 것이 가능하다. 운이 좋았다. 문 쪽에 자리한 다른 두 명은 번거롭게 왔다 갔다 해야 하는데.

침대에 누워서 이어폰을 꽂고 노래를 틀었다. 이미 이 방의 모든 이가 나의 병명과 나이를 안다. 31살 형과 대화할 때 아저씨 두 명은 침대에 누워서 눈을 감고 있었다. 방금까지 병실에서 움직이고 있었으니 아직 잠들진 않았을 테고. 이어폰도 없다. 내 이야기를 다 들은 것이 틀림없었다.

"정록 님, 안내해 드릴 게 있어서 잠시만 이쪽으로."

간호사가 문 앞에서 말했다.

나는 돌아누워서 핸드폰을 보고 있었다.

간호사가 병실로 들어가 나의 어깨를 톡 건드렸다.

"아, 네?"

놀라며 자리에 앉았다.

"안내해 드릴 것들이 있어서 잠시만 저랑 같이 가실게요."

보랏빛 간호사가 웃으며 말했다. 보랏빛을 띠는 염색을 했다. 말투가 밝고, 명랑했다. 옷도 보라색이었다. 다른 간호사들은 분홍색이던데. 이분만 보라색이다.

간호사는 방으로 안내했다. 방은 아주 좁았다. 두 평 정도 되려나. 방에는 테이블 하나와 의자 2개가 놓여 있었다.

"혹시 괜찮으시면 에어컨 틀어도 될까요?"

보랏빛 간호사가 물었다.

"네. 좋아요."

간호사가 벽에 붙어 있는 에어컨 리모트를 터치해서 에어컨을 틀고 말을 이었다.

"네, 정록 님은 자의 입원이시고, 자의로 들어오셨기 때문에 퇴원도 스스로 가능하십니다. 들어오실 때 보셨던, 바로 앞 로비 같은 곳에 텔레비전이 있어요. 텔레비전 앞에 의자들이 많았죠? 그 공간은 로비가 아니라 프로그램실이라고 하고요, 밤 11시까지 이용 가능하세요. 여기 보시면 장소마다 시간이 다 표시되어 있으니, 여기, 샤워실 오전 5시부터 오후 11시라고 적혀 있죠?"

"네."

"네, 이용하시는 시설들은 이 종이 보시면서 사용하시면 되고, 일반 병동의 환자분들은 외출, 외박이 가능하신데요, 그룹별로 외출이 허가되는 횟수가 정해져 있어요."

정신병원에 왔구나, 라는 실감이 났다. 이제는 밖에도 마음대로 못 나간다. 외출과 외박이라는 말을 오랜만에 들은듯하다.

"1그룹, 2그룹, 3그룹, 4그룹으로 되어 있고, 치료 프로그램에 얼마나 적극적으로 참여하시는지에 따라서 정해지실 거예요. 1그룹은 일주일에 외출 다섯 번, 주말에 외박 가능하시고요, 2그룹은 외출만 다섯 번, 3그룹은 외출 세 번, 4그룹은 일주일에 외출 한 번만 가능하세요."

말투가 특이하다고 생각했다. 위태롭게 단어 선택이나 발음 실수를 할 것 같으면서도 말을 쭉 이어나간다. 목소리가 떨리는 것 같기도 하고. 마지막 4그룹을 소개하며 "외출 한 번만 가능하세요."라는 말을 웃으며 강조했다. 적극적으로 참여하라는 메시지였다.

그 방에서 나와서 간호사는 웃으며 편히 쉬라고 말했다. 들어올 때는 몰랐는데, 마흔 명 정도의 사람이 삼 층에 있는 것 같고, 대부분이 할머니이거나 할아버지들이셨다. 아주 가끔 비슷한 나이의 사람들이 보였다.

방에서 다시 노래를 들으며 누워 있었는데 이번에는 다른 간호사가 와서 말을 걸었다. 분홍색 유니폼이었다.

"정록 님, 안녕하세요. 제가 안내해 드릴 게 있어서 잠시만 이쪽으로."

또 있나? 그렇게 생각했다. 간호사는 아까 전과 같은 방으로 나를 안내했다.

"혹시 에어컨을 켜드릴까요?"

"네, 좋아요."

"다름이 아니라 정록 님이 어떤 이유로 자의로 입원하셨는지, 그리고 여러 가지 여쭤볼 게 있어서요."

계속해서 이어지는 말에 정록은 매번 간단하게 네, 로만 대답했다.

"네, 그럼 여쭤볼게요. 혹시 어쩌다가 오시게 되셨어요?"

"음… 제가 생각해도 우울증이 있는 것 같았어요. 사람들이랑 대화를 해도 대화에 집중이 안 되고, 저 사람이 무슨 말을 해도 입이 움직이는 것은 보이는데 단어가 머리에 안 들어오고."

마스크를 쓴 간호사의 눈이 초롱초롱하게 눈을 맞추고 있었다.

간호사는 아무런 소리도 내지 않았고, 고개만 끄덕이며 종이에 나의 말을 그대로 받아 적었다. 무슨 영수증처럼 생긴 큰 종이의 가장자리에 적고 있는데, 종이 중간을 차지하고 있는 어떠한 내역들 때문에 적을 공간이 점점 줄어들고 있었다.

"학교에서는 여러 자리를 맡아서 수행했고, 학교에서 일도 했었거든요. 어린이집에서 일했는데요. 아이들과 놀아줘야 하는데 그런 것도 집중을 하기가 어려웠어요. 자꾸만 마음이 아프고 그래서."

"네. 정록 님, 그… 편하게 다 말씀해 주셔도 되세요."

그렇구나.

"네. 감사합니다. 사실 제가 여기 오기 전에는 다른 병원을 찾았었는데요. 거기서는 요점만 말하라면서 짜증을 내시더라고요. 여기에서는 의사 선생님도 그렇고 다들 잘 들어주시네요."

간호사가 작게 웃었다.

"음… 제 생각에는 한 번에 빵 터졌다기보다는 어릴 때부터 계속 누적이 된 것 같아요. 제가 6살 때 부모님이 이혼하셨고, 제가 자서전을 한번 쓰고 싶어서, 군대에 가기 전에 이것저것 아버지한테 많이 물어봤었거든요. 그래서 아는 건데, 아버지 말로는 제 어머니가 양육을 할 수 있는 사람이 아니었다고 하더라고요. 일을 마치고 집에 돌아오면 6살, 5살짜리 아이들을 무릎 꿇리고, 소리치고, 때리고. 그러다가 8살 때 새어머니가 오셨는데요. 그 2년 동안은 정말 힘들었던 것으로 기억해요. 그 집이 주택이었는데 월세를 내고 있었어요. 어머니도 떠나시고 아버지 혼자 남으셨죠, 아버지는 자식 계획이 없으셨는데 38살에 저를 가지셨으니 자신이 모든 것을 다

떠안은 듯한 감정이 들었을 것 같아요. 자주 집에서 쫓겨나서 저희 셋은 집 앞 모텔에서 생활했어요. 한번은 그게 기억나요. 제가 아빠한테 '왜 집에서 안 자요?'라고 물었는데, 아빠는 우리 잠시 놀러 나온 거라고. 신나는 표정으로 저를 끌어안으셨어요. 그리고 어쩌다가 집에 돌아갔는데. 그 텔레비전 기억하시죠? 볼록한 박스 텔레비전. 거기서는 〈이누야샤〉가 나오고 있었고, 아빠는 제 손톱을 잘라주시고 있었어요. 동생은 방 한구석에서 곯아떨어졌고요. 손톱이 잘리는 제 손을 보고 있었는데 제 손등에 물이 한 방울 떨어졌어요. 고개를 들어서 아빠를 봤더니 아빠의 눈에 눈물방울이 매달려 있더라고요."

간호사는 말없이 공감한다는 끄덕임을 보이며 손을 바쁘게 움직였다.

"그 후로도 힘들었어요. 새어머니가 오셨지만, 처음에만 밝고 화목하게. 그렇게 지냈고, 나중에 가서는 서로 칼 들고 싸우고 난리가 났었어요. 한번은 아빠가 엄마 목을 조르고 있어서 제가 직접 두 손으로 아빠를 떼어내기도 했고, 경찰이 집에 오면 전 항상 멍하게 침대에 앉아 있었던 것으로 기억해요. 경찰이 제 등을 만져주며 질문해도 저는 아무것도 머릿속에 들어오지 않았죠. 그 뒤로도 아버지가 빚을 지게 되면서 전 일을 많이 했어요. 제가 갚아야 했거든요. 뭐… 그런 것들이 전부 저 몰래 숨어 있다가 지금 빵 터진 게 아닌가 싶네요."

빵 터진 게 아니라고 했는데, 결국에는 터졌다는 말이 입에서 나왔다.

간호사가 쓴 글이 빼곡하게 영수증의 상하좌우를 채웠다. 이면지가 없었던 건가?

간호사는 어쩔 줄 몰라 하는 눈을 보이며, 정말로 힘들었겠다는 말을 했다.

"병원에 정말 잘 오셨어요."

간호사가 말했다. 그리고 이어 물었다.

"저희 병원은 어떻게 알고 오신 거예요?"

"제 동생도 간호사인데 여기서 실습을 했었대요. 실습했을 때 좋았던 곳 3곳을 저한테 추천해 줬는데, 제가 여기를 선택했어요."

간호사는 정록의 동생이 간호사라는 말에 반갑다는 눈을 보였다.

...

교수들에게 전화가 오고, 학생들에게 전화가 왔지만 받지 않았다. 대화하기도 싫고, 그 누구도 필요가 없었다. 사실 나는 죽고 싶어서 이곳에 온 것이 아니다. 물론 죽고 싶은 마음은 매일, 매번 들었다. 자해를 한다고 해도 별 감흥이 없을 것 같았다.

이곳에 오기 전 병원에서 우울과 불안 증세가 초고위험 단계로 나온 것이 난 정말로 기뻤다. 그곳에서 빠져나올 지름길이 마련된 것이었다.

나는 매번 이런 식이었다. 매번 빠져나갈 명분을 만들고, 탈출했다.

"안녕하세요. 정록 님."

아까 내가 간략하게 나의 이야기를 털어놓았던 간호사다.

"정록 님, 피곤하시겠지만 이 문항들에 체크를 부탁드릴게요. 내일까지 하시면 됩니다. 시간이 많으니까 천천히 해주세요."

"아, 네. 감사합니다."

"내일 몇 시 정도에 찾으러 올까요? 오후 3시 정도면 편하시겠어요?"

"네. 내일 3시 안에 해놓을게요."

간호사가 주고 간 종이들의 양이 상당했다. 총 11장. 우울 검사, 불안 검사, 심리 검사… 총 여섯 종류의 검사지들이었다. 한 장으로 끝나는 검사도 있었고, 4장이나 되는 검사도 있었다. 총 문항을 세어보니 대략 800문항 정도를 읽고 체크를 해야 했다.

신이 났다.

"안녕하세요?"

500문항 정도를 넘어갈 때쯤 누군가가 와서 말을 걸었다. 대답은 하지 않고 이어폰을 뺀 뒤 고개를 들었다.

"저는 학생 간호사 이혜진이라고 해요. 혹시 뭐 하고 계세요?"

혜진은 자신의 학교와 이름이 적힌 명찰을 보여주었다.

"아, 간호사분이 주신 문항들에 체크하고 있었어요."

"방해가 됐다면 죄송해요. 오늘 입원하신 거예요? 어제는 못 본 얼굴 같아서."

"네. 오늘 3시 30분 정도에 자의 입원했어요."

"그러시구나. 혹시 실례지만, 병명이 뭔지 여쭤봐도 될까요?"

"그럼요. 우울증이랑 불면증. 그리고 저는 잘 못 느꼈는데 불안 증세도 높게 나오더라고요."

"그러시구나. 혹시 괜찮으시면 케이스 부탁드려도 될까요?"

"케이스가… 뭐죠?"

"저희 실습생들이 실습을 나오면 수행해야 하는 과제들이 있어요. 정록 님 딱 보자마자 뭔가 눈길이 자꾸 가서 여쭤봤어요. 그냥 제가 여쭙는 질문에 대답만 해주시면 돼요. 물론 거절하셔도 되고, 하게 되더라도 대답하시기 곤란한 질문이라면 대답을 안 하셔도 돼요."

어떡하지. 대화라도 자꾸 하면 좋아질 수도 있으려나.

"네. 한번 같이해 볼까요."

"아! 감사합니다! 저희는 2주 동안 실습을 하니까 아직 시간이 많이 남아 있어요. 제가 질문들이 준비되면 여쭈어볼게요. 아직 10일 정도 남아 있어요."

마스크 너머로 보이는 혜진의 미소가 보였다.

"네. 알겠어요."

정록도 미소를 보이며 다시 이어폰을 꼈다.

"안녕. 이따가 봬요."

혜진은 이따가 보자며 손짓하며 병실 밖으로 나갔다.

...

끔찍한 꿈이었다. 고등학생 때는 나름 학교생활을 열심히 했다. 친구들도 조용한 정록을 좋아했다. 조용하면서도 성실히 자기 할 일을 해냈다. 그렇다고 해서 학교에서 눈부시도록 앞서나가는 학생이지는 않았다. 수학, 과학 같은 과목은 항상 뒤에서 세 번째 자리를 지켰다.

정록이 졸업한 학교는 조리과학고등학교였다. 지금은 그렇게 이름이 바뀌었지만, 당시만 해도 관광고등학교라는 이름이었고, 정록이 졸업한 관광과에서는 조리, 칵테일, 카지노, 바리스타 등 요식업, 관광업에 종사할 수 있게끔 교육을 하는 학교였다.

학교에서 왕따를 당하는 꿈이라니. 선생님조차도 정록을 타깃으로 삼아 공격했고, 주변에서 자신을 지지해 주는, 아무 말이 없더라도 옆에라도 있어 주는 친구들 역시 없었다. 기억나는 장면이 있다. 원래 정록이 앉아야 하는 자리에 다른 친구가 앉아 있었고, 그 친구는 친한 친구였다. 정록이 자리에 가서 여기는 내 자리라며 말을 걸어도 친구는 픽, 웃을 뿐이었다. 다른 사람을 칼로 찔렀다는 소문이 학교 전체에 퍼졌다. 정록은 누군가를 칼로 찌르지 않았다. 이상한 소문이 저절로 퍼지면 사람들은 혼란스러워하거나 오해를 하기 마련이다. 정록은 처음에는 당연히 이 사실을 부인했다. 하지만 정록의 이미지는 이미 굳혀진 지가 오래였다. 그 누구도 그 검은 다이아몬드 같은 정록의 이미지를 맨손으로 깨부수고 다시 이 상황을 재분석하려 하지 않았다. 맨손으로 깨지 않아도 되고, 아무 말도 하지 않아도 되니까 그저 정록의 마음을 꿰뚫어 보려는 시도라도 하는 그런 사람을 정록은 간절히 찾았다.

없었다. 결국, 사람을 찔렀다고 인정했다. 그리고 한 날, 선생님이 인정의 소식을 듣자 교실에서 공개적으로 정록에게 물었다.

'도대체 왜 찔렀느냐?'

정록은 이야기를 만들었다.

그 사람이 다른 사람을 찔렀다. 자신이 그것을 목격했고, 그 사람이 찌른 사람은 자신의 원수였다고. 하지만 그 원수를 끝내 용서한 자신이 그에게 다시 다가가려 할 때, 그 사람이 죽은 거라고.

정록은 계속해서 이야기를 만들었다. 처음에는 그런 끔찍한 일을 하려 하지 않았다. 그에게 왜 나의 지인을 죽였냐고 물어보는 순간, 원수였던 지인을 죽인 그가 정록에게까지 칼을 휘둘렀고, 정록은 그 칼을 빼앗아서 찔렀다고.

실험을 해보고 싶었다. 떨리는 목소리로 거짓을 만들어 내는 자신을. 또 그 누구라도, 마음속에서라도 나를 보려고 노력할지를.

그런 눈을 가진 사람은 없었다.

길고 길었던 꿈의 마지막 장면이 생각난다. 앉을 자리가 없어 교실의 가장 뒷자리면서도 구석인 자리에 앉아 있었다. 옆에 앉은 학생의 의자는 180도로 회전이 가능한 의자였다. 옆자리 학생은 의자를 왼쪽, 오른쪽으로 계속해서 움직이다가 정록의 방향으로 돌아올 때 정록을 힘껏 박았다. 정록은 욕을 하며 그 학생에게 죽기 싫으면 멈추라고 말했다. 학생은 순간적으로 움찔했다. 그리고 다시 의자로 가로로 된 바이킹 놀이를 하다가 정록을 뒷문 밖으로 떨쳐냈다.

정록은 급식실로 가는 길에 설치된 어느 지붕에 떨어졌다. 왠지 포근한 마음이 들어서 이불을 생각했다. 이불을 생각하니 이불이 나왔다. 이불이 갑자기 나타났는데도 왜 꿈인 걸 알아차리지 못했을까.

지붕에 누워 잠을 청하려니 전교생이 지붕에 돌을 던졌다. 지붕이 완전히 박살이 나서 콘크리트 바닥으로 떨어지는 순간 잠에서 깼다.

핸드폰을 확인하니 문자가 와 있었다.

'정록아.'

그게 끝이었다. 고등학생 때 함께 놀았던 여자아이다. 학교에서 나와 같이 요리를 잘하는 편이었다. 우리는 요리 대화를 많이 나누었다. 답장을 보냈다.

'응?'

'진수가 죽었어.'

다현과 나눈 이야기들이 그 문자의 위쪽에 보였다. 다현은 요즘 부쩍 여행을 많이 다녔다. 그래서 나는 나도 여행을 좋아하는데, 부럽다며 문자를 보냈었다. 기분 좋게 끝마친 문자 메시지 바로 밑에는, 단 며칠 만에 진수가 죽었다는 내용이 적혀 있었다.

내가 담배를 피우기 시작한 이유는 의사에게 권유를 받아서다. 진수와 나는 고등학생 때 같이 노래방을 많이 갔고, 예술가의 태도에 대한 이야기를 자주 나눴다. 그저 생존을 위한 삶을 추구하는 것. 심장 속 한 자리에 자리 잡은 진정한 자신을 무시한 채 유영하는 것. 우리는 목숨을 걸더라도, 설령 실제로 중간에 우리의 시간이 끊기더라도. 우리는 우리를 만나보자. 그래서 하고자 하는 말이 있을 때 자신 있게 내용이 들어 있는 말을 해보자.

이 병원에 오기 전. 그 재수 없는 의사는 나에게 담배를 권했었다. 담배 연기를 '후–' 하고 내뿜으며 그 순간만큼은 고통을 잊어버린 채 연기와 스트레스를 함께 내뿜으라는 뜻이었다. 담배 연기와 교감을 하며 마음을 달래는 것이다. 담배를 피우기 시작한 지 며칠도 되지 않은 이 시점에 나는, 어느새 담배 연기를 습관적으로 내뿜고 있었다. 연기와 나누는 키스와 교감은 어디로 갔는지 사라졌고, 무의식적으로 내뿜고 있는 텅 빈 연기. 얼른 입안에 있는 연기를 불어내야 한다는 그 습관적인 자폭 행위.

다현과 나, 진수는 방과 후에도 함께 주방에 남아 음식을 연구하곤 했다. 우리 셋을 제외하고도 뛰어난 친구들이 많이 있었지만, 우리 셋은 인간적으로 친했다.

성인이 되고 배우로서의 길을 택한 진수에게 연락 한번 해보지 못한, 텅 빈 담배 연기와 같은 시간이 야속했다. 진수의 소식을 그저 SNS로만 확인했던 그 시간이, 자폭 행위처럼 느껴졌다.

...

병원 밥은 나름 괜찮았다. 학교 급식보다는 낮았다. 우리는 7시에 일어나서 아침 식사를 시작한다. 나는 아침잠이 많아서 다른 아저씨들처럼 5시에 눈이 떠지지는 않는다. 도대체 어떻게 이 편한 병실에 있으면서 5시에 일어날까.

5시부터 우리 일반 병동의 사람들은 병원 뒤편에 있는 주차장으로 나갈 수 있다. 환자들은 거기에서 담배를 피우며 시간을 보낸다. 3일이 지났는데 한 가지를 깨달았다. 수면제가 너무 좋다는 것이다. 너무너무 마음에 든다. 매일 정확히 해가 뜰 무렵에 잠들던 나를 위한 발명이었다.

'저녁 약 드리겠습니다. 모두 병실로 와주세요. 약 드시기 전에 물 준비해 주세요. 약 드시고 나서 확인 부탁드립니다. 확인 시 시간이 지체되지 않도록 많은 협조 부탁드립니다.'

9시다.

간호사 중 방송할 때 목소리가 가장 밝은 분이었다. 특히 마지막에 많은 협조를 바란다는 말을 할 때는 목소리 톤이 올라간다. 수면제를 먹으면 10분 안에 효과가 찾아왔다. 바로 정신 상태가 몽롱해지며 졸음이 쏟아진다. 아침에 일어나도 마찬가지다. 잠에서 깨고, 아침까지 먹었는데도 불구하고 어지럽다. 나는 밖에서 낮과 밤이 바뀐 생활을 했기에 정말 마음에 들었다. 하지만 여전히 나는 아침을 먹고 곧바로 곯아떨어진다. 아직까지 아침을 먹고 양치하러 간 적이 없다.

점심을 먹고 침대에 누워 노래를 듣고 있었다. 너무 좋다. 그 누구와도 대화하지 않아도 되고, 그 누구도 나에게 무언가를 시키지 않는다. 이렇게 이어폰을 끼고 누워서 볼륨을 최대로 올리고 게임을 하고 있으면 정말 온 세상이 내 세상이다. 내 머리 위에 있는 창살 창문 밖에서 나는 차 소리를 들으며 행복을 느꼈다. 나는 저기로 가지 않아도 된다.

"정록 님!"

이어폰을 뚫고 들어올 정도로 높은 목소리였다. 병실의 문 쪽을 보았다. 혜진이 서 있었다. 혜진은 나에게 나오라고 손짓하며 웃고 있었다.

"질문들 준비됐어요."

"아, 네."

혜진은 복도의 가장 끝에 있는 의자로 안내했다. 혜진을 따라가며 혜진을 보았다. 아까 웃고 있던 눈은 없었다. 마스크 뒤로 보이는 그늘진 눈이 있었다.

"여기 앉으세요."

혜진이 가리키는 의자에 앉았다.

혜진은 손바닥 크기의 작은 수첩을 펼쳤다.

"자, 그럼 여쭤볼게요. 대답하기 싫으면 안 해도 돼요."

혜진과는 이미 친해져 있었다. 지난 3일 동안 어찌 되었든 서로가 서로의 파트너이기에 친해지려고 노력하지 않을 수 없었다.

"우선 첫 번째는요. 이 병원을 어떻게 알고 오셨어요?"

혜진은 지난 3일 동안과는 달리 경직된 모습이었다. 이게 그렇게 긴장할 일인가.

"그때 말씀드렸듯이 제 동생도 간호사예요. 동생도 학생 때 여기에서 실습을 했거든요. 그래서 추천을 받았어요."

자신의 생각을 있는 그대로 상대방에게 전달하는 데 아무런 문제가 없었다. 아무리 잔혹한 사건이라도 주저하지 않고 그대로 설명을 할 수 있다. 그것은 이미 받아들인 자만이 할 수 있는 태도였다.

"맞다. 맞네요."

확실히 긴장한 것 같다.

"그럼 자신이 현재 어떤 병을 앓고 있다고 생각하나요?"

"우울증, 불면증, 그리고 불안 증상이요. 불안 증상은 저는 몰랐는데 이 병원에 오기 전에 다른 의사와 함께 검사를 했었거든요.

그때 점수가 최고 위험 점수인 점수보다 몇 배는 더 높게 나오더라고요."

"으흠."

혜진과 과거에 대해서 깊고 자세하게 대화를 나누는 것은 지금이 처음이었다. 그래서 혜진이 이토록 긴장한 걸까? 목소리가 떨리는 정도였다. 어쨌거나 나는 혜진에게 환자였다. 지난 3일 동안 인간적으로 가까워지기는 했지만, 언제 어느 부분을 건드려서 나의 피가 쏟아져 나오는지는 알 수 없었다. 혜진의 떨리는 손을 보며 말했다.

"전 완전히 괜찮으니까, 편하게 물어보세요. 불편하거나 이런 거 없어요."

혜진의 눈이 좀 편해진 것처럼 보였다.

"그럼 그 증상들이 어쩌다가 생기게 된 것 같으세요? 원하지 않으면 자세히 답변하지 않아도 돼요."

"아니요. 괜찮아요. 저는 입원하기 전에 대학생이었어요. 그런데 제가 일을 하다가 26살이 되면서 학교에 오게 된 거거든요. 교수들은 제가 눈에 띄었는지, 저에게 이것저것 많이 시키셨어요. 그런 건 괜찮았는데. 저, 조용히 학교 다니다가 졸업하려고 했거든요. 그런데 반 사람들이 그렇게도 저를 추천해서 과대표를 맡았어요. 그리고 연달아서 봉사동아리 부회장, 문학동아리 총무, 2학년 총부 과대표, 그리고 학교 홍보를 담당하는 동아리 회원까지 한 번에 너무 많은 일이 쏟아졌었어요. 그것까지는 일을 다 처냈는데, 드디어 1학기가 끝나고 여름방학이 됐을 때 저는 대회를 3개나 준비해야 했어요. 학교 일을 동시에 하면서요. 하나는 간호학과와 함께 사회에 도움이 되는 프로그램을 만드는 대회, 하나는 토론 대회, 또 하나는 복지에 관한 글쓰기 대회였어요. 입학하기 전에도 사실 여러 가지 일들이 많았어요. 입학하기 전에는 요리사로 일을 했는데요. 지금은 그러면 절대 안 되지만, 그때는 일하다가 따귀를 맞아도 뭐라고 대들 수가 없었어요. 무섭기도 하고, 제가 어리기도 했고. 학교가 결정적으로 저를 부숴버린 것은 맞지만, 이미 깨져 있는 상태로 학교에 와서 그 일들을 맡아버린 건 제가 맞기는 하죠."

혜진이 내 이야기를 제대로 듣고 있는 것인지 의문이 들었다. 말을 하다가 혜진의 눈을 볼 때마다 혜진의 눈은 복도에서 걷기 운동을 하고 있는 다른 환자들에게 가 있었고, 나의 시선을 느끼면 다시 나의 눈으로 돌아왔다.

"제가 그때 그렇게라도 일을 계속해야 했던 이유는 아버지가 빚이 생기면서 그렇게 된 거예요. 군대에 있을 때 그 소식을 들었는데, 휴가를 나가서 아빠의 상태를 보니 말이 아니더라고요. 독촉 전화는 오고 있는데 아빠는 저보고 전화를 받지 말라고 소리를 지르셨고, 방에서 누운 채 꼼짝도 안 하셨죠."

메모를 하던 혜진은 중간에 메모를 멈추고 나를 보며 이야기를 들었다. 물론 다른 환자들을 힐끗거리면서 이야기를 들었다. 그리고는 빚 이야기가 나오자 다시 짧게 메모를 했다. 말을 이어가며 혜진이 다른 환자를 볼 때 수첩을 살짝 훔쳐보니 '아버지 빚 청산, 3년'이라고 적혀 있었다.

"더 어릴 때도 이런저런 사건들이 많았는데 그런 게 이렇게 다

쌓인 것이 아닌가 생각해요."

양손을 넓게 벌리며 쌓였다는 표현을 강조했다. 그리고 가만히 있었다. 혜진이 어떻게 나올지가 궁금했다. 당황했을까? 아니면 다른 질문을 할까?

"그렇군요…"

혜진은 무엇을 쓰는지 메모를 하며 다음 말을 생각하는 모습으로 보였다.

"그럼 이번에는 스트레스를 어떻게 해소하시는지 알고 싶은데 혹시 어떻게 해소하세요?"

"음… 고등학생 때는 우슈라는 운동을 3년 내내 했어요. 성인이 돼서도 1년 더 했고요. 총 4년이네요. 그때는 운동으로 해소했던 것 같은데, 지금은 노래를 들어요. 노래를 부르기도 하고, 글을 많이 써요."

"글이라면 일기 같은 거요?"

"음. 아니요. 요즘에는 시를 많이 써요. 그전에는 소설을 많이 썼고요. 그렇게라도 제 생각을 털어놓으니 많이 풀리더라고요."

"그럼 앞으로 출판 같은 것도 생각 중이세요?"

혜진이 갑자기 신나 하며 물었다. 마스크 뒤로 미소가 보였다. 혜진의 눈. 정말 사슴 눈망울처럼 크다고 생각했다.

"이미 했어요."

정록이 멋쩍은 웃음을 보이며 말했다.

"진짜요? 대박! 작가님이네요?"

"뭐…"

정록은 요즘 남에게 보여줄 게 없을 때는 자신의 책을 보여준다. 그러면 모든 사람들이 이런 반응을 보였다. 그것이 정록이 기쁜 마음과 우쭐한 마음을 느끼는 해소법이기도 했다.

"그렇긴 한데, 자가 출판 사이트를 사용해서 출판한 거예요. 이 작품이 이 사회에 어떤 영향을 미치는지. 그런 과정과 계약을 통해서 제대로 검증된 책들은 아니에요. 원고만 있으면 누구나 할 수 있는 거예요."

"그래도 대단해요! 저는 과제를 쓰면서도 무슨 말을 쓸지 생각이 안 나는데."

"언젠가는 제대로 출판사에 투고해 보려고요."

"네! 제가 정록 님 책이 언제 나오는지 항상 검색해 볼게요."

"네, 고마워요. 여기 간호사분은 이미 사셨어요. 2권 다."

"아, 정말요? 혹시 누가요?"

"황언지 간호사님이라고. 그 젊으시고, 단발머리, 안경 안 쓰신."

"아~ 알아요."

"그분은 출근하자마자 모든 환자들에게 가서 대화하잖아요."

"네. 저도 봤어요. 대단하다고 생각했어요."

"네. 저랑도 대화하다가 책 이야기가 나와서 알려드렸더니 바로 사시더라고요. 환자의 책을 읽어보는 게 처음이라고. 또 환자의 마음 상태도 알 수 있을 것 같다고."

황언지 간호사는 어떨 때는 마음속에 있는 생각을 그대로 다 표현했고, 가끔은 말을 아꼈다. 그런데 아껴야 할 때 아끼는 것이 아니라 좀 뜬금없이 아끼는 느낌이 들었다. "오늘은…"이라고 말해놓고 고개만 끄덕이며 나의 대답을 유도했다. 처음이라면 당황스러울 정도였다.

"그럼 스트레스 해소법도 알았고… 아! 마지막으로 하나 같이해야 할 게 있어요."

혜진이 펜으로 열심히 수첩을 훑다가 가장 아랫부분을 보며 말했다.

"지금부터 제가 말하는 숫자를 그대로 따라서 하시는 거예요. 혹시 잊어버리시거나 못 들으시면 두 번까지는 다시 들려드릴게요."

이제부터는 나 역시 긴장을 했다. 머리를 쓴다는 이 행위가 시작되는 순간 나는 나의 기억력이 얼마나 되는지. 그 사실이 혜진에 의해서 들통나게 되는 것이었다. 큰 상관은 없었다. 지금은 나는 나 그대로인 걸 인정하니까.

"그럼 시작할게요."

"네."

"2, 4, 6, 8."

"2, 4, 6, 8."

혜진은 숫자를 하나하나 또박또박 단단한 목소리로 읽었다. 시험 칠 때 나오는, 그런 음성 같았다.

"3, 5, 2, 9, 5."

"3, 5, 2, 9, 5."

"0, 4, 7, 3, 6, 1."

"0, 4, 7, 3, 6, 1."

"3, 7, 2, 6, 4, 0, 1."

"3, 7, 2, 6, 4, 0, 1."

"5, 7, 5, 3, 0, 5, 7, 1."

"5, 7, 5, 3, 0, 5, 7, 1."

"잘하셨어요. 잘하시는데요? 이제는 제가 말하는 숫자를 반대로 말해주시면 됩니다."

쉽다고 생각한 순간, 너무나 깊은 나락으로 떨어지는 기분이 갑자기 들었다.

"연습 한번 해볼까요? 제가 4, 3, 6, 7을 말하면?"

"7, 6, 3, 4."

"맞아요. 그럼 시작할게요. 2, 9, 3, 8, 5."

"5, 8, 3, 9, 2."

"3, 7, 1, 3, 3, 2."

"2, 3, 3, 1, 7, 3."

"7, 4, 6, 2, 9, 0, 0."

"0, 0, 9··· 2··· 6··· 4, 7."

위험했다.

"3, 7, 6, 5, 9, 0, 4, 4."

"4, 4··· 한 번만 더 말해주세요."

"3, 7, 6, 5, 9, 0, 4, 4."

"4, 4, 0, 9··· 5··· 6··· 7··· 3."

"3, 4, 1, 2, 4, 1, 2, 3, 1."

다시 말해달라고 했다.

"3, 4, 1, 2, 4, 1, 2, 3, 1."

"1, 3, 2…"

혜진에게만 들릴 정도로 귓속말하듯이 숫자를 하나하나 세었다.

"…1."

"네."

"(3, 4, 1, 2)…4."

"네."

"(3, 4, 1)…2."

"네."

"(3, 4)…1."

"네."

"(3)…4."

"네. 마지막."

"마지막 3."

혜진은 웃으며 박수를 쳤다. 다른 환자들과 케이스를 잡아 대화를 나누던 실습생들이 우리가 있는 복도의 구석을 바라보았다. 기뻤다. 뭔가를 직접 시도했고, 결과를 내 손으로 만든 후의 후련함이었다. 그 시선이 마음에 들었다. 그들이 옆에서 이 장면을 봐야 했다고 생각했다.

"저 지금까지 실습을 8곳에서 했는데 다 맞히신 분은 처음인데요?"

혜진의 큰 눈망울이 밝게 웃었다.

"하다 보니 요령이 생겼어요."

"똑똑하시네. 이러니까 교수님들이 일을 맡기죠."

"고마워요. 혜진 님이 편해서 마음도 편했어요."

"저야말로 고마워요. 이제 질문은 다 끝났어요! 방에 들어가서 좀 쉬셔도 돼요."

생각했다. 어제 혜진은 나에게 내일 질문들을 드릴 것이고, 그 답변들과 환자의 상태를 분석해서 마음의 병을 낫게 해주는 해결책을 찾아내는 것이 실습 과제라고 했다. 수간호사에게 검사를 맡아야 하고, 발표를 섬세하게 하지 못하면 혼나고 말 거라며 장난삼아 불안을 표현했던 혜진의 말이 생각났다.

"음, 혜진 님."

"네."

"혹시 발표를 위해서, 분석하는 데 기초가 되는 정보가 많을수록 좋죠?"

나는 밝게 웃으며 말했다.

"네!"

혜진이 반가워하며 대답했다.

"그럼 제가 아예 처음부터 자세하게 말씀을 드릴게요. 어릴 때부터. 혜진 님이 친절하시니까 드리는 선물이에요."

혜진은 고맙다며 고개를 끄덕거렸다. 정말로 괜찮다며 걱정하지 말라고 말하자 혜진은 밝게 웃었다.

궁금했다. 마지막에 '어릴 때도 이런저런 사건이 많았고, 그것들이 쭉 쌓여온 것'이라고 질문을 자세하게 더 할 수 있는 여지를 남기면 혜진이 과면 어린 시절에 대해서 자세하게 물어볼지. 혜진은 그러지 않았다. 스트레스를 푸는 방법에 대해서 물어보는 쪽으로 주제를 돌리는 혜진을 보며 혜진이 너무 착하다고 생각했다. 이것을 안 물어보면 수간호사를 만났을 때 불리해지는 건 혜진인데. 혜진은 나와 단 1살 차이였다. 나는 1999년, 혜진은 2000년생이었다.

"그럼 말씀드릴게요. 저는 6살 때 부모님이 이혼을 하셨어요. 부모님이 이혼하시는 과정을 전부 지켜봤는데, 한번은 아버지가 거실에 누워 있었고 어머니는 선 상태로 아버지에게 소리를 지르고 있었어요. '어떻게 키스까지 할 수가 있어!' 어머니가 소리치고 있었어요. 아빠는 담배를 피우며 어머니를 무시하고 있었고요. 아빠가 그 당시 바람을 피웠는지 아닌지는 잘 모르겠어요. 제가 나중에 자서전을 쓰고 싶어서 아빠한테 이런저런 과거에 대한 질문들을 자세히 물어봤는데, 아빠는 상세하게 답을 안 하시더라고요. 그리고 이건 또 다른 날인데, 엄마가 아빠한테 텔레비전을 던지면서 시작됐어요. 저랑 1살 차이니까 그거 알죠? 볼록한 박스 같은 텔레비전."

"쉿. 실습생은 환자에게 나이를 말할 수가 없거든요. 사실 제가 몰래 말씀드린 거예요."

몰랐다. 목소리를 낮췄다.

"아, 미안해요. 몰랐어요. 히히."

"히히. 괜찮아요. 그래서요?"

"그래서… 음, 그 후로 장면들이 기억에 남지는 않았는데, 그날 오후에 어머니가 안 보였어요. 그래서 엄마를 찾아서 온 집 안을 이리저리 돌아다니며 찾아보니 방에 계시더라고요. 엄마는 문을 잠근 줄 알았던 것 같아요. 왜냐면 제가 문을 여는 것을 보고 엄청 놀라셨거든요. 방 안이 난장판이었어요. 거울이 깨져 있었고, 엄마는 그 위를 그냥 맨발로 돌아다니면서 옷장에서 옷들을 전부 헤집어 놨고요. 옷이랑 거울 조각들이 섞여 있는데도 엄마는 가방에 옷들을 마구 구겨 넣었어요."

두세 명의 환자들이 고개를 내리깔고 걷기 운동을 하며 지나다녔다. 혜진은 드디어 다른 환자들에게 눈길을 돌리지 않았다. 혜진이 나에게만 집중하며 혜진의 커다란 눈망울에 자신의 이야기와 감정을 집어넣고 싶었다. 그리고 그 들어간 이야기와 사건들을 혜진이 다른 데로 새지 않고 강하게 느끼기를 바랐다. 이야기가 만약 고체로서 만질 수 있는 것이라면 그 모습은 끊이지 않는 기다란 막대기일 것이다. 그 막대기가 혜진의 눈으로 들어가기 시작해서 발끝까지 닿기를. 그리고 혜진의 심장이 가장 강하게 그 막대와 교감할 것을 원했다. 이번에는 원했던 그 장면이 그대로, 원하는 대로 연출되고 있었다.

"제가 엄마에게 물어봤어요. '엄마, 어디 가요?' 그리고 엄마가 대답했어요. '엄마? 놀러 가는 거야.' 엄마는 미소를 보였어요. 그리고 저는 다시 '언제 돌아와요?'라고 물었고, 엄마는 '멀리 가는 거라서 며칠 걸릴 거야.'라고 답했어요. 그리고 다시 작은 유리 조각들이 묻은 옷들을 가방에 구겨 넣었어요. 엄마의 손에는 여기저기 피가 나고 있었어요. 무서웠어요. 그리고… 그 뒤로는 장면이 끊기는데, 정신을 차려보니 저, 여동생, 아빠, 엄마는 마당에 서 있었어요. 그때 우리 집은 월셋집이었는데, 꽤 넓은 주택이었어요. 엄마가 가방을 끌며 우리 집 마당에서 멀어지기 시작했어요. 저랑 제 동생은 어려서부터 인사하는 예절을 강하게 교육받았거든요. 아침에는 '안녕히 주무셨어요?', 저녁에는 '안녕히 주무세요.', 헤어질 때도 역시 '안녕히 가세요.', 어른들은 당연하고 가족들에게도 똑같이 해야 했어요. 그래서 저는 엄마에게 인사를 해야 한다고 생각했어요. 그래서 소리쳤어요. '어머니, 안녕히 가세요!' 엄마가 왠지 떠나는 듯한, 다시는 못 볼 것 같다는 느낌이 들었어요. 그 느낌은 확실히 기억해요. 그때 엄마는 이미 도로를 건너서 버스 정류장으로 향하고 있었는데, 제가 인사를 하고 아빠를 봤거든요? 아빠가 텅빈, 정말로 마음이 텅 빈 표정을 하고서는 엄마를 바라보고 있었어요. 아빠는 제가 소리치는 걸 듣고 정신이 들었는지 차에 타라고 했어요. 고개를 돌려서 다른 쪽을 봤는데 빨간색 버스가 오고 있었어요. 우리는 아빠의 말대로 차에 탔고, 아빠는 거칠게 운전을 했어요. 제가 본 아빠가 운전하는 모습 중에 가장 거칠었어요. 버스 정류장이 앞에 보일 때 버스는 이미 엄마를 태우고 있었어요. 그리고 출발했는데, 도로가 2차선이었거든요. 아빠가 1차선으로 추월해서 출발하고 있는 버스 앞에 차를 급정거시켰어요. 그래서 버스가 클랙슨을 울렸고, 아빠는 차에서 내렸어요. 우리에게 아무런 말도 없이. 그래서 제가 동생보고 우리도 내리자고 말했어요. 차에서 내리니까, 아빠가 버스 기사에게 문을 열어달라는 손짓을 하고 있었고, 버스 기사는 아빠에게 손가락질을 하면서 욕을 하고 있었어요. 버스 문이 열리자 아빠는 성큼성큼 계단을 올라서 버스 중간 정도에 앉아 있는 엄마 팔을 잡았어요. 거칠게. 엄마가 왜 이러냐며 반항하자, 아빠는 한 손으로는 엄마의 가방을 잡아 들었고, 한 손으로는 다시 엄마의 팔을 잡아 입구로 향했어요. 입구에 거의 도착했을 때 아빠의 손이 엄마의 손을 잡았어요. 그때 제가 엄마의 표정을 봤는데, 엄마가 웃고 있었어요. 그 뒤로 며칠이 지났던 것 같아요. 나중에 정신을 차려보니 엄마가 또다시 보이지 않았고, 제가 아빠한테 물어봤어요. 엄마 어디 갔냐고. 아빠는 엄마가 놀러 갔다고 말했어요."

혜진의 손이 바쁘게 모든 것을 받아적고 있었다. 우리는 지금 이 대화 이외에는 그 어떤 것도 느껴지지 않았다.

"그렇게 저는 엄마를 잃어버렸고, 지금까지도 엄마가 어디 있는지 몰라요. 그렇게 2년이 흘렀어요. 2년 동안 아빠 혼자서 저와 제 동생을 먹여 살렸어요. 아빠는 서울에서 버스 기사로 20년을 일하셨는데, 엄마에게 돈을 주는 족족 전부 사라졌다고 했어요. 아빠를 인터뷰하다가 알게 됐거든요. 아무튼, 음… 아빠가 그때 얼마나 우울했는지 되돌아보면 두 가지가 생각나요. 텔레비전에 〈이누야샤〉라는 애니메이션이 틀어져 있었어요. 아시죠? 아빠는 제 손톱을 깎아주고 있었어요. 제가 아마… 6살이거나 7살 정도였을 텐데. 〈이누야샤〉를 보고 있는데 제 손등에 무슨 물방울이 떨어졌어요. 그래서 제 손등을 먼저 보고, 아빠 얼굴을 봤는데, 아빠의 눈에 눈물방울이 동그랗게 매달려 있었어요. 제가 왜 우냐고 물어봤는데, 뭐라고 답했는지는 기억이 안 나요. 그리고 또 하나는, 제가 거실에 있었고 아빠는 주방에 있었는데 뭔가 숨을 참는 듯한 소리를 들었어요. 숨이 턱 막히는 듯한. 그 집 거실에서는 고개를 빼꼼 내밀면 가스레인지가 있는 쪽에 서 있는 사람의 옆 모습을 볼 수 있거든요. 아빠가 서 있었는데, 자세히 보니까 칼로 뭔가를 자르려고 하고 있었는데… 아마 아빠의 손가락이었던 것 같아요. 왜냐면 제가 6살, 7살이던 무렵에 아빠 손가락에 밴드가 많이 감겨 있는 것을 보았거든요. 그리고 아빠 친구들이 찾아와서 술을 먹으며 이야기하던 게 생각나요. 그때 대화 주제가 '자살'이었거든요? 아빠가 한 말이 기억나요. '쉽게 안 죽더라고.'라고 했어요. 그리고 2년 후, 제가 8살이 될 때 새어머니가 오셨어요. 아주 밝은 분이셨어요. 처음에는 자기를 '아빠 친구'라고 부르라고 말했고, 저는 그 말대로 그분을 아빠 친구라고 불렀어요. 몇 달이 지나고 아빠가 저랑 제 동생한테 '아빠 친구'에게 엄마라고 불러보라며 시켰어요. 그때부터 아빠 친구는 제 엄마가 됐어요. 그런데… 몇 개월 정도는 아주 좋았는데, 맛있는 것도 잘 만들어 주시고, 엄청 밝으셨고. 그런데 시간이 갈수록 원래 엄마보다 더 심하게 싸웠던 것 같아요. 그때 아빠의 상태가 정상이었는지, 의심이 가는 부분이 뭐냐면, 새벽에 언쟁을 하고 있었는데 제가 깼단 말이죠. 근데 뭔가, 음, 제가 잘 때 베개를 다리 사이에 끼우고 자는데, 그날따라 베개가 너무 시원한 거예요. 그 발끝에서 느껴지는 감촉이. 여름이었거든요. 그 감촉을 느낄 때쯤에는 엄마랑 아빠가 화해하고 분위기가 부드러워져 있었거든요. 그래서 기분이 좋았는지는 몰라도, 그 시원한 느낌이 너무 좋아서 발을 계속 베개에 비볐는데, 아빠가 저한테 갑자기 욕을 하면서 혼내려고 했어요. 그래서 새어머니가 아빠를 막았던 기억이 나요. 그 '이 새끼가.'라는 욕을 듣고 무서워서 발을 멈췄던 기억이 나요. 음, 아빠는 우울증이 있었던 것으로 판단이 돼요. 아빠는 용역 일을 하고 있었는데, 매일 나가시는 게 아니었어요. 일을 안 나가는 시간이 길어지니 월세가 밀렸나 봐요. 그래도 일에 나가지 않았던 거죠. 그래서 가족이 집에서 쫓겨났는데, 10일 정도 집 앞에 있는 모텔에서 살았던 기억도 있고요. 그러다가 저희는 청주로 이사를 가게 됐어요. 청주에서 월세가 더 싼 집을 찾았고, 새어머니의 자식분들이 청주에 살았거든요. 그때 그분들은 다 이미 큰 어른이었어요. 막내 형이 29살, 첫째 형이 36살이었으니까. 청주에 갔는데 우리 생활은 더 엉망이 됐어요. 그 집은 주택이었는데, 대문 옆쪽에 창고 같은 공간이 있었어요. 열 평 정도 됐을 거예요. 방이랑 문을 사이에 두고 연결이 돼 있었고요. 저희 부모님은 거기서 장사를 하기 시작했어요. 막걸리, 소주, 맥주와 같은 술들을 사 와서 생필품, 과자랑 함께 팔았어요. 집 앞의 공간이랑 가게 안에 테이블을 깔아놓고요. 근데 역시 술이 문제일까요. 한 날은 술에 취한 손님들끼리 싸움이 났는데 저희 아빠가 거기에 휘말리셨어요. 저는 그때 방에 있었는데 유리가 깨지는 소리가 들려서 밖에 나가보니 어떤 남자가 아빠의 멱살을 잡고 주먹을 쥐며 울고 있었어요. 아빠의 손에는 깨진 맥주병이 들려 있었고. 또 한번은, 음, 저랑 제 친구들은 자전거를 항상 타고 다녔거든요. 한 날, 친구들이랑 자전거를 타고 집 앞을 지나가는 순간이 있었는데, 멀리서부터 보이는 거예요. 누군가가 집 앞 도로에 내다 앉아서 통곡하고 있었고, 그 주변을 사람들이 둘러싸고 있었어요. 저는 그 통곡하는 여자가 엄마라는 것을 직감했어요. 그때 제 친구들이 다섯 명 정도 있었는데, 그곳을 지나고 얼마나 마음이 혼란스러웠겠어요. 창피하기도 하고. 그리고 또 한번은 저랑 제 동생이 제 방에서 레고를 가지고 놀고 있었는데, 오늘도 어김없이 싸우는 소리가 들리는 거예요. 저희는 이미 익숙하니까 그 소리를 들으며 놀고 있었고. 그런데 이번에는 발소리가 점점 가까워지더니 제 방문을 열고 들어왔어요. 그러니까, 방문은 살짝 열려 있었고, 그 방문은 방 안쪽으로 열리는 문이었거든요. 방문이 열리는 순간 아빠가 엄마의 목을 잡고 냉장고로 밀어붙였어요. 문 바로 앞에 냉장고가 있었거든요. 냉장고가 들썩거렸고, 저랑 제 동생은 아빠의 손에 칼이 들려 있는 것을 봤어요. 칼끝은 엄마의 배에 가 있었어요. 엄마는 아빠보고 빨리 죽이라고 했어요. 우리 앞에서. 우리를 봤음에도. 그리고 한번은 제가 동생 방에서 자고 있었는데, 그날도 부모님이 싸우고 있어서 동생이 무서워할까 봐 동생 방에서 잤거든요. 그 소리를 듣고 있는데, 엄마가 싸우던 도중 동생 방문을 열고 들어와서 동생의 책상을 손으로 쓸어버렸어요. 그… 은색 연필깎이 아시죠? 집 모양으로 생긴. 그게 제 머리에 떨어졌어요. 그래서 그대로 기절했고, 눈을 뜨니까 학교에 늦었더라고요. 음… 그러다가 중학생이 됐는데, 다시 경상도로 이사를 왔어요. 지금도 제 머리가 이렇게 길지만, 중학생 때 제 머리가 더 길었거든요. 한번은 아빠의 선배라는 사람이 술을 마시러 왔어요. 좋은 사람 같았어요. 왜냐하면, 자기 지갑에서 자신의 딸과 아들 사진을 보여주셨거든요. 전 어렸으니까 당연히 좋은 사람이라고 생각했죠. 저는 다음 날 학교에 갔어야 했는데, 두 분이 새벽까지 술을 드신 거예요. 그 시끄러운 소리를 들으면서 잠을 못 자고 깨어 있었는데, 드디어 술자리가 끝이 났어요. 그리고 대화 소리를 들었죠. 아빠가 아저씨한테 방에 들어와서 같이 자자고 했어요. 아저씨는 거실에서 자면 된다면서 거절했어요. 거실에 불이 꺼졌고, 저도 자려고 했는데 방문이 열렸어요. 아빠는 술에 취해서도 저랑 제 동생이 잘 자고 있나 확인하는 버릇이 있거든요. 그래서 아빠라고 생각했는데, 제 옆에 와서 눕더라고요. 혜진 님도 아시잖아요. 냄새만으로도 이건 아빠가 아니라는 것을. 천천히 일어나서 제가 덮고 있던 이불을 내렸어요. 그리고 제 배를 만졌어요. 그때 다행히도 아빠가 화장실에 가다가 그걸 발견해서, 아저씨한테 지금 우리 아들한테 뭐하냐고 소리를 질렀어요. 그런데 그 아저씨가 한 말을 저는 아직도 그대로 기억해요. '아, 이거 아들이었어?' 그래서 아빠가-"

"아, 잠시만요."

혜진이 열심히 적고 있던 수첩과 펜, 양팔을 떨구며 말했다. 나는 혜진을 보았다. 혜진의 큰 눈망울에 눈물이 고여 있었다.

"저, 울 것 같아요."

그 말을 하자마자 혜진의 눈에서 눈물이 흘렀다.

"괜찮아요?"

정록이 물었다.

"잠시만요…"

혜진이 마스크를 잠시 벗고 손으로 눈물을 닦았다. 혜진이 예쁘다고 생각했다.

"완전히 멘붕이에요. 지금. 잠시만요."

혜진이 마스크를 쓰며 말했다.

"괜찮아요?"

"아니에요. 계속 말해주세요. 정말 감사해요."

"음… 그래서 아빠랑 아저씨가… 밖에 나가서 싸웠는데 저는 중학생이니까, 힘도 없고 도와주기가 겁이 났어요. 물론 마음만 먹으면 달려 나가서 아저씨랑 한판 할 수도 있었는데, 어쩌다가 제가 죽어버리면 아빠가 더 슬퍼하니까."

"그때 새어머니는 안 계셨고요?"

"네. 아빠랑 싸워서 자기 집에 있었어요."

"아…"

"그리고… 제가 군대에 갔는데 주말에 전화가 왔어요."

혜진이 다시 수첩에 빠른 속도로 적기 시작했다. 눈물이 다시 고였지만 코를 훌쩍거리며 참고 있다. 지나가던 환자들이 눈치를 봤다. 혜진은 인터뷰를 하는 중이라며 그들을 안심시켰다. 그들은 나를 의심의 눈초리로 보았다. 혹시 정신적으로 실습생을 괴롭히는 건 아닌가 싶었을지도.

"아빠가 빚이 생겼다는 거예요. 이건 아까 말씀드렸죠. 4,000만 원이나 빚이 생겼었어요. 그래서 휴가 나갔을 때 아빠의 상태를 봤는데, 차 안에서 저보고 자살하고 싶다고. 이걸 어떻게 갚냐고 우셨어요. 어떻게 된 일인지 들어보니, 새어머니와는 헤어지셨고 다른 아주머니를 만났어요. 아빠는 저와 동생을 위해서 그런 결정을 했다고 했어요. 그분과 식당을 하나 차리려고 계산을 해보니 4,000만 원 정도가 더 있어야 개업이 가능했대요. 그래서 대출을 받은 건데, 그 아주머니가 돈을 들고 도망간 거죠. 아빠의 상태를 본 저는 어쩔 수가 없었어요. 그때 저는 일병이었는데, 그때까지 모았던 월급 전부, 그리고 앞으로 받은 월급 전부. 그리고 전역하고도 주 7일. 운이 좋으면 6일. 하루에 16시간씩 3년 동안 일했어요. 그러면서 따귀도 맞고 욕도 먹고. 그렇지만 그곳을 벗어날 수 없었어요. 그렇게 많이 일을 시켜주는 곳이 없었거든요. 결국에는 전부 갚았고, 시체처럼 일을 하던 어느 날, 친구랑 전화를 했어요. 그날 새로 들어오신 분이 일을 너무도 대충하셔서 저랑 욕하고, 멱살 잡으면서 싸웠거든요. 그날 갑자기 그런 건 아니에요. 그 전부터 이건 이렇게 썰어야 하고, 저건 저렇게 해야 하고. 그런 걸 제가 교육해 드렸어요. 그러니까, 정말로 하려고 하면, 잘 못 하더라도 그게 눈에 보이니까 참고 가르쳐 드릴 수 있잖아요. 그런데 이분은 정말도 제 말을 하나도 안 듣고, 그게 그 식당의 요리법인데도 불구하고 너무 심하게 대충 하시는 거예요. 저는 글 쓰는 사람이니까. 최대한 그 사람의 영혼을 봐주려고 해요. 바로 불만을 토로한 것이 아니고, 물어봤죠. 혹시 개인적으로 무슨 일 있으신지. 그래서 무슨 사정이신지는 모르지만, 바로 그래서 일에도 집중이 어려운 것이 아닌지. 그분 40살이었거든요. 점심시간에 우연히 밥을 같이 먹게 돼서 물어봤어요. 이유를 알 수는 없어도, 이유가 있다고 하시면 이해하고 대하려고 했어요. 그런데 무시하시더라고요. 주방 밖에서는 말하고 싶지 않다고. 그리고 그날 저녁에 손님들 저녁 오더를 받다가 똑같이 행동해서 제가 멱살을 잡았어요. 아니, 제일 바쁜 시간에 저만 남기고 떠나서… 밖에 나가서 웃으며 전화를 하고 있더라고요. 물론. 사람들은 다 각기 다른 자신만의 몸부림이 있고 고통이 있지만, 그 모습은 정말 참기 어려웠어요. 그런 날이었어요. 친구가 자기가 다니는 학교에 와보라고 하더라고요. 아버지 빚도 다 갚았 겠다, 마음 환기나 할 겸. 그래서 학교에 갔는데, 한 학기 동안 4자리의 임원으로서 많은 일을 하면서 대회를 3개나 준비를 했고, 또 그중에 하나는 간호학과 학생들과 준비를 했어야 했는데… 정말 힘들었어요. 의견이 다르… 의견만 달랐으면 조율하면 되는데. 그때의 저는 그렇게 느낄 수밖에 없었는데, 너무 공격적으로 저를 대했어요. 그래서 제 마음은 '이제 다 필요 없다.' 이렇게 바뀌었어요. 그래도 그분들에게 사과는 해야 하는데… 갑자기 사라져 버리고. 지금 혜진 님이랑 나란히 앉아 있네요."

혜진은 열심히 적고 있었다. 혜진의 손이 멈추자마자 나를 바라 봤다.

"감사합니다…"

"아, 아니에요. 혜진 님이 잘 발표하시기를 바라는 마음에. 놀라셨으면 미안해요."

혜진의 긴 속눈썹은 여전히 젖어 있었다.

"그렇게 된 거예요. 그런 상태로 방에 누워 있자니 그냥 죽고 싶더라고요. 전화는 밀려들지… 과거도 자꾸 떠오르지. 저는 제가 과거에 대한 감정을 컨트롤할 수 있는 줄 알았어요. 뭐… 그러다가 입원을 결심했어요."

혜진과 서로의 취미에 대해서 대화를 조금 나누다가 방으로 들어갔다. 혜진은 나의 글에 관심을 보였다. 요즘에는 시를 쓰고 있다는 말에 혜진은 시를 읽고 싶다고 했다. 혜진의 눈물을 본 순간, 어떻게든 대화를 가벼운 느낌으로 끝내고 싶었기에 잘된 일이었다. 글씨가 엉망이라서 좀 더 고친 뒤에 보여준다고 말했다.

"대신 이거 들려줄게요. 제가 글 쓰다가 발견한 좋은 건데요. 혹시 절에 가보셨어요?"

"네. 절 좋아해요."

"좋네요. 그럼 혹시 향 연기도 보셨어요?"

"그것까지는 자세히 안 봤는데…"

"괜찮아요. 음… 입원 전에 불면증이 심했거든요. 그래서 제 방에 잠이 잘 오게 하는 향이 있었어요. 그 향을 피우고, 그 연기를 보고 있는데 그 생각이 들더라고요. 제가 그때 방문을 닫아놨었거든요? 그래서 연기가 전혀 흔들리지 않고 천장까지 쭉- 올라가더라고요. 왜 그럴 때 있잖아요. 바람이 불어서 연기가 흐트러질 때."

손으로 연기를 표현하기 위해 허공에 팔을 휘저었다.

"바람이 불면 연기가 피어오르다가 중간에 흩어지죠."

혜진이 고개를 끄덕였다.

"그런데 저한테 그런 연기보다 더 보기 좋았던 연기는 이런 거예요. 바람이 전혀 불지 않아서, 하나의 선이 그어진 것처럼, 흔들리지 않고, 쭉. 끝까지 올라가는 연기요."

"아."

"그래야 한다고 생각해요. 또 설령 바람이 불더라도 흔들리지 않고, 고요하게 피어올라야 한다고 생각해요."

혜진은 공감하는 듯 보였다. 왜냐하면, 진심으로 감탄했기 때문이다. 이번에도 이야기 막대기가 혜진의 눈을 통해 제대로 들어간 듯했다.

"저는 제가 그럴 수 있다고 믿어요. 그리고 혜진 님도 그랬으면 좋겠어요. 그러니까… 저는 얼른 퇴원해서 괜찮아질 테니까, 아무런 걱정 안 하셔도 돼요. 저 빨리 나을게요."

혜진은 꼭 그 말을 잊지 않겠다며 진심으로 감사했다. 그리고 나의 빠른 회복을 바랐다. 나는 애니메이션을 정말 좋아했다. 영화도 똑같다. 아쉽게도 혜진은 애니메이션에 관심이 없어서 애니메이션에 대한 좋은 대화를 많이 나눌 수는 없었지만, 그래도 혜진과 취미에 대한 많은 이야기를 나누었다.

나도 어딘가 깊은 눈을 가진 혜진의 행복을 바란다.

"이제 방에 가서 좀 쉬세요, 정록 님. 정말로 감사드려요. 덕분에 발표 잘하겠어요."

혜진이 웃으며 말했다.

"네. 혜진 님도 저분들처럼 좀 걸으세요."

"아, 잠시만 제 옆에 앉아 있어 줄래요? 환자랑 같이 있어야지만 앉아 있을 수 있거든요."

"그럼요. 원하는 시간만큼 쉬세요. 같이 노래 들을까요?"

"그건 안 돼요. 환자랑 같이 이어폰 끼면 안 되거든요."

"그럼 저 혼자 들을게요. 옆에서 쉬세요."

"뭐 들을 거예요?"

"저는 이 가수 팬이에요."

정록이 핸드폰 화면을 혜진에게 보여준다.

"신해철? 저는 잘 몰라요. 노래 한 곡 추천해 주실래요?"

"그럼요. 그 수첩에 적을래요? 이름이 좀 길어서."

혜진은 다시 펜을 꺼냈다.

"아, 제가 적어드릴게요."

혜진에게 펜을 받아 노래 제목을 적었다.

'인형의 기사 Part 2' 혜진이 천천히 글씨를 읽었다. 그리고 글씨가 정말로 읽기 힘들다며 웃었다.

"저를 살려준 노래예요. 다른 노래들도 많지만, 일단."

...

9시가 되자 실습생들은 퇴근을 했다. 내가 있는 방의 사람들은 매일 9시가 되자마자 불을 껐다. 볼펜과 노트를 들고 프로그램실로 갔다. 아까까지만 해도 아저씨들과 아주머니들이 즐겁게 떠들어 댔던 프로그램실은 이제 고요했다. 프로그램실은 삼 층의 중간에 있었다. 여자 환자들의 방과 남자 환자들의 방을 중간에서 딱 나누고 있었다.

딸깍, 펜을 눌렀다. 보안 시스템이 철저하게 돼 있는 간호사실과 붙어 있는 프로그램실에서는 간호사가 내는 타자 소리가 들렸다. 그 소리는 집중하기 위해서는 아주 충분했다.

>나는 담배를 피우기 시작했어.
>연기를 '후-' 뱉으며 스트레스까지 내보내려고 하지만
>언제부터인가 텅 빈 연기를 내뱉고 있었어.
>그 텅 빈 연기와 같이 내가 모르는 사이에 습관이 될 만큼이나
>너무 자주 만나게 돼버려서

그렇게 돌멩이로 변해버리는 보석들이 너무 많은 것 같아.

내가 지켜본 너는
너의 마음을 그대로 따랐고
그 길로 너를 그대로 마주했고
너를 정말로 사랑했을 것으로 여기며
지켜봐 왔어.

내가 보지 못했던 너의 몸부림 속에서도
너는 너 자신이 예술인임을,
또 자신을 향한 존재의 의미를 향해
이미 동의하였고
이미 원했던 것 같아.
이미 알고 있었다고 생각해.

너의 행복은
장미처럼
짜잔! 하며 강렬하고 묵직하게 피어올랐다가
어느샌가 식어 있는 그런 행복은 아니야.

작게 작게
삶 여기저기에서
하루의 여기저기에

1시간의 여기저기에

몰래 숨어 있는

우리 몰래 피어나는 소량의 안개꽃들처럼

나중에 다 같이 모였을 때 엄청나게 거대해지는 행복이야.

너는 이미 거대해져 있는

그런 사람이야.

정말로.

우주 밖의 세상은 존재하니?

얼른 가을이 되면 세상에 여러 가지 색깔들을 선물해 줘.

그러면 네가 왔구나, 생각할게.

같이 예술의 길을 택한 친구로서

너를 죽을 때까지 기억하고

나의 소중한 친구가 삶을 살아오며

각기 다른 현장에서 표현했던

너의 모든 감정에 둘러싸이며

안개꽃처럼 뿌옇게 펼쳤던

너의 방대한 행복을 느낄게.

사랑해.

생각만 해도 뜨거운 폭우가 쏟아지듯 그리워지는

내 친구

박진수.

네가 선물해 주고 간 여운, 온기, 슬픔, 행복
내가 꼭 너의 몫까지 최대한 사용하며 살게.

어떠한 형태라도 좋으니, 내가 볼 수 없어도
내 옆에서 춤을 춰.
그럼 느낄 테니까.
네가 즐겁게 춤추는 모습. 보고 싶다.

다시 펜을 눌렀다. 눈물은 나지 않았다. 이미 눈물이 마른 지는 오래다. 입원을 한 탓에 진수의 장례식장에는 못 가게 되었다. 병원에 있지 않았어도 못 갔을 것이다. 돈이 없기 때문이다.

그래도 그것은 내가 진수를 사랑하지 않는다는 의미가 아니다.

정록의 병원비는 여동생이 내주기로 했다. 정록이 아버지의 빚을 갚을 때 동생은 함께 갚을 수 없었기 때문이다. 그 시절, 동생은 이 병원에서 실습을 하고 있었을 뿐이었다.

...

병동 생활은 첫날부터 익숙했다. 밥 먹으라고 방송하면 나가서 밥을 받고, 약 먹으라고 방송하면 간호사가 카트를 끌고 올 때까지 문 앞에서 기다리고, 프로그램을 들으라고 방송하면 프로그램실로 가면 됐다. 나는 프로그램을 대부분 듣지 않았다. 나가서 또 머리를 써서 무언가를 하기가 싫었기 때문이다. 프로그램을 들으라는 방송이 나올 때마다 음악의 볼륨을 더욱 올린다. 그때마다 간호사와 상담사가 복도를 지나다니며 참여하라는 미소를 보낸다. 나는 자는 척을 하거나 공책에 뭔가 적는 척을 했다.

병동에 들어온 지 5일째. 신해철의 '길 위에서'를 들으며 침대에 누워 있었다. 3시가 되자 프로그램이 끝났고, 사람들이 각자의 방으로 들어가는 모습이 보였다. 프로그램을 끝마친 혜진도 나의 방문 앞을 지나며 나를 보았다. 나는 갑자기 튀어나온 혜진에 반응하지 못했다. 혜진은 나를 보고 손짓했다. 밖으로 나오라는 뜻이었다.

"아니, 어떻게 방금 1시간 동안 프로그램을 들었는데도 대화할 에너지가 있어요?"

"몰라요. 심심해요."

혜진이 장난스럽게 말했다.

나는 웃으며 혜진에게 이제 더 물어볼 질문이 있는지 물었다. 혜진은 이제 케이스 질문은 끝났다고 말했다.

"근데 다른 질문은 있어요."

"뭐요?"

"내일 주말인데 제가 무슨 계획이 있는지 안 궁금해요?"

"궁금해요."

"내일 친구들이랑 술 먹기로 했어요."

"오… 술 좋아해요?"

"잘 맞는 친구들이라면 좋아하죠. 그런 분위기도 좋고."

혜진은 첫날 허리를 꼿꼿하게 펴고 정자세로 앉아 있던 모습과 비교해서 많은 편안함을 느끼고 있었다. 옆에 앉은 혜진은 거의 반쯤 누운 상태로 벽에 기대고 있었다.

"궁금한 거 있어요."

"뭔데요? 정록 님 옆에서 잘 쉬고 있었는데 귀찮게."

혜진은 장난스럽게 웃으며 무릎을 쳤다.

"간호학과, 가고 싶어서 갔어요? 그러니까, 원래 간호사가 되고 싶었던 건 아니잖아요. 체육 선생님 되려고 했던 사람이."

혜진은 다른 실습생들보다 2살이 많았다. 그래서 복도에 나가면 혜진을 보고 언니라고 부르는 모습을 볼 수 있다.

"이것도 잘 맞는지는 모르겠어요."

내가 본 눈은 맞았다.

"허리는 좀 괜찮아요?"

"네. 운동을 무리하게만 안 하면 돼요. 그 합기도 공연만 아니었어도."

"정록 님? 맞으세요?"

목소리가 들리는 쪽을 보았다. 긴 머리를 뒤로 묶은 하얀 가운을 걸친 여자. 30대 초중반이거나 많아도 40살은 안 되어 보였다. 흰 머리가 조금 보이긴 했는데 나이는 짐작이 안 된다. 명찰에는 정진솔이라는 이름이 보였다.

"아, 네. 저예요."

"안녕하세요. 저는 정진솔 사회복지사입니다. 혹시 퇴원은 대충이라도 언제쯤 하실까요?"

"11월 초나 10월 말 정도에 할 것 같은데, 제 주치의님이 환자마다 기간이 다르다고 하셔서 아직 잘 모르겠네요."

"아, 그래도 빨라도 10월 말인 거는 맞으신 거죠?"

지금은 9월 초. 적어도 그 정도는 병원에서 쉬고 싶었다. 일찍 나간다고 해서 또 무슨 일이 자취방에서 벌어질지 모른다.

"저는 이 병원에서 사회복지사로 일하면서 심리 치료 상담을 해 드리고 있어요. 혹시 정록 님과 함께해도 될까요?"

"아, 네! 좋아요."

"그럼 이따가 식사하시고 5시 30분부터 첫 번째 상담 같이해 보아요."

"네, 어디로 갈까요?"

"방에 계시면 제가 모시러 가겠습니다."

상담사가 웃으며 말했다. 혜진의 목소리는 차분했지만, 장난기가 많이 있었다. 그와 비슷한 결이지만 이 상담사는 완전한 고요 속에서 말을 하는 느낌이 들었다.

상담사가 아직 말을 하던 중에 다른 실습생이 혜진에게 이쪽으로 오라는 손짓을 했다. 아마 수간호사님이 불렀을 것이다. 상담사가 떠나자, 나 혼자만이 의자에 앉아 있었다.

다시 방으로 들어가 노래를 듣기로 했지만, 침대에 누워 있다가 보니 답답한 마음이 들어 프로그램실로 갔다. 물컵을 보니 마침 물을 받아 오면 되겠다고 생각했다. 다른 사람이 말을 거는 게 싫어서 이어폰을 꼭 끼고 복도를 걸었다.

이곳은 사람들은 대략 마흔 명. 대부분이 아주머니, 아저씨들이다. 또래로 보이는 사람들은 단 다섯 명이었다. 정록, 짧은 머리의 소정, 단발머리의 유경, 단발머리를 뒤로 묶은 남자분, 그리고 옆 침대의 말을 더듬는 형.

물을 받고 돌아가는 나에게 유경이 말했다.

"몇 살이에요?"

노래라도 틀어놔서 애초에 못 들었으면 다행이다. 방금은 노래를 듣고 있지 않았다. 유경과 소정, 그 머리를 묶은 이름 모르는 남자애는 프로그램실 옆에 있는 의자에 앉아서 이야기를 나누고 있었다. 운이 안 좋게도 그 앞을 지나게 된 것이다. 이어폰을 한 손으로 급하게 빼며 대답했다.

"네?"

"몇 살이에요?"

"저, 26살이에요."

"저 몇 살 같아요?"

"한… 24살?"

"뭐?!"

유경이 발끈하며 소리쳤다.

"24살? 너무한 거 아니에요?"

"그럼 몇 살인데요? 아니 마스크를 써서 잘 모르겠어요…"

"20살이거든요!"

"아…"

"그냥 가던 길 그대로 가세요."

"그게 낫겠네요."

그대로 방으로 들어갔다. 20살 때 빨리 더 나이를 먹고 싶었는데, 그게 그렇게 문제인가. 그래도 그렇게 지나가서 다행이다. 오전부터 2시에 프로그램을 들으러 오라고 홍보하던 분도 귀찮았고, 방금 혜진과 나눈 대화에 대한 생각만으로도 머리는 터질 듯했다. 대화 상대는 혜진, 그리고 오늘 5시 30분에 만날 상담사로 충분했다.

'노래나 들어야겠다.' 노래 제목을 검색하고 침대에 누워 눈을 감았다.

"저기요."

목소리가 들렸지만 복도에서 들렸기 때문에 눈을 뜨지 않았다. 환자들이 복도를 지나며 나누는 대화는 언제든지 병실에 있는 사람들에게 들리기 마련이다.

"저기요."

머리를 뒤로 묶은 남자애가 어깨를 툭, 쳤다. 놀라서 남자아이를 바라봤다.

"네?"

하. 참 귀찮다.

"유경이가 형이랑 대화를 하고 싶어 하는데… 좀 밖으로…"

쭈뼛거리며 말하는 아이. 키는 나만 한데 상당히 소심하다고 생각했다. 내가 형인가?

"아… 그래요?"

이미 소정과의 관계도 가까이하지 않는 상태였다. 둘째 날 같이 프로그램을 듣다가 우연히 옆자리에 앉았었다. 소정은 그날 당일에 위층에서 내려온 환자였다. 실습생들이 말하는 걸 들었다. 소정의 팔과 손에는 26년을 살면서 텔레비전에서도, 책에서도 접하지 못했던 엄청난 양의 자해 흔적이 있었다. 자로 잰 듯이 일자로 쭉쭉 그어져 있었다. 그 개수는 적어도 40개는 됐다. 거기에 더해서 손톱으로 강하게 그은 생채기들이 20개는 넘었다. 소정은 그날 이후로 나에게 쪽지를 건넸고, 많은 질문을 했다. 처음에는 있는 그대로 답을 해줬지만, 그 질문은 돌고 돌아 다시 제자리로 돌아왔다. 네 바퀴쯤 돌았을까. 도저히 이야기 막대기를 소정의 눈을 통해 넣어줄 수 없었다. 소정은 이야기를 듣다가 딴생각을 했고, 막대기가 먹히고 있다고 생각해도 그 막대기를 잘근잘근 씹어서 다시 질문으로 뱉었다. 내가 더는 소정과 대화를 나누고 싶어 하지 않자, 소정은 쪽지를 보내며 삶과 죽음, 학대와 자살, 자해와 자기 자신에 대한 질문을 반복했다. 소정도 소심한 성격을 가졌기에 나는 소정이 현실에서는 절대 먼저 말을 걸지 못할 것을 알았다.

"네, 저기 앉아서 기다릴게요."

남자아이가 말했다.

"아."

남자아이는 나의 마음을 눈치채지 못한 듯 그대로 밖으로 나갔다. 왜 소정을 끊어내는 것은 단호할 줄 알면서, 이렇게 갑작스러운 상황은 순간적으로 단호하게 판단하지 못할까. 다시 소정과 관계가 연결되는 것은 아닐까.

"아저씨, 오셨어요?"

유경이 말했다.

"어떻게 24살이라고 말할 수가 있어요?"

공격적인 말투. 하지만 유경의 표정은 웃고 있다.

"아, 미안해요. 마스크 때문에 구별이 어려워서."

"됐어요. 삐졌어요."

소정은 나를 뚫어져라, 쳐다봤다. 소정은 째려보는 눈을 가졌다. 하지만 속은 단단한 눈에 비해 많이 여려서 욕을 하고 있지는 않을 것이다. 소정은 자신만의 생각에 잠기면 자신이 누군가를 쳐다보고 있다는 것을 모르곤 했다. 실습생들이 했던 말이 생각났다. 직접 적은 쪽지를 들고 프로그램실 한가운데에 서서 실습생들을 쳐다보고 있던 것이다. 실습생들이 먼저 다가와서 말을 걸어주기를 바라며. 그리고 대화가 시작되면 이 쪽지를 정록에게 전해달라는 말을 하기 위해서.

"왜 이렇게 잘생겼어요?"

유경이 말했다.

"오빠도 알아 오빠 잘생긴 거."

소정이 말했다.

"진짜요? 자신을 보고 잘생겼다고 생각해 본 적 있어요?"

유경의 눈이 동그래지며 물었다.

"있죠."

"아이 씨. 재수 없어."

유경이 말했다.

"야, 좀 부드럽게 말해."

머리를 묶은 남자아이가 말했다.

"아니야. 이 오빠 상처 안 받아. 겉으로는 저렇게 어쩔 줄 몰라 하는 표정을 하면서 속은 되게 단단하거든."

소정이 말했다.

소정과 처음 만난 그날. 소정의 자존감이 바닥을 치고 있다는 것을 보았다. 그래서 자신의 생존 방법을 알려줬다. '아니요. 그러니까, 잘 들어봐요. 저는 가끔 실제로 친구들한테 이렇게 말해요. 야, 솔직히 이 정도면 잘생긴 거 아니냐? 친구들이 어떻게 생각하든 말든 어쨌든 나는 나를 그렇게 봐야 하잖아요. 실제로 그렇게 생각하기도 하고요. 자기 마음속에 그런 덜 익은 파스타 면이 가지고 있는 딱딱한 심지가 있고 없고는 중요해요.' 그런 나의 모습에 소정은 마음속에 톡, 떨어진 물감 한 방울을 느꼈던 것 같다. 그때부터다, 소정이 집요해진 것은.

"근데, 제가 형이라는 건 어떻게 알았어요?"

"소정이가 알려줬죠."

남자아이가 말했다.

"맞아요. 이 언니 아저씨 이야기 많이 했어요. 구원자가 나타났다고."

유경은 다시 말을 이었다.

"아저씨, 여자 친구 있어요?"

"아니요. 없어요."

"몇 번 사귀어 봤어요?"

"두 번?"

"생각보다 별로 안 사귀어 봤네. 잘생겨서 인기 많을 줄 알았는데."

"고백은 많이 받았는데 제가 다 거절했어요."

"아 재수 없어."

잘난척하려고. 혹은 자존감을 위해서 한 말이 아니다. 정말로 사람들이 싫어서, 아무것에도 엮이고 싶지 않아서 했던 행동을 있는 그대로 말한 것뿐이었다.

"아저씨."

"네?"

"병원에는 왜 왔어요?"

유경 역시 소정과 함께 위층에 있던 환자였다. 폐쇄 병동.

"저는 우울증으로 왔어요. 불면증도 심했고요. 그리고 저는 못 느꼈는데, 불안 증세도 심하다고 하더라고요."

"음…"

유경은 고개를 여러 번 끄덕였다.

"푸하핫!"

유경의 옆에 선 머리를 묶은 남자아이가 갑자기 큰 소리로 웃었다. 프로그램실에 있던 환자들, 간호사들, 복도 끝에서 오목을 두고 있던 사람들이 이쪽을 쳐다봤다. 딱히 그에 대해 말하진 않았다. 하지만 최소한의 정보는 궁금했다.

"그쪽은 혹시 무슨 병으로 오셨어요?"

남자아이에게 물었다.

"조울증이요."

남자아이의 표정이 사그라들었다.

"아저씨, 지금도 힘들어요?"

"음, 저는 사실 스킬이 많이 생겼어요. 입원하기 전에는 극단적인 생각이 좀 자주 들기는 했는데, 사실 행동으로 옮길 것 같지는 않아요."

"어떻게 그래요?"

유경이 정말로 궁금하다는 듯 물었다.

"제가 좋아하는 라디오는 듣다 보니 그러더라고요. '외로움, 우울함, 회의감. 이 친구들은 결국에는 평생 같이 가요. 그러니까 그것만 벗어나면 다 되는 양 생각하지 말고, 그 친구들이 찾아오면 – 오, 적적했는데. 왔어? 앉아. 날도 추운데 차 한잔 나누자.– 하면서 차 한잔 내주는 건 어때요?' 그래서 그때부터는 그렇게 하고 있어요."

"오… 좀 어른 같은데요? 아저씨 맞네."

유경이 고개를 끄덕이다가 말했다.

"아저씨."

"네?"

"담배 피워요?"

"네. 담배 피워요."

"같이 피우러 가요. 오빠랑 언니는 잠시만 여기서 이야기 나누고 있어."

유경이 자리에서 일어나며 말했다. 둘은 일 층으로 나갈 수 있는 문으로 향했다. 유경이 보안 지문을 찍어서 문을 열었고, 나는 유경의 뒤를 따라갔다. 엘리베이터 앞에서 유경이 말했다.

"저 몇 번 사귀어 봤을 것 같아요?"

"음… 저랑 비슷한가요?"

"네. 비슷해요."

유경이 미소 지었다.

엘리베이터 문이 열리자 둘은 안으로 들어갔다. 유경은 엘리베이터 안으로 들어가자 마스크를 벗었다. 안경을 쓰고 있는 동글동

글한 얼굴이었다. 눈이 혜진처럼 크진 않았지만, 매력이 있었다. 얇은 입술이었다.

 유경은 엘리베이터 문이 닫히자 나의 마스크를 벗기고, 입을 맞추기 위해 까치발을 들었다. 당황해서 꼿꼿하게 서 있자, 나의 목덜미를 잡고 자신에게 당겼다. 그 힘에 그대로 끌려가 유경의 입술에 닿았다. 유경은 혀를 넣었다. 나도 유경의 목덜미를 잡았다. 유경의 유연하고 부드러운 혀가 입안 전체를 휘감았다. 유경의 키에 맞추기 위해 다리를 벌리자 유경은 나의 모든 것을 만졌다. 유경의 단발머리를 세게 움켜쥐었고, 그 단발머리는 바로 헝클어졌다. 키스를 하던 중, 곧 엘리베이터가 일 층에 도착했다. 삼 층에서 일 층으로 가는 시간은 너무 짧았다.

 "이 병원은 엘리베이터에만 카메라가 없거든."

 유경이 말했다.

 "그렇구나."

 둘의 숨을 거칠어져 있었다.

 엘리베이터의 문이 열렸고 문이 열리기 전에 다시 마스크를 썼다. 문이 열리니 앞방에서 하루종일 나를 쳐다보는 아저씨가 서 있었다. 저 작자는 핸드폰도 안 보고, 책도 안 보고. 왜 그렇게 자신을 직선으로 쳐다보고 있는지. 의아했다. 그래도 자신만의 감정이 있을 거라고. 그 시선을 굳이 방해하지는 않았다.

 둘은 밖으로 나가 담배와 라이터를 꺼냈다. 그리고 입에 담배를 한 까치씩 물고는 불을 붙였다.

 "뭐야. 왜 이렇게 단 담배 피워? 함량도 제일 낮은 거네."

"일찍 죽기 싫어서요."

"뭐야. 아직도 존댓말 해? 반말해, 반말."

"…난 글을 쓰는 사람이잖아. 쓰다 보면 생각을 많이 해야 해서 담배를 자주 물게 되거든. 그러면 함량이라도 낮춰야지. 초콜릿 맛. 달달하기도 하고."

"오, 나름 작가?"

"진짜 작가거든."

"듣기는 했어. 소정 언니한테. 책도 썼다며? 무슨 책이야?"

"단편 소설집. 요즘에는 시도 적어보고."

"나중에 보여줘."

"그래."

"그럼 학교 다니다가 들어온 거지? 학교는 왜 갔어?"

"일하고 있는데, 친구가 대학교에 가보라면서 추천을 해주더라고. 마음을 환기하라며."

"환기는 됐고?"

"좀 됐어. 될 때도 있고, 스트레스 쌓일 때도 있고."

"그 전에 일도 했어?"

"응. 많이."

"무슨 일?"

"요리사."

"오, 나중에 요리해 줘."

"그래."

"앞으로는 계속 작가 하려고?"

"응. 이게 제일 좋은 것 같아."

유경은 고개를 느리게 여러 번 끄덕였다. 삼 층에서 그랬던 것처럼.

"오빠, 왜 이렇게 어른스러워?"

"다른 또래보다 겪은 것들이 많거든. 다들 나보고 그래. 애늙은이라고. 근데 뭐. 이게 난데, 뭐. 굳이 연기할 필요도 없고, 거짓말할 필요도 없고."

"아, 진짜 아저씨 같아."

유경은 나의 손을 잡고 안으로 들어갔다. 9월이지만 추위를 많이 타는 나에게는 밖이 차가웠다.

"또 키스할까?"

"그러자."

엘리베이터 문이 열리는 순간, 환자의 보호자로 보이는 한 아주머니가 병원으로 들어왔다. 문이 열리자 유경이 그녀를 보고는 작게 말했다.

"아이 씨. 못 하겠네."

삼 층으로 올라갔다. 유경은 다시 소정과 조울증 남자아이에게로 가서 이야기를 나누었고, 난 병실로 들어가 노래를 들으며 침대에 누워 있다가 5시가 되어 저녁을 먹었다. 그저 그런 반찬이었다.

아까, 뭐지? 어쩌다가 내가 키스를 했지?

얘가 나를 좋아하나?

간호사들이 알면 어떻게 되는 거지?

부모님이 충분한 대화를 하지 않고 서로를 만났다는 걸 알았기에, 지금 이 상황의 위험성을 정확히 알고 있었다.

이대로 유경과 사귀게 되거나 한 번 더 그런 일이 발생하면 위험하다. 다음엔 거절하자. 그게 답이다. 너무 능숙하게 치고 들어오는 바람에 순간 넘어갔다. 안된다.

"정록 님?"

상담사가 정록의 병실로 들어왔다.

"네."

"5시 30분이에요. 가실까요?"

"네."

상담사는 방으로 안내했다. 문을 열고 나에게 먼저 들어가라고 했다. 방에 들어가 불을 켰다. 5일 전, 입원해서 병동 이용에 대한 안내를 받았던 그 방이었다.

서로 마주 보는 자리에 앉았다.

"네. 응해주셔서 감사합니다. 상담이 진행되기 위해서 우선 정록 님의 생애를 알아야 하는데요. 오늘은 정록 님의 생애 중, 0세부터 7세 정도까지 알아보려고 해요."

"네."

상담사의 목소리는 아까와 같았다. 안개 속에서 숨을 작게 내보내는 정도로 잔잔한 목소리.

"우선 대화에 앞서서, 음, 저도 지금 여러 명과 함께 상담을 하고 있다 보니, 헷갈릴 때가 있어요. 그래서 말인데 혹시 녹음을 진행해도 될까요?"

"네. 그럼요."

자신의 과거에 대해서 이야기를 나누는 것은, 이 세상 누구보다도 상세하게 설명해 줄 자신이 있었다.

"감사합니다. 그럼 시작해 보겠습니다."

"네."

"우선 정록 님의 전 생애 중에서 정록 님이 태어날 때의 상황은 어땠는지. 혹시 아시나요?"

"네, 알아요. 우선 저는 1999년 2월 20일에 태어났어요."

상담사는 침묵으로 들어가 귀를 기울였다. 혜진과 같이 역시 상담사의 손은 바빠지기 시작했다. 상담이 태어나서 처음이었기에, 최대한 많은 정보를 제공해 줄 생각에 흥분됐고, 이분이 최대한 잘 분석해 주리라는 믿음을 가졌다. 혜진에게는 57% 정도 말했을 때, 혜진이 눈물을 흘렸기 때문에 그 후로는 자세하게 말할 수가 없었다. 이번에는 꼭 완벽하게 정보를 제공하리라.

"저희 아버지는 서울에서 20년 정도 버스 기사를 하셨어요. 어느 날, 여느 때처럼 버스 운전을 하고 있었는데, 1990년대 초반이니까요. 도로에 엉망으로 주차된 차들이 많았대요. 뭐 지금도 깔끔하지는 않지만. 아무튼, 주차된 차들 사이로 어떤 아주머니가 갑자기 튀어나왔대요. 아빠는 속도를 줄일 수 없었고, 아주머니는 그 자리에서 즉사하셨어요. 근데 아빠 말로는 그때 버스 기사를 보호해 주는 그런 법이 없었다고 해요. 저도 법은 잘 모르지만. 그때 제가 태어난 지 100일 정도 됐을 때인데, 아빠는 그때 감옥에 계셨어요. 그래서 저의 돌잔치를 열지 못했고, 그 귀엽던 아기를 끌어안고 있던 그 감촉이 아빠의 손에서 사라지지 않아서 많이 우울하셨다고 해요."

"사라지지 않아서, 버텨낸 것 같아요."

"네."

상담사는 고개를 끄덕였다.

"…그때쯤에 저희 어머니는 진천에 계셨는데, 제가 태어났을 때 두 분은 진천에 계셨던 거겠죠. 아빠가 감옥에서 나온 뒤 집으로 갔는데, 빈집이었더래요. 그래서 엄마에게 전화를 해보니 예천에 있는 이모 집으로 옮겨서 살고 있더래요. 아빠는 어이가 없었지만, 그런 건 참고 넘겼어요. 이모네 집은 고층 아파트였는데 이모와 우리 가족이 함께 살게 된 거죠. 그렇게 살다가 제 동생이 태어났고, 저희 둘 다 뛰어다닐 수 있는 정도의 나이가 됐어요. 그런데 저희가 뛰어다닐 때마다 엄마랑 이모가 저희한테 소리를 질렀대요. 매번. 그럴 때마다 제가 고개를 푹, 숙이고 슬퍼했대요. 그 모습을 보고 아빠가 생각했대요. 아, 이건 아니다. 한창 뛰어다니면서 놀아야 하는 때인데. 이건 정말 아니다. 그래서 저희는 시골로 이사를 갔어요. 주택이었는데 앞마당도, 뒷마당도 엄청 넓었어요. 저랑 제 동생은 뒷마당에서 키우는 닭들이랑 강아지랑 정말 신나게 뛰어다녔어요. 기억이 나요. 고개를 푹 숙인 것은 기억이 없지만. 이모 집에 그대로 살았으면 지출이 크게 없던 거였는데, 월세가 나가는 주택으로 옮겼으니 돈이 문제였어요. 아빠는 사고 전과가 있어서 다시 기사로 일할 수도 없었거든요. 그래서 공사판에서 일하시며 월세며, 식비며. 다 보태신 거예요. 엄마는 집에 계셨고요."

"20년 동안 버스 기사 하시면서 모으신 돈은 어쩌고요?"

"엄마가 주로 돈을 관리하면서 생활이 이어진 것 같은데, 엄마에게 돈을 가져다주는 족족 돈이 사라지더래요. 누구 빌려주고, 어떤 때는 쇼핑도 하고. 아니 뭐, 쇼핑이야… 하면 기분 좋잖아요. 예쁜 옷도 입을 수 있고. 그런데 정도가 심했나 봐요. 아, 그리고 갑자기 생각난 건데요. 예천에 있을 때 제가 5살이었는데 어린이집에 다녔거든요. 거기서 저 왕따를 당했었어요. 교사가 문제였어요. 제가 기억이 나거든요. 교사가 애들을 전부 한곳에 모아서 팔로 감싸고 있었고, 애들에게 재랑 놀지 말라며 저를 보는 그 눈빛을. 정말 혐오하는 눈으로 보시더라고요. 아무튼, 문경으로 오고 전 좋았어요. 안 좋은 기억만 있는 것은 아니에요. 시골이니까, 옷이 다 젖고 더러워지도록 논에서 두꺼비를 잡았던 기억도 나고요. 산 밑에 있는 공터에 풀이 잔뜩 자라 있었는데, 거기서 꽃들이랑 뒹굴면서 놀았던 기억도 있어요. 그러다가 풀쐐기한테 쏘여서 아빠한테 갔는데 아빠는 웃으면서 치료해 주셨어요. 아빠와 좋은 기억이 정말 많긴 해요. 동생이랑 아빠랑 같이 마당에서 줄넘기를 하는데, 아빠가 2단 뛰기를 보여줘서 엄청 흥분했던 기억. 자전거 연습을 하는 중, 드디어 보조 바퀴를 떼고 나서 자전거를 탈 때 아빠랑 엄마가 뒤에서 잡아주시는데, 나중에 뒤를 돌아보니 저 혼자 자전거를 타고 있던 기억. 제 무릎이 까져서 집에서 소독을 하고, 아빠가 운전하는 자전거 뒷좌석에 타서 마을을 한 바퀴 돌았던 기억. 음, 제가 6살이 되니까 부모님이 많이 싸우셨어요. 아빠 말로는 엄마가 저희를 많이 때리기 시작했고, 아빠가 일 마치고 집에 돌아오면 엄마가 저희 둘을 무릎 꿇리고는 욕을 하고 있었다고 하더라고요. 물론 벌어오는 돈은 여전히 온데간데없었고요."

자서전을 위한 아빠와의 인터뷰에서 아빠에게 들었던 이야기를 그대로 사용했다. 과거의 기억을 이미 정리했기에. 1부터 10까지 완벽하게 나열해서 정확하고 차분하게. 확실하게 설명할 수 있었다.

"아이고…"

상담사가 마음이 아픈 반응을 보였다.

"그래서 저희 앞에서 많이 싸우셨는데, 한 날은 엄마가 아빠한테 텔레비전을 던졌어요. 그리고는 소리를 지르는데. '키스까지 했어?'라고. 아빠는 누워서 담배를 피우고 있었어요. 그 뒤로는… 기억이 끊어졌는데 어떤 한 포인트에서 엄마의 모습이 보이질 않는 거예요. 그래서 온 집 안을 찾아다녔더니 옷방에서 울면서 짐을 싸고 있었어요. 방이 완전히 엉망이었어요. 아빠는 그때 어디 있었는지 모르겠는데, 나중에 등장할 거예요. 완전히 거울이 깨져서 그 파편들이 옷들에 묻어 있는데 그런 옷들을 그냥 손으로 집어서 가방에 구겨 넣고 있더라고요. 제가 문틈으로 보고 있었는데, 문을 열고 들어가서 엄마한테 왜 우냐고 물어봤어요. 엄마는 안 운다고 답했어요. 손으로 눈물을 닦으면서. 손에는 파편들 때문에 피가 나고 있었어요. 얼굴에 피가 묻은 채로 엄마는, 울었어요. 저는 어디에 가냐고 물어봤어요. 엄마는 놀러 간다고 답했어요. 그리고 또 기억이 끊기는데… 저랑 아빠랑 동생, 엄마가 마당에 서 있었어요. 그 직후일 거예요. 엄마가 울면서 가방을 끌고 점점 멀어졌어요. 저랑 제 동생은 인사 교육을 엄하게 받았거든요. 잘 때는 안녕히 주무세요. 일어나서는 안녕히 주무셨어요. 그럼 헤어질 때도 인사를 해야죠. 엄마의 뒷모습을 보니까 왠지 다시는 못 만날 것 같은 느낌이 들었거든요. 저희 엄마, 양육에는 어려움을 느꼈을지 몰라도, 순수하고 좋은 사람이에요. 어릴 때, 차에서 제가 목마르다고 했는데 엄마가 물을 주겠다는 거예요. 그리고는 혀를 날름, 내밀어서 침을 보여주고 '자, 이것도 물이야. 에-' 그런 기억도 있고. 한번은 버스를 타고 있는데, 저랑 제 동생, 엄마. 이렇게 있었어요. 버스가 절벽을 달리고 있었거든요. 그런데 엄마가 갑자기 소리를 지르는 거예요. 그 길, 절벽인 데다가 굴곡이라고 해야 하나? 곡선이 많았거든요. '저 사람 잔다! 저 사람 졸아요!' 알고 보니 버스 기사가 그 길에서 졸음운전을 하고 있었던 거예요. 절벽을 옆에 끼고. 자기가 살고 싶은 욕구가 먼저였는지 뭐지는 모르지만, 엄마는 엄마 개인으로 딱 볼 때. 나쁜 사람은 아니에요. 아빠도 마찬가지고요. 뭔가가 혼란스러운 선택을 하게 만드는 것일 뿐이죠. 마당에서 엄마가 멀어져서 인사를 했어요. '어머니, 안녕히 가세요!' 저 멀리서 엄마가 한번 돌아보고는 다시 눈물을 닦으며 멀어졌어요. 그리고 저는 아빠를 봤는데 아빠 눈이 다른 곳으로 가 있었어요. 그 시선을 따라서 거기를 봤는데 빨간색 시내버스가 오고 있더라고요. 엄마는 정류장으로 가신 거고요. 아빠가 말했어요. 차에 타라고. 저랑 동생은 신나서 차에 탔어요. 그런데 아빠가 그렇게 거칠게 운전하는 것을 본 적이 없어요. 그 차, 아직도 기억해요. 남색… 스포티지? 아빠 차가 정류장에 버스보다 늦게 도착했거든요. 아빠는 2차선으로 달리다가 1차선으로 버스를 추월해서 이제 출발하려고 하는 버스 앞에 급정거했어요. 버스의 클랙슨 소리가 '빵-' 울렸고 아빠는 아무 말도 안 하고 차에서 내렸어요. 클랙슨 소리랑 거칠게 한 급정거 때문에 놀라서 저랑 동생은 겁에 질려서 차에서 내렸어요. 아빠는 버스 앞문을 똑똑 두드리며 버스 기사에게 고개를 숙이며 문을 좀 열어달라는 손짓을 했어요. 버스 기사는 문을 열었고, 아빠가 버스 안으로 들어갔어요. 저도 밖에서 보였는데 엄마는 버스 중간 정도에 앉아 있었어요. 아빠가 한 손으로는 엄마의 가방을 들었고, 다른 한 손으로는 피범벅인 엄마 팔을 잡았어요. 엄마는 한번 뿌리쳤는데, 아빠는 다시 엄마 손을 잡아서 버스에서 내렸어요. 그때 저는 버스 안에서 어떤 할머니가 미소를 짓는 게 보였어요. 앞문으로 내렸어요. 그렇게 우리는 집에 돌아왔어요. 차 안에서는 딱히 말이 없었어요. 그리고 여기서 또 기억이 끊기는데… 며칠 후에 다시 엄마의 모습이 보이지 않았어요. 완전히 떠나신 거죠. 아, 혹시 오늘 이야기하는 범위가 8세까지라고 했나요?"

"아, 네. 그 정도까지 말씀해 주시면 감사드리겠습니다."

"네. 그러다가 제가 8살 때 새어머니가 오셨거든요. 6살부터 8살. 그 2년은 아빠가 많이 힘이 들었을 것 같아요. 다행히도 아빠를 써주는 곳이 있었는데. 여전히 공사판이지만. 아빠가 저희를 등원시키고 가겠다고 매일 아침 사과를 하는 전화를 하셨던 게 기억나요. 한번은 도로에서 모르는 사람이랑 싸웠어요. 등원 중이었는데, 아빠는 운전을 잘하시잖아요. 직업이었으니까. 1차선만 있었고. 어쩌다가 반대편 차가 아빠 차 앞으로 와서 빼지도 못하고 느리게 대처하고 있었어요. 다시 반대편 차선으로 돌아가기 위해서. 아빠는 저희를 빨리 등교시키고 일하러 가야 했고, 그것 말고도 너무 우울했을 거예요. 그때 저희 아빠가 자기 손가락을 칼로 자르려고 하는 장면도 봤는걸요. 그리고 나중에 친구들이랑 대화하는 걸 들었는데, '사람이 쉽게 안 죽더라고.'라며 자신의 이야기를 하는 것 같은 대화였어요. 아무튼, 그래서 아빠가 차 안에서 그 운전자에게 욕을 했어요. 소리를 꽥꽥 질렀으니까 그 모습이 상대방에게 보였겠죠. 상대방도 놀라서 눈이 동그래졌던 기억이 나요. 그분은 차에서 내려서 우리 차로 왔어요. 그리고 '뭐?' 이랬어요. 아빠가 바로 욕을 했고, 그분은 아빠한테 차에서 내리라고 했어요. 아빠가 문을 열며 '자, 내렸다. 이 씨발 새끼야.'라고 욕했고, 서로 멱살을 잡고 서 있었어요. 마침 그 도로 옆에서 아빠 친구가 정비소를 하셨는데, 정비소에서 나오셔서 둘을 말리셨어요. 상대 아저씨는 아빠보다 키가 훨씬 컸어요. 그래서 저는 아빠를 많이 걱정했어요. 유치원에 가고 난 후에도요. 왜냐하면, 그 둘이 약속하는 걸 들었거든요. 아빠가 나, 지금 애들 등원시키는 중이니까, 너 이 새끼 여기서 기다리라고 그랬어요. 그분도 빨리 돌아와라 이 개새끼야. 그랬고요. 학교에서 하루종일 걱정했어요. 그날 유치원이 끝나고 아빠가 데리러 안 오시길래. 동생이랑 걸어서 집에 갔는데, 40분 정도 걸렸어요. 저는 아빠가 죽었다고 생각했어요. 집에 가보니 아빠는 일터에 나가지 않으셨어요. 우리가 집에 도착하니까 집에서 걸어 나오시는데, 그때 아빠의 볼이 엄청나게 들어갔다고 느꼈어요. 해골 같았어요. 아빠가 일하러 간 주말에는 동생이랑 둘만 있는 시간이 많았어요."

"정록 님은 아버지를 생각할 때, 어떤 감정이 드세요?"

"음… 나중에 초등학생, 중학생 때 이야기가 시작되면 더 심한 이야기들이 많은데요. 지금은 다 정리가 됐어요. 저는 아빠를 사랑하고, 볼 때마다 마음이 너무 아픈 것 같아요."

"그러시군요."

"그러다가 한 날은. 혹시 애니메이션 중에서 〈이누야샤〉 아세요?"

"네. 알아요."

상담사는 약간 미소를 보였다.

"텔레비전에서 그게 방영되고 있었고, 아빠가 제 손톱을 잘라주고 있었어요. 동생은 방 한구석에서 곯아떨어져 있었고. 갑자기 제 손등에 물방울이 떨어지는 거예요. 그래서 TV를 보던 저는 손등을 한번 보고, 아빠의 얼굴을 봤어요. 아빠 두 눈에 눈물방울들이 동그랗게 매달려 있었어요. 음… 아까 아빠가 손가락을 자르려고 했다는 말을 했죠. 그 집에서는 거실에서 조금 고개를 빼꼼 내밀면, 주방에 서 있는 사람이 보이거든요. 가스레인지 쪽으로 서 있는 모습이. 숨을 꾹 참는 소리 같은 게 들려서 봤는데, 아빠가 그… 요리하는 곳에 두 손을 올리고 있었는데, 나중에 밴드가 많이 감겨 있었던 기억이 나요. 그건 치료 효과가 있는 밴드가 아니고 접착 목적으로 만들어진 테이프 같은 거였는데… 그걸 감고 있었어요. 나중에 아빠가 '사람이 쉽게 안 죽더라고.'라며 조용하게 친구들과 나누는 대화 내용을 추측해 봤을 때에는 자르려고 시도했던 것 같아요. 그러다가 또 기억이 끊기는데, 8살이 될 때 새어머니가 오셨어요. 1학년이 되고 한동안은 아빠가 아침에 못 일어나셔서 학교를 몇 번 못 나갔어요. 음… 새어머니 이야기를 시작하면 또 이야기가 길어지는데, 여기서 끊을까요?"

"아, 편하신 대로 하세요. 5분 정도 남기는 했는데. 음, 그럼 오늘은 여기까지 하는 것으로 하죠!"

"네!"

"정말 감사드려요. 이렇게나 자세히 말씀해 주셔서. 제가 더 많은 정보들과 함께 정록 님에 대해서 생각을 할 수 있을 것 같네요."

상담사가 밝게 웃으며 말했다. '많은 정보와 함께'라고 말하며 일거리가 늘었다는 생각을 하는 것 같은 느낌이 들었다. 그런 느낌이 37% 정도 섞인 말투였다.

"아닙니다."

"자, 이렇게 녹음을 마쳤고요. 그럼 다음 상담은 화요일… 3시 30분 정도에 하시는 것으로 알고 계시면 되실 것 같아요."

"네. 알겠습니다. 감사합니다."

"고생하셨어요."

방에서 나오니 1시간이 지나있었다. 빨랐다.

방에서 나오자 유경, 소정, 조울증 남자아이가 여전히 같이 있었다. 그들을 무시한 채 방으로 들어가 담배를 챙기고 다시 나왔다.

"오빠, 담배 피우러 가?"

"언제 둘이 말을 놨어?"

조울증 소년이 말했다.

"응. 근데 이쪽은 몇 살이세요?"

소년에게 물었다.

"21살이에요."

"오빠, 같이 가자. 나도 담배 피우고 싶어."

"어… 그래."

보안 지문을 찍고 문을 열었다. 유경이 뒤따라 나섰다.

"상담 어땠어?"

"좋았어. 그분 정말 조용하게 내 이야기를 잘 들어주더라. 뭐, 어떤 결과가 나와도 상관은 없어. 난 쉬러 온 거니까."

"그래. 알았어. 문 열린다."

정록과 유경은 또다시 10초의 키스를 나눈 뒤 엘리베이터에서 내렸다. 밖으로 나온 둘은 담배를 물고 불을 붙였다.

"넌 언제부터 담배 피웠어?"

물었다.

"나 올해 5월부터."

"나랑 똑같네? 아, 제일 처음 한 거는 초등학생 때 우리 집이 슈퍼를 했어, 그때 처음으로 몰래 피워보기는 했는데."

"응."

"뭐, 별로 좋지는 않더라고. 그래서 쭉 안 하다가, 5월 방학이 되니까 스트레스가 너무 많아져서."

"뭐 때문에?"

"사회에 적응하기도 싫고, 난 혼자 작품을 만들어야 하는 성향이거든. 근데 그러려면 알려져야 하고, 사람들이 다행히 내 글을 좋아해서 알려진다고 해도… 그때까지 돈 문제가 끊이질 않을 거니까. 뭐 여러 가지 많아."

"계속 작가 하려고?"

"응. 난 이거 아니면 안 돼. 음악도 시도해 봤는데. 그건 좀 안 맞는 것 같고."

"으흠."

"나, 이 병원에 오기 전에 다른 정신과 의사가 담배 권했다? 스트레스 해소에 도움이 될 거라고. 근데 그거 진짜 어려운 것 같아."

"뭐가?"

"담배를 피우는 방법 말이야. 나는 지금 거의 다 완성 중이기는 한데. 보통은 그냥 빨고, 습관적으로 '후-' 뱉잖아?"

"응."

"그것보다는 스트레스와 함께 연기를 뱉어내야 하는데. 마음이 안정되는 그 느낌 말이야. 처음에는 의식하고 뱉어내니까 안 되더라고. 오히려 그 연기를 뱉어내는 과정에 집중을 하게 돼서 실패하고. 결국에 그건 아무 생각 없이 뱉어내는 것만 못하더라고. 실패했다는 스트레스만 생기고. 아예 뱉어낸다는 행위를 무시하면서 뱉어도 봤는데, 그러면 결국 생각 없이 뱉어내는 거더라고. 그런데 그래도 뱉어낼 때 신경을 안 쓰기는 해야 하는데, 생각 없이 뱉어내기는 해야 하는데. 음, 진심으로 고통스러워하면서 뱉어내야 하는 것 같아. 그러니까, 진심으로 뱉어내야 한다고 해야 하나. 표현을 못 찾겠네."

"뭐래."

"왜 그런 거 있잖아. 너도 마음의 상처가 있을 테니까, 그 상처를 가만히 놔두면 썩어버려서 더 아프기 마련이잖아. 외면하기보다 고름을 쭉 짜야지 낫거든. 담배를 피우면서 자기 고통을 직접 마주하고 그 생각에 반 정도만 집중하면서 담배를 피우면, 머릿속을 가득 채우고 있던 것들이 연기랑 쭉- 빠져나가는 느낌이 들어. 반 정도는 생각이 없어야 하고. 왜 예쁜 옷을 입으면 기분이 좋잖아. 그 옷과 그 옷을 입은 자신과 그 순간을, 진심으로 옷에서 나오는 엑기스를 뽑아 먹으면서 즐기고 있으니까. 그런 거 비슷해. 진심으로 하라는 거지. 담배에 대한 신경은 딱히 안 쓰고 있는데, 머릿속으로는 생각해야 할 것을 생각한다고 해야 하나."

"진짜 복잡하다. 복잡해. 그냥 피워."

"나도 아직 대부분은 실패야. 며칠 안 됐어. 부모님은 아셔? 담배."

"응."

"싫어하셨어? 화내셨어?"

"아니. 별말 없던데?"

"그렇구나. 멋진 분들이네. 우리 부모님은 아직 몰라. 예술인으로 나가겠다고 선전포고하면서 피우기 시작했는데, 아직 못 말했어. 그런데 우리 아빠도 별말 없을 것 같기는 해. 아빠는 나보다 더 어릴 때 피웠는데 뭐."

"아빠는 글 쓰는 거 허락해 줬어?"

"허락이 필요가 없지. 내 인생이니까. 그 고통도 내가 감당하는 거야. 좀 싫어하시기는 했지. 그래도 이해는 가."

"왜 이렇게 어른스러워?"

유경이 잠시 침묵하다가 말했다.

다시 삼 층으로 올라가는 길. 엘리베이터 문이 닫혔다.

"가슴 만질래?"

유경이 말이 끝남과 동시에 목덜미를 끌어당겨 키스하기 시작했다. 유경의 가슴을 움켜잡았다. 미리 알고 있기는 했는데, 유경의 가슴은 한 손에 다 들어오지 않았다.

  우리는 1시간 30분 동안 프로그램실에서 오목과 장기를 두었다. 조울증 소년은 우울해졌는지, 방에서 나오지 않았다. 할아버지들이 지나가면서 그렇게 재미있냐고 물었다. 그 정도로 게임에 집중해 있었다. 소정이 대부분의 게임을 이겼다.

  "오빠, 죄송해요."

  평소에도 여린 톤으로 말하는 소정이 특히나 더 여리게 말했다. 소정과의 장기 대결에서 지고 있던 나는 곧바로 소정이 1시간 30분 이상 고민하다가 뱉은 말이라는 것을 알았다.

  "뭐가?"

  무슨 소리인지 모르겠다는 태도로 물었다.

  "제가 오빠 입장은 생각하지 않고 마구잡이로 너무 많은 것을 요구했던 것 같아요. 이렇게나 저의 마음을 꿰뚫어 보는 사람이 처음이었거든요."

  "아니야. 나도 부담스러우면 그렇다고 알려줬어야 했는데, 그러지 못했어. 그것에 대해서 입을 열 수 있는 에너지조차 없었거든. 나도 미안해."

  "괜찮아요. 우리 모두, 기계가 아니잖아요. 기계도 고장이 나는걸요."

  "응."

  우리는 불규칙하게 심장이 뛰는 사람들이다. 그건 정상이다.

유경은 이어폰을 낀 채 핸드폰을 보고 있다가, 어느새 둘의 이야기를 듣고 있었다. 이 이야기의 주제가 무엇인지 전부 아는듯한 표정을 지으며 다시 이어폰을 꼈다.

"내가 졌다."

"그래도 오빠가 해준 젤리 이야기, 잊지 않을 거예요. 그리고 자아를 다시 저에게 가져오라는 말도요."

"응. 도움이 됐으면 다행이야."

"오빠는 연애, 해봤어요?"

"응. 두 번."

"저도 두 번이요."

"그래? 음… 마지막으로 헤어진 게 언제야?"

"나 이제 그만할래. 둘이 더 할 거야?"

유경이 자신의 차례가 오자 장기 알들을 정리하며 말했다. 소정은 시선을 유경에게 옮기며 자신도 그만하겠다고 했다. 유경은 바둑판을 반으로 접고 주섬주섬 모든 것은 원래의 자리로 돌려놓았다. 유경이 텔레비전 아래에 있는 선반으로 가기 위해 자리를 뜨자, 소정이 말했다.

"음, 솔직히는 어제예요."

"어제?"

"네. 그런데 얼마 못 갔어요. 제가 헤어지자고 했거든요."

"왜?"

유경이 정리를 마치고 다시 자리에 앉았다. 소정은 계속해서 말을 이었다.

"이게 사랑인 건지. 좋아는 하는 건지. 설레지도 않고 너무 편안했어요."

"얼마나 사귀었는데?"

"이틀 정도…"

"언제부터 편안하다고 느꼈어?"

"처음부터요."

"누가 먼저 고백했길래?"

"그분이 먼저 했어요."

"혹시 동우 님?"

소정은 눈이 동그래지며 나를 쳐다봤다.

"아니… 어떻게 알았어요?"

순간적으로 소정의 머릿속이 하얘지는 것을 느꼈다.

"딱 느낌이 그렇잖아."

박동우라는 남자분이 있었다. 동우는 나보다 1살이 더 많았지만, 그냥 이름을 부르라고 했다. 동우가 말하지 않아도 그럴 생각이었다. 동우는 알코올 중독으로 폐쇄 병동에서 생활하다가 삼 층으로 내려왔고, 그날은 내가 입원을 한 날이었다. 입원 수속을 거치며 소정과 동우가 의자에 앉아 이야기를 나누는 모습을 보았다.

"아니, 그냥 생각나는 대로 짚은 건데."

웃으며 말했다.

"어떻게 알았어요?"

"음… 그냥 그런 느낌이 든 거는 화요일이었어. 그날 네가 외출을 나가고 그분이 30분 정도 뒤에 외출을 나가는 모습을 보는데,

어쩌다 보니 둘이 밖에서 만나는 상상을 했거든. 근데, 궁금해서 그러는데, 만났어?"

"네. 만났어요."

소정의 목소리가 다시 가늘어져 있었다.

"이왕 알게 된 거. 들어볼래요?"

"그래."

"오빠가 입원한 날에 그 오빠가 위에서 내려왔는데요. 며칠 이야기를 나누다 보니까 관심이 갔어요. 저희가 번호를 교환했었는데, 문자로 오빠가 고백을 했어요. 수요일 아침에요. 전날 저랑 밖에서 놀고 잠들 때까지 고민을 하다가, 확신이 들어서 고백하게 됐다면서요. 그래서, 저도 대화를 하면서 관심이 갔기 때문에 받아줬어요. 그런데 그때부터 그분을 볼 때마다 하나도 설레지 않는 거예요. 그 전까지는 살짝 긴장도 하고 그랬었거든요. 좋아하기도 했고요. 그래서 말인데요… 그게 사랑이 맞을까요? 그분한테 폐가 된 거면 어떡하죠? 겨우 이틀인데."

또 시작이라는 생각을 순간적으로 했지만, 정신을 차리려고 노력했다. 다시 소정과 어색해지고 싶지 않았다. 휴식을 위해 입원했는데, 스트레스를 또 만들 수는 없었다.

"소정아, 동우 님이 고백하기 전에-"

"쉿, 간호사들이나 누가 들으면 안 돼요. 저 또 위로 올라가요. 이름은 말하지 마요."

소정이 당황스러워하는 듯한 손짓을 하며 작게 말했다.

"아, 그분이, 그… 고백하기 전에, 대화를 나누면서, 음… 관심이 갔다고 했잖아."

 말을 더듬었다. 갑자기 머릿속에 주제와 전혀 상관없는 다른 이미지들이 연상되면서, 자신이 하는 말을 잊어버릴 뻔했다. 그래도 최대한 정신을 차리려고 노력했다. 나는 소정과 유경이 알아차릴 만큼 갑자기 천천히 말했다.

"네."

"그 마음이, 확실하게 들었어?"

 소정이 잠시 생각하더니 그렇다고 말했다.

"다시 생각해 봐. 확실하게 남자로서 관심이 갔어?"

 소정의 눈이 흔들렸다. 방금보다 조금 더 긴 시간을 생각하던 소정이 다시 그렇다고 답했다.

"정말? 네가 생각해도 관심이 갔어?"

 재차 확인했다.

"…네."

 소정은 세 번의 질문 중에 가장 긴 시간을 생각하다 답했다.

"그러면 너의 말대로 사랑이었던 게 아닐까? 방금 나에게 충분한 생각을 한 뒤에 그렇다고 답한 것인지, 아니면 나의 말에 휘둘려서 답한 것인지. 나는 몰라. 사람마다 전부 생각의 경로가 제각각이니까. 애벌레 수백 마리가 전부 따로 움직이는 것처럼. 다시 한번 물어볼게. 그분이, 고백하기 전에, 이야기를 나누면서, 이성적으로 관심이 갔어?"

"네, 한번 사귀어 보고 싶다고 생각했어요."

"그럼 사랑했던 거지. 꼭 장대하게 불타오르는 것만이 사랑이겠어?

그럼 애벌레들도 매 순간 다 똑같이 움직여야지. 나 같은 경우는 올해 2월에 헤어졌어. 2년 정도 사귀었고. 그런데 2년 정도가 되면 처음처럼 마음이 설레거나, 항상 그 사람만을 생각하게 되지는 않게 되는 것 같아. 그 정도로 길게는 누구를 안 사귀어 봤지?"

"네."

"이 사람을 처음보다 더 자세히 알게 돼서, 그 이야기에 마음이 갔고, 그래서 이 사람을 일부나마 더 알게 되고. 그래서 계속, 얘랑 나의 시간을 보내도 되겠다는 마음이 그러기 싫다는 마음보다 더 클 때. 계속 사귀는 거거든. 내가 너의 이야기를 비록 너의 말로만 들었고, 너의 마음속에 들어가서 그 감정을 직접 느껴보지는 않았어. 그렇지만, 내 생각에는, 너는 그분에게 진심이었던 거야. 아무리 이틀이라도, 진짜로 그분의 이야기를 들으며 이 사람이 조금이라도 더, 궁금해졌을 것이고, 그런 마음이 너의 대답처럼, 확실하게 있었으니까. 그러니까 고백을 받아준 거잖아."

소정은 고개를 끄덕였다.

"그럼 나는 그것도 사랑이라고 봐. 비록 대화를 나눈 기간이 이틀이고, 사귄 기간도 이틀이지만. 그 사람의 마음을 향해 너의 마음을 더 열어서 더 진해지는 것만 같은, 그 여러 감정 속에서 설렘을 느끼는, 얘가 없으면 안 될 것만 같은. 거기까지 가기 전에 끝났으니까. 그러니까 네가 혼란을 느끼는 것 같은데, 빨리 끝났으니까. 그렇게 고백을 받아주려고 결정을 했고, 다른 사람보다 조금이라도 더 그분을 파트너로서의 사람으로 생각했던 시간이 이틀이라도 있었다면, 음… 네가 원하는 것만 같은 불타는 사랑까지는 가지 않았어도, 그 결정과 그 시간이 비록 4일이더라도, 그래도 난 그걸 사랑이라고 말할 거야. 내가 너라도 그렇게 생각할 거고. 그분을 위해서라도 그렇게 그분을 여겨주는 것이 맞지 않겠어? 너를 봐주고 고백해 준 고마운 사람인데."

"아니, 왜 이렇게 어른스러워?"

유경이 끼어들어 말했다. 여러 번 받은 질문에 굳이 대답하지 않고 웃었다. 유경이 말했다.

"오빠, 나 궁금한 거 있어."

"뭔데?"

"오빠는 사귀기 전에 스킨십, 어디까지 가능해?"

"다 가능해."

유경의 눈이 나의 눈에 멈춰 있었다. 당황한 듯했다.

"아니. 당황스럽게 하네."

"왜 당황스러워?"

"끝까지 다 할 수 있다고?"

"응. 왜, 안 돼?"

"아니. 안 될 거는 없는데…"

소정 역시 나를 쳐다봤다.

"아니. 왜? 한번 설명해 봐."

유경이 말했다.

"나는 18살 때 영국에서 1년 정도 산 적이 있거든. 그래서 내 사고방식은 완전히 한국 사람이거나, 보수적이거나. 그렇지는 않아. 그러니까, 어린 나이부터 서양 사람들이랑 대화를 나누다 보니, 그 사람들의 생각들이 내 마음속에 박혀 있겠지. 물론 사람 나름이지만, 내가 만난 사람들은 그랬어. 일단 마음이 첫 번째로 중요한 사람들이었어."

"그럼 스킨십이 없는 거잖아."

"아니, 그러니까, 끝까지 들어봐. 내 마음 말이야. 상대방 말고. 예를 들어서 처음에 만나서 누가 마음에 든다. 그럼 처음부터 일단 불타고 시작하는 거야. 일단 같이 붙어서 활활 다 태우면서 불타보고, 있는 그대로 보여주기도 하고. 있는 그대로를 보기도 하고. 그다음에 얘랑 계속 간다, 아니다. 그런 걸 느껴보는 거지. 처음부터 벽을 쌓고, 뭘 자꾸 따지고 그러면, 나 같은 경우는 오히려 깊이 들어갈 수가 없는 경우야. 스트레스로 제 발로 들어가는 길이야."

"아…"

"오빠 말 들어보니까, 저도 그런 것 같아요. 원래를 그렇게 생각을 안 했는데, 오빠 말이 맞는 것 같아요."

"그래? 너는?"

유경에게 물었다.

정말로 궁금했다. 얘가 나를 좋아하는 것 같기는 한데, 진심인지도 확인하지 못했다. 엘리베이터에서의 일은 그저 욕구에 머문 것이었나.

"나는… 키스?"

유경이 답했다.

진심이 아니었던 것인가. 얘는 나를 만졌었다. 헷갈린다. 아니. 애초에, 왜 나는 혼란스러워하는 것인가. 그때, 이러면 안 된다고 결정을 했었기 때문에?

"그렇군."

"뭐야? 그 반응은."

유경이 웃으며 말했다. 자신의 궁금한 마음을 알아차려 달라는 것 같았다. 그 질문을 들은 나는 움찔했다. 소정이 알아차리기라도 하면, 쪽팔린다.

"하하. 그냥. 너, 영화나 드라마 볼 때, 슬픈 장면이 나오면 쉽게 울어?"

유경에게 물었다. 주제를 바꿔야 했다. 소정은 물어볼 필요도 없었다.

"응. 나 잘 울어."

"그렇구나."

"오빠는요?"

소정이 물었다.

"난 잘 안 우는 편인 것 같은데. 울 때도 물론 있고."

이제는 나올 눈물도 없다. 전부 말라버렸다.

"저는 어떨 것 같아요?"

"잘 울겠지. 당연히."

"네, 맞아요."

"유경, 너는 병원 왜 왔어?"

"공황장애."

"으흠, 그렇구나."

"엉."

'자기 전 약 드리겠습니다. 약 드시러 병실로 와주세요. 약 드시기 전에 손 소독 부탁드립니다. 약 드시고 확인 부탁드립니다. 확인 시 시간이 지체되지 않도록 많은 협조 부탁드립니다.'

내 책을 산 간호사가 방송을 했다. 방송을 할 때마다 글을 읽는 느낌으로 말하는데, 이 대사, 정해져 있는 대사구나. 그런 생각이 들게 한다.

소정과 유경은 방송을 듣자마자 말없이 병실로 흩어졌다.

...

'솔직히 말해봐. 나를 어떻게 생각해?'
수윤이 보낸 문자였다.
'솔직히 말하면, 너에게 마음이 가.'
'그렇지만 우리가 사귀면 우리에게 굉장히 어려운 상황들이 많이 발생할 거야.'
'응. 나도 그렇게 생각하기 때문에 아직 사귀자고 말하지 않은 거야. 하지만, 조금만 기다려. 꼭 중국어를 공부할게.'
"왜 이렇게 말이 없어. 어색하게."
유경이 말했다.
"아, 친구랑 연락하고 있었어."
"여자냐?"
"응. 서울에서 만난 중국인 친구."
"중국인? 국제적으로 바람을 피우시겠다."
"아니. 그게 왜 그렇게 되는 거지."

엘리베이터에서 나눈 10초의 키스와 함께 일어난 아랫도리가 아직도 가라앉지 않았다.

"손으로 좀 가려."

"됐어. 사람들도 알 거는 다 아는데 뭐."

"사람들이 우리 사귀는 거 알아?"

"아니. 내가 말한 거는, 발기 말이야. 발기라는 건 흔한 거잖아."

"휴. 아, 주말이라서 좋다. 프로그램 안 들어도 되고. 프로그램 듣기 귀찮아."

"그러게. 들어가서 노래나 들으면서 누워 있어야겠어."

"아니, 아저씨는 어차피 프로그램도 안 나오잖아요."

"하하."

"어쭈? 방에 들어가서 여자랑 연락을 하겠다? 나는 내 방에 버려두고?"

"아, 아니 말이 그런 거지. 같이 앉아 있자. 프로그램실에서."

"근데 너무 같이 있어도 사람들이 의심할 거야. 그냥 들어가서 쉬어."

"알겠어. 그러자."

"올라가면서 오빠, 또 만져도 돼?"

"응. 나도?"

"맘대로 해. 아 변태."

삼 층에 도착함과 동시에 우리는 인사 없이 방으로 들어갔다. 침대에 누워 이어폰을 꼈다. 넥스트의 노래를 틀고 핸드폰 게임을 켰다. 게임 속의 캐릭터는 선글라스를 끼고 있었고, 빨간색 긴 머리를 뒤로 묶고 있었다. 캐릭터가 도착한 곳에는 원하는 무기가 없었다. 그래서 그냥 칼 한 자루만 들고 숲속에서 숨어다녔다.

 그렇지만-, 난 느껴-! 왜 내겐, 꼭 너여야 하는지-!

 아름다웠다. 나의 마음속에 들어올 수 있는 이는 그뿐이었다. 부모도, 전 애인들도, 상담사도. 병원에서 만난 사람들도 분명히 좋은 사람들이었지만, 전부 내가 가진 마음의 방문을 두드릴 정도의 사람들이 아니었다. 아무리 기회를 주려고 손에 대놓고 열쇠를 잡도록 해줘도, 그들은 열쇠 구멍을 찾지 못한다. 열쇠 구멍이라는 존재 자체를 망각하고 있는 듯했다.
 오직 나만이 그들의 방문에 노크를 하기 위해서 항상 애쓰고 있는 느낌이다. 소정이는 노크만 해주면 정도를 넘어버리고. 머리 아프다.
 '오늘 나는 한국어를 공부 중입니다.'
 번역기를 사용한 듯한 말투. 수윤에게서 온 메시지다. 알 바가 아니었다. 우리가 만날 수 있기는 할까? 유경과도 잘해볼 마음이 없다. 그녀는 그저, 심심풀이였다. 그러는 동시에 그저 심심풀이가 아니었다. 좋은 것 같기도 하고. 요즘에는 머리만 아프다. 애초에 똑똑한 머리로 잡아먹으려 하는데, 그걸 눈치채지 못할 이유가 없었다. 이 소녀는 그저 이렇게 지내다가 퇴원을 함과 동시에 차버리면 된다.
 오늘이 토요일이니까… 화요일 상담을 위해서는 며칠이 더 남았다. 상담사는 자신이 가진 매뉴얼만으로 나를 바라보는 듯한 느낌이 들었다. 상담은 그런 것이 아니다. 이게 무슨 퍼즐 조립을 하는 것도 아니고. 상대방의 마음속에 있는 물컹한 젤리. 그리고 그 젤리 가운데에 있는 흰 씨앗을 바라보려는 노력은 하고 있을까? 그 정도의 사람인가? 아닌 것 같다. 그 사람은 단지 일을 하는 중이었다. 나라서 적극적으로 자세히 표현을 하는 것이다. 그렇지 않은 강철 같은 사람을 만나면 어떻게 대처하려고? 진심으로 마음 아파하며 들어주는 것은 고마운데. 당신의 직업은 그것만으로는 부족하죠.

게임에서 나와 대화창에 들어갔다.

'언제 다시 우리 집에 올 수 있어요?'

양선이 보낸 메시지였다. 양선은 2년 전부터 서로가 원할 때 밤을 함께 보낸 파트너다.

"지랄하네."

갑자기 심장이 빨리 뛰었다. 심장이 뛰는 것이 배에서도 느껴졌다. 볼륨을 올리고 눈을 감았다. 검은 장소에서 하얀 기생충들이 꼬물꼬물 움직이다가 커다란 두 눈을 떴다. 그들은 그 자리에 멈춘 채 나를 바라보았다. 나의 정신 속에서 누군가가 망치를 이리저리 휘두르는 것 같았다. 정신이 왼쪽으로, 오른쪽으로 격하게 휘둘렸다. 인터넷에서 본 적이 있었다. 심장이 미친 듯이 뛰며 공황장애가 올 것 같은 느낌이 들면 눈을 감은 채로 한쪽 눈을 사뿐하게 누르라는 것이었다.

벌레들이 더 많은 쪽의 눈을 눌렀다. 다시 심장은 가라앉았다.

"진수야…"

"이, 이, 이, 이거 드세요."

옆자리 형이 과자를 나의 침대에 놓았다. 아까부터 코를 훌쩍이며 눈물을 흘리는 나를 보았기 때문이다. 과자를 주는 것에 있어서도 많은 고민을 한 것이 느껴졌다.

"아, 감사합니다."

"괘, 괘, 괜찮아요?"

"네. 네, 괜찮아요."

"아…"

모든 것을 잃어버린 듯한 그 반응이 또 나왔다. 이 형과는 이게 두 번째 정도의 대화인 것 같다.

"아, 안 괜찮아도 돼요. 여기, 다, 아, 아, 안 괜찮은 사람들이야요."

요한의 말이 끝나자마자 인사를 하고 돌아누웠다. 나는 자신이 울고 있다는 것을 알고 있을까. 요한의 말이 틀리자, 말이 틀렸다는 것 때문에 슬픔이 자비 없이 밀려오는 것을. 나는 느끼고 있을까. 지금 나는 느낄 수 있을까.

"형, 형은 교회에 다니시죠?"

"네."

"어쩐지 그런 것 같았어요."

"아… 교, 교회 가세요?"

"아니요. 저는 종교 안 믿어요. 근데요. 교회에 다니면서 구원받았다는 느낌을 받은 적이 있으세요?"

요한은 답이 없었다. 그는 바닥에 떨어진 과자를 다시 주워 나의 캐비닛에 올렸다.

"여, 여, 여기 올려둘게요."

"네. 감사해요. 괜히 물어봐서 미안해요."

"아…"

'환기 시간입니다. 환기는 10분간 진행합니다. 창문을 모두 열어주세요.'

밝은 목소리의 간호사가 방송을 했다. 창문 앞자리인 나는 익숙한 듯 팔을 뻗어 창문을 열었다. 처음 병원에 왔을 때, 같은 목소리로 방송이 나왔었다. 그때 상황 파악을 하지 못한 나 대신 앞자리 아저씨가 창문을 열어줬던 기억이 났다. 침대에 멍하게 앉아 있는데 정리하라며 말을 걸었던 아저씨. 그 후로 대화를 한 번도 안 했다. 항상 책을 읽고 있어서 말을 걸 수도 없었고, 걸고 싶지도 않았다.

눈을 떠보니 닫혀 있는 창문이 먼저 보였다. 방의 불은 아직 켜져 있었다. 아직 9시가 되지 않았나 보다. 당연한 것이 아닌가. 자기 전 약을 먹지 않았으니.

자리에서 몸을 일으켜 창문 앞에 무릎을 꿇었다. 손을 뻗어 창문을 열었다.

달이 밝았다. 그러고 보니 저녁을 먹고 나서 키스를 나누기 전, 오늘은 슈퍼문이 뜬다는 기사를 봤었다. 노래를 듣고 싶었다.

'별이 진다네'

검색을 하고 보니 이어폰이 보이지 않았다. 두리번거리다 이어폰이 캐비닛 책상에 있는 과자 옆에 놓여 있는 것을 보았다.

내가 올리지는 않았는데. 바닥에 떨어져서 형이 올려줬나?

이어폰을 귀에 꽂았다. 달을 보며 기타 선율을 듣다가, 깊은 목소리가 밤하늘과 온 방에 울려 퍼졌다. 동그란 달 앞으로 구름이 지나다녔다. 어떤 구름은 왼쪽으로. 그보다 더 지상에 가까운 구름이 오른쪽으로 이동했다. 구름이 걷힐 때마다 달빛이 병실로 들어와 다리를 감싸안았다. 소름이 돋았다.

핸드폰으로 메모를 시작했다.

> 시를 적으려다가
> 어느 단계에서부터인가
> 네 생각이 강하게 나서
> 적으려던 것을 까먹었어.
>
> 달이 밝다.
> 너, 거기로 갔구나?
> 그래서 달빛이
> 이리도 따뜻했구나.
> 고맙다.

"정록 님!"

간호사가 어깨를 톡 건드렸다. 뒤를 돌아보았다. 나의 볼에 눈물이 흐르고 있었다.

"아, 자기 전 약, 드실 시간이에요."

간호사가 말했다. 간호사 뒤로 같은 방 환자들, 맞은편 방의 환자들이 나를 보고 있었다. 항상 아무것도 하지 않고 노려보는 아저씨도 팔짱을 끼고 마스크를 낀 채 서 있었다. 나를 노려보고 있었다. 이번에도 역시 특별한 표정은 없었다. 내가 빨리 약을 먹기를 기다리고 있는 것 같았다. 그래야 자신의 차례가 오기에.
　바로 마스크를 낀 뒤 약을 받으러 간호사와 함께 복도에 서 있는 카트로 갔다.
　"잘 주무시고요. 힘내시고요. 저희는 항상 함께 있으니까."
　간호사가 알약들을 손에 털어주며 말했다.
　"언제든 간호사실로 오세요."
　"감사합니다."
　약을 먹고 침대에 앉아 있으니 전화가 왔다.
　"여보세요."
　'응. 그래. 잘 지내니?'
　"네."
　'정록아. 퇴원하면 다시 학교에 들어가라.'
　"네? 왜요?"
　'글을 쓰는 것도 좋지만 안전하게 두 번째 계획도 세워놔야지.'
　"거기서 배울 거, 이제 없어요. 전부 멍청이들이에요. 아빠."
　'그래도 참고 졸업해라. 네가 간다고 했잖아? 시작했으면 끝을 봐야지. 안 그래?'
　"아빠도 저 못지않게 마음이 연약하다는 것을 알기에. 최대한 아빠 기분을 좋게 만들어주고 싶은데요. 이건, 아직은 저에게 공격적으로 다가오네요."

'그럼 굶어 죽는 거야! 이 새끼야!'

"죽음이라는 책임도 제가 질 테니까, 지금 이 타이밍에 저한테 이러시면요. 저, 또 생각이 너무 많아질 것 같은데요."

'너를 위해서 그러는 거야.'

"저를 진정으로 위한다면. 아니, 아직 저 26살이에요. 저를 진정으로 위한다면, 제 번지르르한 겉모습과 안위만을 생각해 주는 것도 고마운데요. 당장의 제 심장도 좀 봐주시면 안 될까요?"

'나중 되면 그 심장도 없어져, 이 사람아. 어휴!'

"참외를 보고 참외가 어떻게 생긴 것인지 자신 있게 말할 수 있을까요? 참외를 보기 위해서는, 참외의 껍질을 봤어도, 그건 껍질만을 아는 것이죠. 진정으로 참외를 보려면요, 참외의 씨앗들이-"

'내가 이런 말을 왜 듣고 있어야 해!'

"…참외의 씨앗들이 가로로, 세로로 정확히 어디에 있는지 전부 보아야 하는 것이죠. 전부를 알지는 못하더라도, 최소한 보려는 태도를 가져야 하는 것이죠. 저의 미래를 위한 아빠의 마음 정말로 고마워요. 저는 저를 밥만 먹이기 위해서는 살기 싫어요. 생존을 위해서만 살기는 싫어요. 아빠, 저 또 학교 가면, 또 입원할 것 같아요. 또 학교에 가면, 입원할 몸이 남아 있을지도 모르겠어요."

'야, 이 새끼야. 아빠가 그런 말을 들으면 좋겠어?'

"이미 1분 만에 저를 박살 낸 아빠입니다. 그런 사람의 마음만이 좋도록 거짓말하기는 싫어요. 그 거짓말 속에서 살아가기 싫어요. 그 교수들한테 배울 것 없어요. 지금 아빠한테 솔직한 것이 아빠를 위한 것이기도 하니까 거짓말하기 싫어요."

'그분들도 다 경험이 있고, 생각이 있으신 거야. 너한테 충분한 잠재력이 있고, 믿음직하니까 그렇게 시키는 거지. 알려주려고. 박사들인데 대가리 속에 들어 있는 게 없다느니. 그런 말은 쉽게 하는 게 아니야. 너의 생각이 짧아서 그 생각들을 다 헤아리지 못한 거야.'

"이끄는 사람이 누가 되는지에 따라서 이득이 보는 사람이 있고, 생활이 풍비박산이 나는 사람이 있기 마련이죠. 우리는 크레파스처럼 다들 다르니까. 그럼 폭군도 끝없이 지혜로우니까 칭찬만 해야겠네요? 제발 크게 보지 말아 주세요. 개인이 모여서 단체가 되는 것이고, 그 개인의 작은 부분을 버리면 모든 사람들은 저처럼 환자가 됩니다. 그리고 제가 헤아리지 못했다고요? 그럼 저보다 나이가 세 배 많은 교수들도 제자의 마음 하나 파악하지 못한 거죠. 왜 저한테만 그래요? 이러다가 히틀러도 칭찬하겠어요. 저는 중학생 때 아빠 선배한테 성폭행을 당할 뻔했죠. 그때 이미 알았어요. 풍토라는 것이 참 더럽구나. 세뇌가 이런 거구나. 나이가 60살이든 80살이든, 껍질이 아니라 그 안의 씨앗이 중요한 것이구나. 경험과 세월만이 다가 아니구나. 참외를 자르며, 씨앗들의 위도와 경도를 정확하게 알 수 없듯이. 지금 내 앞에 있는 사람이라는 것도 절대로 모르는 거구나. 저는 교수라면 다 지혜로울 줄 알았어요. 다른 이들을 교육하기 위해 공부하신 분들이니까요. 그게 아니던데요. 그냥 아줌마랑 아저씨들이던데요? 과목의 정보를 자세히 알 뿐이지. 그런데 교육은 왜 하는 것인가요? 욕해가며 머릿속에 넣으면 그 책임이 끝나는 것인가요? 그것을 배우는 자체가 보람 있고, 이걸로 어떤 가치를 실현할 수 있는지. 거기서 나에게 돌아서 들어오는 행복은 어떤 부분이 있을 수 있는지. 그것을 기본으로 정보를 전달하는 것이 교육 아닌가요? 알고만 있으면 뭐 해요. 제 전 여자친구의 어머니는 주부이신데요. 제 심장을 잘 꿰뚫어봐 주시던데요. 보고 품어주려는 태도가 있으시던데요. 그런 분이 박사죠."

'아빠가 다른 거는 양보를 해도. 이건 양보를 못 하겠다. 다 널 위해서! 어?'

"지금 아빠가 차분한 대화가 어려우니, 제가 나중에 전화를 드리죠."

전화를 끊었다.

이루어 놓은 것들. 쌓아놓은 것들이 아무리 높아도. 그건 행복을 바라보는 옵션에 불과하잖아. 아무리 높아도, 하늘은 끝이 없잖아. 아무리 넓게 지어도 행복이랑은 상관이 없잖아. 심장이 사라져 버리면 전부 무의미잖아. '쌓는다'라는 것의 가치를 제대로 알기 위해서는 내가 직접 내 손으로 쌓아야 하는 것이잖아. 그렇게 나의 역사를 만들고 되돌아보는 것이잖아…

시시각각 변하는 내 씨앗이 어떻게 생겨먹었는지 제대로 아는 것은 나뿐이잖아. 누가 내 씨앗을 으깨도록 놔두지 않을 거야.

승환에게 전화를 걸었다. 가슴이, 심장이 뛰는 것이 배에서도 느껴졌다. 손이 떨렸다. 숨이 쉬어지지 않았다.

'여보세요?'

"승환아, 잘 있어? 내 소식 들었지?"

'어. 어. 안 그래도 소식 들었는데. 병문안도 못 가서 미안하다.'

"아니야. 미안하기는."

'내가 학교 와보라고 해서 왔던 건데. 입원만 하고 참. 미안하다. 나도 듣고는 좀 놀랐어. 이제 1학년 1학기 시작한 애한테. 그렇게 많이 요구하셨다는 게.'

"됐어. 이미 지나갔어. 야."

'응?'

"네가 만약, 나의 상황이라면 있잖아. 목숨을 걸어서라도 내가 결정한 일을 해야겠다고 생각했다면, 그렇게 할 거냐?"

'그 글 쓰는 일 말이야?'

"응. 목숨을 걸 수 있다면. 굶어 죽어도 좋다면."

'그러게… 나는 그래도 실패를 대비해서 다른 것도 준비를 시켜 놓아야 할 것 같은데. 그러다가 돈 다 떨어지면 어떡해.'

"그럼 죽는 거지. 그 책임은 내가 질 거야. 난 죽더라도 사회에 다시 못 돌아가겠어."

'음.'

"돌아가면 또 마음이 박살 날 거야. 난 느낄 수 있어. 나는 글 쓰는 걸 잘하는 것 같고. 드디어 찾은 것 같은데. 주변에서는 다들 지랄이네."

'야, 그래도 주변에서 생각을 해주니까 그러는 거지-'

"생각을 한다면, 좀 더 깊게 하라고 해. 왜 생각이 그렇게 멍청해? 생각 안 한 것보다 못하다. 진짜. 모르는 사람이 낫겠어."

'하.'

"생각을 해준다면, 내가 아사해서 죽든 말든 결과를 달게 받겠다는데. 생각을 해준다면, 현재 나의 마음을 봐야 하는 것 아닌가?"

'그래도 그게 쉽나. 다 미래를 위해서.'

"내 미래를 왜 다른 사람이 봐."

울먹이며 말했다. 눈물이 나왔다. 오랜만에 흘리는 눈물이다.

"나의 미래를 보겠다면, 지금의 나를 봐야지. 괜한 조언 때문에 미래의 내가 후회하며 자살하면? 아니면 지금의 내가 압박을 이기지 못하고 자살하면?"

고물의 덫에 걸리면 평생 작동만 시키려다가 죽을 것을 아는데. 작동이 된다고 해도 항상 심장은 텅 비어 있고, 그 심장 때문에 모든 것에 대한 가치가 증발할 것을 아는데.

'정록아, 일단은 진정하고. 너 요즘 돈은 좀 어때? 병원비는 누가 내주고?'

"동생이 좀 도와주고 있어."

'다시 집으로 돌아가면 월세도 내야 하잖아. 그건 앞으로 어떡하려고.'

"동생 있잖아."

'야, 네가 동생한테 용돈을 줘야지. 새끼야.'

승환이 웃으며 말했다. 장난을 치는 것 같았다.

대충 대화를 마무리한 뒤 전화를 끊었다. 병실로 들어와 침대에 앉으니 맞은편 아저씨가 빤히 쳐다보고 있었다. 또.

심장이 뛴다. 눈을 눌러봤지만 일시적이다. 여름인데도 왠지 추웠다. 창문을 열어보니 달은 여전히 밝았다. 그리고 맑았다.
 알록달록한 진수, 사랑해.

 '왜 라면을 그렇게 사랑합니까?'
 리츠가 보낸 문자. 번역기를 돌린 말투다. 대화창에 들어가 보니 우리가 라멘에 대한 대화를 하고 있었다는 것을 알았다. 내가 이 라멘 사진을 언제 보냈었지?
 '맛있어요. 따뜻함이 가득 차 있어요.'

 다음 날 점심시간이 됐을 때는 이미 늦은 시간이었다. 정록은 2024년 9월 8일 일요일, 새벽 4시경에 사망했다. 평소였으면 나른하고 여유로운 일요일. 삼 층 일반 병동의 복도가 소란스러웠다. 자살이라는 말, 심장마비라는 말, 혀를 깨물었다는 말, 선명하지 않은 증언들이 병동에 퍼졌다.
 요한의 손이 떨린다. 어젯밤 정록의 캐비닛 테이블에 올려두었던 과자를 들고 다시 자신의 침대에 앉았다.
 '내가 조금이라도 더, 이야기를 나누어 줄 걸 그랬어.'
 "아니, 그만하자고! 아침부터 이러기 싫어!"
 요한의 옆방에 있는 아저씨의 목소리다. 아저씨는 병동에서도 항상 정장을 입고서는 선글라스를 끼고 있다. 주변의 빛이 너무 눈이 부셔서 머리가 아프다는 이유였다.
 "그래도 너보다 어른한테 이러는 게 맞아?"
 다른 아저씨의 높은 목소리가 반박에 나섰다. 이 목소리는 누군지 모르겠다. 처음 오신 분인가.

곧 간호사가 옆방으로 가 두 사람을 제지하는 소리가 들렸다. 요한은 물을 뜨러 가는 척을 하며 옆방을 슬쩍 보았다. 간호사는 많은 눈물이 흘렀던 흔적을 잔뜩 가지고 있었다.

그날 밤, 언지는 동료 간호사들과 함께 카페에 들렸다. 휴무를 즐기고 있던 간호사도 전화를 받고 카페로 나왔다.

"정리 중에 정록 님의 유서를 발견했어요. 여기 적혀 있는 날짜를 보니 입원하시고 거의 바로 쓰셨더라고요."

정록의 유서를 들고 동료들을 보며 말했다. 유일한 남자 간호사 재건은 곧 있으면 나이트 타임 출근을 해야 한다며 투덜거리며 들어왔다. 정록의 사망 소식을 모르는 상태였다.

"그럼 읽어드리겠습니다. 문자로 보내드리는 것보다는 이게 정록 님을 대하는 예의인 것 같아서요."

"아닙니다. 감사합니다." 목소리가 밝은 아주머니 간호사, 한솔이 말했다. 이제는 목소리가 밝지 않았다.

"나는 입원했다. 음, 평소에 나의 상태에 대한 글을 쓰는 버릇이 없어서 유서도 어떻게 써야 하는지 잘 모르겠다. 여기서만큼은 가면을 쓸 필요도 없고, 나를 상대방에게 납득시키기 위해 말을 번지르르하게 만들 필요도 없다. 모든 상황에는 어디선가로부터 온 이유가 있듯이, 내가 입원을 하게 된 이유가 있을 것이다. 아빠의 빚을 갚기 위해 따귀를 맞으며 일을 했다. 군대는 특전사에 지원해서 다녀왔다. 낙하산을 타는 경험은 정말로 아름다웠다. 병장이 되었을 때, 나는 미쳐버릴 뻔했다. 자유가 전혀 없기 때문이었다. 틈틈이 누렸던 그 자유들은 나에게는 있는 것도 아니었다. 그렇게 전역 후 아빠의 빚을 다 갚았다. 당시에는 몰랐지만 번아웃과 우울증에 시달렸던 것 같다. 어느 새벽에 승환이에게 전화를 걸어서 같이 일하는 동료들을 막 욕했다. 그들 자신은 눈치채지 못하고 있고, 또 그것을 무식하도록 굳게 믿고 있지만, 그들은 잘못을 많이 저지르고 있었다. 승환이는 나에게 학교에 진학해 볼 것을 권유했다. 처음에는 듣지 않았다. 정신을 차려보니 나는 교수님들 앞에서 면접을 보고 있었다. 군대에서도, 직장에서도, 학교에서도. 나는 정말 잘했다. 내가 천재라는 것은 아니지만 천재는 27살에 죽는단다. 그래서 내가 여기에 앉아 있는 걸까? 26살이니까 1년 남았다. 우스갯소리지만 나는 1년 동안 입원을 하며 결국에는 여기에서 심장마비로 죽게 되는 것은 아닐까? 내가 삶을 너무나 높은 기준으로 대했던 것인가? 나는 있는 그대로 살아서는 안 됐던 것인가. 너무 앞서가서 죽는 것인가. 앞서가는 듯한 사람을 보며 왜 정신을 차리지 않는가. 왜 차분한 대화를 시도하지 않는 것인가. 왜 대화를 하다가 급격하게 본래의 자신으로 돌아가는가. 진수가 그립다. 진수가 밝은 얼굴로 이 세상을 다 끌어안을 것처럼 춤을 추는 모습. 그때는 낯간지러워 웃었지만, 그때의 내가 모자란 놈이었다. 내 친구 진수에게 '그대'라는 표현을 써도 모자랄 만큼 그 장면은 아름다웠다. 진수는 천재였다. 죽음을 맞이하면 우리가 우리 주변의 원자를 느끼지 못하는 것처럼 우주에서 아무도 알아차리지 못하는 나의 죽음이 남는다. 하지만 그뿐만은 아니다. 그 자리에는 그 사람의 마음도 남는다. 그 눈에 보이지 않는 씨앗은 우주가 사라져도 그 자리에 영원히 남아 있다. 나는 남들보다 생각을 많이 한다. 확실하게 그렇다. 그래서 고통스럽다. 학교에서 교수들과 학생들은 나를 좋아했다. 온갖 임원 역할을 했다. 나는 교수들은 전부 지혜로운 줄 알았다. 조금이라도 말이다. 그런데 그냥 회사에 일하러 나온 학과의 직원들이었다. 실망했다. 왜 항상 나의 기대 수치는 이미 높은가? 일부러 그러는 것은 아니다. 그저 내가 그런 것이다. 교수 정도가 되면 말이 통할 것이라고 여겼지만, 그렇지 않았다. 너무 기대를 안고 진학했었다. 내 잘못일까? 아니다. 열리지 못한 사람들의 잘못이다. 처음에는 포인트 잡힌 대화가 이어지나 싶다가도 모두들 중간에 그 주제에서 슬쩍 벗어나 대화의 흐름을 흐린다. 일부러 그러는 것이다. 그 논리를 들어보면 결국에는 자신을 위한 결론에 기초하고 있었다. 이게 바로 어린 친구들의 재능과 마음의 씨앗이 터져 사라지는 과정이다. 아빠는 학교를 그만둔 나에게 그 반년을 헛살았다고 말했다. 그렇지 않다. 그렇지 않다고 말하겠다. 난 더욱 범위 넓은 사람들을 관찰할 수 있었다. 술 취한 아저씨, 교수, 대통령. 그 사람의 갑옷이 아닌 심장이 중요하다는 것을 느꼈다. 사람에 대해서 더 연구할 수 있었다. 더 느낄 수 있었다. 헛살지 않았다. 나는 23살 때 중동 나라의 가난한 부모들이 자신의 장기를 팔아서 자식들에게 끼니를 준다는 기사를 읽었다. 나는 분노했다. 이게 가짜가 아닐까, 의심도 했지만. 진짜 같았다. 그래서 유니세프, UN을 비롯한 기구들, 유명인들, 정부들. 모두에게 이메일을 보냈다. 나도 나의 장기를 팔 테니, 그 아이들에게 물질적이든 멀리서 은은하게 불러와 안기는 타인의 온기든. 도움을 주고 싶었다.

그 아이들을 위한 생각이 반이었고, 누군가는 이런 행동을 했다는 기록을 남겨야 수백 년 후라도 언급이 되어 도움이 될 수 있지 않을까 생각했다. 우리가 바라보는 가치 기준이 바로 여기에서부터 서서히 변하지 않을까 기대했다. 그게 나머지 반이었다. 사람의 심장 속. 누구나 그들의 심장 속에 메말라서는 안 되는 소중한 씨앗을 품고 있다. 나와 같이 젊음을 괴로워하고 있고, 괴로워했던. 괴로워하지 않는, 괴로워하지 않을 사람 역시 마찬가지다. 나는 여전히 진심으로 믿는다. 병원에서 목숨을 끊는 나조차도 이걸 최고의 가치 기준으로 삼았으니, 남들도 이것을 고려 정도는 할 수 있을 것이라 믿는다. 나는 병원에 와서 상담사와 이야기라도 할 수 있었으니 좋은 시간과 운을 가졌었다. 털어놓을 수 있는 기회를 가졌었다. 그 방에서 나와 다른 환자들을 만났으니 더 웃을 수 있지 않았을까 싶다. 퇴원을 한다면, 올해 가장 마음이 편했던 장소는 이 정신병원이 아닐까 싶다.

지금. 방 안에서 괴로워하는 나보다 덜 과감한 세상의 친구들. 문을 열어도 가고 싶은 곳이 없는 친구들. 나를 혼자 내버려두지 않아서 고마워.

나는 그 방의 불빛이 태양보다도 밝다고 생각해. 태양보다도 필요하다고 생각해. 그 아래에 네가 있어. 내일 아침이 될 때까지 서서히 식어가겠지만, 그 빛이 너를 지탱해 준다고 믿어.

항상 타오르는 태양보다 더 강할 필요가 도대체 어디 있지? 태양에게는 그게 전부인데. 우리는 무엇을 가지고 있을까? 애초에 왜 항상 타올라야 하지? 우리는 태양이 아니라 사람인데. 태양은 이미

다 알고 대신해 주고 있는데. 우리는 우리가 가진 것을 잊었어.

지금이 바로 잘하고 있는 것이 아닐까? 인생은 비를 피하는 것이 아니라, 폭풍 속에서 춤을 추는 법을 배우는 것이라잖아. 갈 길을 잃었다. 화창한 날임에도 그것을 외면하며 못 보는 것보다는. 그렇게 한 번 더 길을 잃는 것보다는. 오히려 길을 잃을 수도 있는 우리 인생의 한 부분을 크레파스로 알록달록하게 칠해버리고. '길을 잃을 줄도 아는' 현명함, 우리의 고집, 자신, 자신이 사는 세상을 제대로 마주하게 된 첫 번째 모험의 문을 연 지금을, 기분이 몽롱하고 이상한 황혼이라고 봐야 한다고 생각하는데. 다음 날에 해가 뜰 것이라고 기대하지 말고, 이 알록달록한 황혼을 즐겨야 한다고 생각하는데. 해가 안 뜨더라도 우리의 노을은 그 자체로 아름다운데. 그 해는 우리가 규정하는 것인데.

이 종이에 글을 더 쓰게 될 줄은 몰랐지만.

오늘 나는 떠난다.

3년 전이었다. 아빠에게 돈을 보내주던 시점이었다. 서울의 한 지하철역에서 쓰러져 있던 할아버지가 떠오른다. 사람들이 서서 보고 있길래 다가가서 상황을 물었다. 신고는 이루어지지 않았다. 호흡을 하고 있지 않았는데 심폐소생술도 이루어지지 않았다. 나는 출근을 미루고 심폐소생술을 했다. 주변 사람들을 보냈다. 구급대원이 오기도 전에 깨어난 할아버지의 반응은 예상 밖이었다. 나를 무시한 채 역 의자에 앉았다. 도저히 소통할 에너지가 없는 것이 눈에 보였다. 자신의 머리를 쥐어뜯으며 몇 분이 지났다. '늙었으면 빨리 죽어야 되는데!' 나의 유서를 보는 당신은 어떻게 생각하는가? 나 역시 몇 분 고민하다가 입을 열었다. '아니요. 지금 제 말이 들리지 않을 수도 있으시겠지만, 저는 1,000년 된 나무가 볼품없어 보이지 않는다고 생각해요. 시들지 않았다고 생각해요. 허리를 숙이고, 가끔 기능도 마음대로 안 될지 몰라도, 그 나무가 봐 온 장면들을 우리는 절대로 볼 수 없다고 생각해요. 사람도 나이를 먹을수록 웅장해지고, 장엄해지고, 아름다워진다고 생각해요. 지금은 사라져서 없는, 할아버지를 기분 좋게 만들었던 것들. 알록달록했던 세상의 모습들, 사람들과의 공유. 걔들은 사라진 것이 아니라 숨어 있다고 생각해요. 저는 노을이 질 때 길에서 맛있는 냄새를 맡는 것이 너무 좋아요. 그것 때문에 그때부터는 계속 웃고 있어요.' 할아버지는 고개를 숙인 채 머리를 쥔 그대로였다. 내 말을 못 들었을 리는 없다고 생각했다. 우리는 우리의 행복을 예민하게 만들어 주는 것들을 항상 옆에 두고 있다. 못 보는 것일 수도, 봤음에도 어떠한 이유 때문에 멈추는 것일 수도 있다. 멈출 필요 없다. 일단 들어가면 행복해져서 계속 이어나갈 것이다. 앞으로.

그 친구들은 생각보다 수가 많다. 24시간 중 곳곳에 빽빽하게 숨어 있다. 사라졌다고 결론을 내린 것은 나였다.

내가 이렇게 말하는 것, 말하며 기대는 것. 상담사도, 의사도 아니야. 누군지 모를 너희들이야. 이 글을 읽는 너희들이야. 혼자는 아니었어. 지옥 같아도 나와 같은 고통을 가진 누군가와 만나서, 폭풍우가 아닌 지옥이라도 춤을 출 수 있었어.

나와 함께 대화해 준 학생 간호사들 덕분에 꽃봉오리가 만들어졌었는데. 수간호사님, 혜진 님에게는 비밀. 퇴원이라고 말해주세요.

밖을 보니 보호사님이 잠들었다.

나는 나가야겠다. 나는 끝까지 가치의 기준을 바꾸지 않았다. 바꿀 이유와 필요를 느끼지 못했다. 나를 괴롭히는 이들조차 심장이 있다는 것을 잊지 않았다. 그들도, 내가 모를 많은 것들과 마주하고 있어서 그럴 것이다. 괜찮다.

전부 무시해도 좋으니, 이 말만큼은 듣고 넘어가 줘라.

어린아이들이 멍하니 있을 때. 엥? 나 언제 태어난 거지? 라고 말하는 것 같은 표정으로 있는 것은 너무나도 사랑스럽고 귀여운 것 같다.

그런데, 알고 있는가?

어린아이도

어른도

노인도.

모두가 그렇다.

오늘 여기에서 좋은 생각을 하고, 나쁜 생각을 하고, 무표정으로 가만히 있어도. 자기도 모르게 태어나져서, 그냥 그러고 있다는 것, 그 자체가 사랑스럽다. 내 옆에서 잠든 사람들 역시. 기특하게도 언제 태어나서 잠들어 있는 것인지. 너무 소중하다. 카페에 일하러 갔을 때, 모두가 서 있어야 하니까 일부러 서 있는 것이 귀여웠다. 그래야 하니까 그렇게 하는 것이 귀엽다. 간호사들도, 의사들도, 학생 간호사들도 그랬다. 아침에 정신없이 출근하고 어느샌가 복도에 서서 멍하니 있는 것이 귀엽다. 정신을 차려보니 여기에 서 있는 것이 아니겠는가. 우리 아빠도 그렇다. 자전거 타는 법을 알려주고, 함께

배드민턴을 치며. '우와. 나, 아들이 있구나.' 생각했을 것이다. 정신을 차려보니 아들과 딸이 있었다. 멍하게 생각했을 것이다. 멍한 모습을 상상해 보자. 모두가 그냥 살아 있는 자체로 귀엽다.

당신은 도대체 언제 태어난 것인지. 거기에서 눈을 깜빡이며 숨을 쉬고 있는 것이 귀엽다.

나중에 여자 친구에게 몰래 해주고 싶은 말이었지만. 마지막으로 모든 에너지를 담았다. 나를 혼자 내버려두지 않은 사람들에게. 나의 마지막 마음이 전해진다면 나는 잘 죽는 것이다.

나에게 의문을 품는 자. 이런 말을 하며 어째서 죽었냐며 궁금해할 것이다. 나는 여기에서 나가면 나를 현실에서 직접 안아줄 어떠한 요소도 가지고 있지 않다. 나의 결정이다.

우리는 그릇이 되고 싶은 것이다. 우리는 그 안에 뭔가를 담고 싶다. 많은 것을 담고 싶어 넓은 그릇이 되고 싶을 수도 있고, 깊이가 있는 어느 곳에 다다르기 위해서 깊이가 있는 그릇이 되고 싶을 수도 있다.

그런데, 아무것도 담지 못하고 그대로 끝이 났다. 그건 뭔가?

청자상감운학문매병. 박물관에서 볼 수 있는 도자기다. 그 안에 무엇이 들어 있던가? 그 누가 그 안에 무언을 넣었던가?

그릇. 그 자체만으로 이미 예술이었다. 그것을 잊은 것은 우리고, 지금부터 규정하는 것도 우리 자신이다. 신해철이 그랬다.

거기서 한발 더 나아간 것 같다. 나는, 내가 어떻게 생겨먹은 도자기인지. 어떻게 이 형태로 깎여온 도자기인지. 누가 빚어준 도자기인지를 알았다.

나의 결정이다. 이쪽 세상을 포기하는 것이 아니다. 포기했다면 왜 유서를 쓰고 있는가. 춤을 제대로 출 수 있는 곳으로 가는 것이다. 신해철을 만나러 가겠다. 진수도 거기에 있을 것이다. 함께 춤을 출 것이다."

언지는 소정이 정록의 소식을 듣고 건네준 메모를 꺼냈다. 동료들에게 건네주었다. 재건이 메모를 받아 읽었다.

정록 오빠를 처음 만난 날. 마음이 너무 여리고, 항상 남을 먼저 생각하는 현재의 나에게 오빠가 주는 필수 사항.
- 다른 이들에게 맞추기 위해서, 다른 이들을 전부 안아주기 위해서 이리저리 흩어져 있던 나의 자아를 다시 하나씩 제자리로 가지고 올 것.
- 젤리와 같이 느낌이 이상하고, 아주 어색한 자존감이라는 것이 구의 형태로 존재함. 구의 가운데에는 나의 씨앗이 있음. 그 젤리가 모두 사라져서 씨앗이 드러나지 않도록 조심해야 함.
- 있는 그대로를 보고 웃어주는 사람들은 알아서 나타남.
- 이 사항들은 항상 정답.
- 소정만을 위한 것임. 다른 사람들은 모르겠음.

아빠에게 폭행, 성폭행을 당한 후로 항상 남의 기분을 먼저 고려하다가 자해를 한 나에게 친절하게 알려준 사항들.

새 한 마리가
멀어지는 구름을 향해 날아간다.

그대로 가버린다.

아기 새가 만나게 될
숲을 바라보는 것은 우리다

1장

...

   오늘도 천천히 삶을 잊어버리고, 잃어버리는 나날들의 하루를 채웠다. 자신만이 소유하는 삶을 이해하지 못한다면, 그것은 그저 살아 있는 생명체의 신체만이 세상을 돌아다니는 것이라고 해도 틀린 말은 아닐 것이다.

   '나는 나의 신체가 살아 있는 것조차 느끼지 못하겠다.' 기남은 생각했다.

   의미가 없다. 모르겠다. 내가 죽은 것인지, 살아 있는 것인지. 살아 있다면 숨은 쉬고 있는 것인지. 알아차릴 수가 없었다. 그냥 그렇다.

   사람이 태어나고, 떠난다는 것. 다시 자연으로 발길을 돌리는 것. 그것에 이르기까지의 생이 있다는 것.

   아침 햇살. 매일같이 세상을 마주하며 모든 것을 비춘다는 행위에 스며들어 있는 용기는 어디에서 나온 것일까. 캄캄한 어둠의 한 가운데서 빛나는 달. 시간이 갈수록 모습을 바꾸기 마련이지만. 펄쩍 뛰면 그 속으로 빠질 것만 같은, 웅장한 구름을 안은 파란 하늘. 시원한 하늘과 안녕을 말하고 남겨진, 어딘가가 어정쩡하며 외로운 하늘을 조심히 안은 노을. 기분이 우울할 때는 모습을 감춘다는 냉정함이 있지만 그래도 아름답지.

'아, 그렇긴 한데.'

그 속에서 살아 있는 것이. 막연하게 피어오르는 것밖에 모르는 모닥불 같아. 아무것도 하는 것이 없고, 나에게는 의미도 없는걸. 이미 끝이 보이기 시작하는 그런 것이야. 타오르다 언제 찾아올지 모르는 져버림을 만나는 것이야.

우리의 세상은 아직 그곳에 다다르지 못한 것일까. 오직 다 타오른 모습으로 땅에 묻히거나, 뿌려질 때만이 자연으로 돌아가는 것일까. 살아 있는 사람들은 살아 있는 동안 이 세상을 보았다고 말할 수 있을까. 우리는 아직 죽어 있는 것이 아닐까. 아니면 혹시 죽어야지만 준비가 되는 것이 아닐까. 무엇에 대한 준비인지는 설명할 수 없지만, 요즘 들어 왠지 그런 느낌이 든다.

나는 정확히 어디에 있지?

책에서 이런 말을 본 적이 있다. 세상의 본래 모습은 최악. 인간은 고통의 그 자체. 하지만 그 속에서 무언가를 만든다면, 그 의미는 피어난다.

의미는 내가 직접 만드는 것이라는데. 시작. 그 시작의 발판이 어디에 있는지조차 모른다면. 그때는 어디에서 출발해야 하나요? 오늘도 나는 타오르는 중인가?

어떡해야 하지.

기남이 눈을 감고 중얼거린다.

"기남아."

기남이 아빠의 목소리에 눈을 뜬다. 밝은 것 같기도 하고, 칙칙한 것 같기도 한 조명들이 기남의 흐릿한 시야에 들어온다. 눈이 부시다. 미간을 찌푸리며 몸을 일으켜 주변을 둘러본다. 저쪽에 사람들이 보인다.

큰고모. 큰아빠. 아.

맞다. 자신도 모르는 사이에 너무 깊은 잠이 들었나 보다. 여기는 장례식장이다. 장례식장에는 어릴 때 아빠를 따라서 가본 적이 있다. 하지만 선명한 기억은 없다. 그래서 사실상 기억에 남을 장례식은 이것이 처음이 될 것이다. 처음인지라, 지울 수 없는 흉터와 같이 깊고, 선명히 남을 것이다.

"안 좋은 꿈을 꿨어?"

아빠가 말했다.

"아니요."

"가자. 할아버지한테."

기남의 할아버지가 돌아가셨다.

...

얼마 전, 이사 때문에 텅텅 비어버린 방에서 책을 읽고 있었다. 여기서 평생을 살아왔는데. 잠깐 사이에 비어버린 방에 있으니 이상한 감정이 느껴졌다. 조금 있으면 처음 들어보는 시골로 이사를 갈 것이다. 평소에는 아무런 느낌이 없더니. 이제는 누군가가 나의 방을 빼앗아서 사용할 것이라는 생각을 하니 마지막까지는 함께하고 싶었다.

책을 읽다 보니 거실에서 아빠의 벨소리가 들려왔다. 평소처럼 들리는 아빠의 목소리도. 기남은 슬며시 방으로 들어오는 아빠의 목소리를 내버려두었다. 독서에 전념하기 위해 눈을 비볐다. 요즘 읽고 있는 책인데, 왠지 계속 읽게 되는 책이다. 내용이 흥미롭거나 표현력이 특이한 것도 아닌데. 멈출 수 없는 책이다.

똑똑.

'음?'

왠지.

"네."

평소보다 느리고, 무거운 노크였다.

...

발인 후 장례식장으로 돌아가는 버스 안에서 오가는 대화는 없었다. 있을 리가 없다. 할아버지는 어느새 작은 통으로 몸을 옮기시고는 땅속으로 들어가셨다. 급하다고 생각했다. 차분하고 충분하게 인사를 드릴 틈도 없이. 다들 직원의 안내를 따랐다.

우리는 할아버지에게 고개를 숙이고 절을 하며 짧은 인사를 드렸다. 충분하지 않았다. 할아버지가 들어가신 장소의 뚜껑을 보며 기남이 생각했다.

'나도 저렇게 되는 것인가. 언젠간. 지구상의 모든 인류는 이렇게 급하게 마무리를 짓는 것인가. 그건 싫은데.'

그러면 끝인가.

저곳에 들어가시기까지. 할아버지가 어떤 삶을 살았는지 모르겠다. 오늘에서야. 웃기다. 병원에 눕게 되실 때까지. 아니, 내가 어릴 때 함께 딱지를 치며 놀았을 때도. 나무를 타고 올라가 나를 위해 새총을 만들어 줄 때도. 몰랐다.

우리 아빠를 낳기 전까지의 이야기라도 듣고 싶었다. 모두가 그렇겠지만 그때는 알려고 하지 않았다. 그래도 이건 너무하잖아. 이러면 끝이라고? 끝? 할아버지가 무슨 일을 하며 먹고 살았지? 만약에 지금 삶을 돌아볼 수 있는 기회가 주어진다면. 할아버지는 어떤 생각을 할까?

아빠는 어떤 생각을 할까? 나는?

어제 할아버지를 들어 관으로 옮겨드릴 때 했던 생각이 떠올랐다.

'기남아. 혹시 동전 있니? 할아버지에게 노잣돈을 드려야 하는데. 고모가 동전이 없구나.'

큰고모가 생각에 잠긴 기남의 얼굴을 깨고 들어와 물었다. 기남은 폭탄이 터지는 것이라도 본 듯 정신이 멍했지만, 대답했다.

'네. 있어요. 지갑에 있을 텐데.'

'고맙다.'

기남의 지갑에 아무렇지 않게 들어 있던 300원이 고이 모인 할아버지의 양손으로 들어갔다. 움직이지 않는 손. 고모의 의지에 의해서 움직일 수밖에 없는 저 손. 믿을 수 없었다. 절대로.

신경을 써본 적이 단 한 번도 없는 할아버지의 손이었다. 할아버지가 호두 3알을 들고 달그락거리며 지압을 할 때도, 나는 호두를 바라보았다. 느낌이 이상했다. 가족들은 모두 눈물을 흘리며 관을 둘러싸고 있었다. 눈물은 나지 않았지만, 기남도 함께 서 있었다.

직원이 할아버지에게 다가가 흰 천을 걷어내자, 할아버지의 얼굴이 드러났었다. 그냥 할아버지였다. 평소와 다름없는 길게 자란 흰 눈썹, 거의 다 벗겨지고 남은 적은 양의 흰머리, 튀어나온 광대. 병원에서 보았을 때보다 조금 더 튀어나왔다. 맞다. 할아버지였다.

어릴 때 할아버지를 만나면 항상 할아버지의 얼굴을 만지곤 했다. 그러면 할아버지는 눈을 세게 감고 웃어주셨다. 하지만 지금은 그러면 안 될 것 같았다. 다가가 볼까 생각도 했지만. 왠지 어른들이 기남의 손을 막을 것 같은 느낌이 들어서 가만히 있었다.

할아버지는 당장이라도 눈을 떠서 기남을 부를 것 같았다. 정말 그러더라도 기남은 이상하게 받아들이지 않을 것이다.

할아버지가 나를 부르는 것이 전혀 이상할 리가 없다. 그것에 화들짝 놀라는 사람이 있다면 그 사람이 이상한 것이다.

친척 형과 함께 할아버지를 직접 들어 관으로 옮겼다. 생각보다 무거웠다. 15살인 기남에게는 무거울 법도 했다.

버스로 돌아가는 길이었다. 뒤를 돌아 할아버지가 계신 곳을 보았다. 그대로 있었다. 우리가 대리석으로 만들어진 동그란 덮개를 덮은 그 자리 아래에. 쓸쓸해 보인다.

'이렇게 끝인가.'

누군가와 함께 앉아 있는 사람은 없었다. 마찬가지로 기남도 그럴 수밖에 없었다. 의도적인 것은 아니다. 어른들이 그렇게 하기에 기남도 그저 따라서 혼자 앉았다.

멍한 표정으로 혼자 앉은 기남은 창밖을 바라보았다. 저 멀게 거대한 구름이 피어나고 있었다. 정말로 거대했다. 편안해 보이는 구름 위는 정말로 푹신해 보였다.

누군가 나에게 돈을 주고 저곳에 집을 지어준다면, 난 저기서 살다가 굶어 죽어도 될 거 같았다. 사람이 세상을 떠나고 정말로 어디론가 가야 한다면, 구름 위가 적절하다는 느낌이 들었다. 왠지 또 하나의 세상이 펼쳐져 있을 것만 같다. 확실히 그럴 것 같았다. 우리의 눈에는 보이지 않는 무언가가 떠 있을 것이다. 사실은 아무것도 아닌 뭉게구름이지만. 그랬으면 좋겠다.

'할아버지도 정말로 돌아가신 것이라면. 저런 곳으로 가서서 편안하셨으면 좋겠다.'

참새 한 마리가 하늘을 날아다닌다. 참새는 버스를 따라서 같은 방향으로 날아가다가, 이내 방향을 틀어 구름이 있는 곳으로 사라진다. 점점 작아지는 참새의 날갯짓은 이제 보이지 않는다. 작은 점이 되어버린다. 기남은 멍하게 그 점을 바라본다. 저 멀리 사라진다.

기남의 시선이 닿지 않는 곳까지. 마치 다른 세상으로 연결된 통로 속으로 들어가는 것 같았다.

●●●

방문을 열고 들어온 기남. 방 한구석에 모여 있는 박스들을 바라본다. 이 방을 떠나며 내팽개치고 나갔던 소설책이 방에 던져져 있었다. 다가가서 책을 집어 든다. 창문을 열어 소설책을 던져버렸다.

'의미 없어. 이 세상은 소설 같은 세상이 아니야.'

소설의 주인공이 말했었다.

'너무나 아름다워.'

아무리 연기라지만. 그런 말을 실제로 한 사람이 있으니까, 그런 말을 따라 한 것일 텐데. 글쎄, 잘 모르겠다.

소설 주인공의 집은 빚을 지고 있었다. 평범한 사람들에게는 그리 큰 금액이 아니지만. 주인공이 감당하기에는 부담이 큰 금액이었다. 수천만이라는 금액을 갚기는커녕 당장 자신의 입에 들어갈 음식부터가 필요한 상황이었다. 주인공은 결국 주변 사람들에게 암시조차 하지 않은 채. 목숨을 끊으려는 계속을 세우기 시작한다.

기남은 놀랐다.

어떻게 이렇게 아무렇지 않은 연기를 할 수 있는 거지? 자신의 목숨이 오가는 상황에서. 세상은 아름답다며 밝은 척.

직장에서도. 친구들 앞에서도 정말 아무렇지 않은 표정을 짓고 있는 장면을 떠올리게 하는 문장이 많았다. 주변 사람들에게 들키지 않기 위한 연기인 것이다. 주인공은 그리 밝은 편이 아니었지만, 친구들은 매일 똑같은 주인공을 눈치채지 못했을 것이다.

기남은 결국 주인공이 어떻게 되는지가 궁금하지 않았다. 뻔한 이야기가 펼쳐질 것 같았다.

주인공이 결국 자살에 실패해서 눈물을 터뜨리며 어떠한 이유로 다시 살아보겠다고 다짐하거나, 자살을 시도하기 전에 어떠한 영향을 받아서 마음을 바꾸는 내용일 터이다. 설령 이상적이고 희망적인 방향과는 반대로 전개가 되어 자살에 성공한다고 하더라도. 그 자살을 주제로 삼아서 다른 사람의 시점에 들어가 작가가 하고 싶은 말. 어디선가 들어본 적이 있는 것 같은 말들을 쭉, 늘어놓을 것이다. 그런 이야기와 라디오는 수없이 접했다. 보나 마나 이미 뇌의 어느 부분이 아는 내용일 터이다.

 기남은 창가에 서서 바닥에 떨어진 책을 바라보았다. 기남의 시선은 책에서 맞은편의 인도로 이어졌다. 인도에서 기남의 같은 반 친구가 걸어간다. 친한 사이는 아니었다. 게다가 교실 앞에서 친구들에게 마지막 인사를 건네고 돌아왔는데, 다시 말을 섞기는 싫었다. 그만 방으로 들어왔다. 방으로 들어오며 주인공의 행동에 대한 의문점이 생겼다.

 '그렇다면, 주인공은 왜? 왜 연기를 해야 하지?'

 기남의 상황은 주인공의 상황과 흡사했다. 빚이 있다거나 자살을 하려는 마음이 들지는 않았다. 하지만 세상에 대한 회의감. 그것만은 주인공에게 공감할 수 있었다. 할아버지가 세상을 뜨셨다는 그 현실이 회의감을 제조하는 첫 번째 재료였다.

 기남은 주인공이 일기를 쓰는 장면을 떠올렸다. 내용은 이랬다.

  살아가는 우리들의 세상. 그 세상은… 아름다울 것이다. 아니, 아름답다. 하지만 그 속에서 살아가는 생명체들의 세상을 볼 때. 그 생각은 쥐구멍으로 다시 달아난다. 그래서 갈피를 못 잡겠다. 어떤 이는 다른 이를 죽이는 것에 즐거움을 느끼고. 어떤 이는 죽어야 하는 이유도 모르고 죽임을 당해야 한다. 동물도, 사람도. 기적적으로 그 사람이 살아야 하는 이유를 알고 있었다고 하더라도. 죽으면 그대로 끝나는 것이다. 어떤 이는 나처럼 방에서 혼자 눈물을 흘리고, 밖으로 나가면 웃음꽃을 당당하게 피운다. 진짜 꽃도 그렇게 고통스러운 행동을 하지는 못할 것이다. 사람만이 가능하다. 어떤 이는… 아니, 나를 포함한 많은 이들은 다른 사람이나 은행으로부터 빌린 돈을 갚느라 정신이 없다. 우리 생명체들의 삶을 가만히 들여다보면 모두가 정신병자다. 하나씩의 병은 있다.

나무가 포도당을 만들기 위해 광합성을 하는 행위는 본인이 행복해서 하는 것일까, 아니면 어쩔 수 없이 자비 없이 구성되어 가는 세상을 향한 각각의 전쟁인 것일까.

나는 정말 잘 모르겠다. 이런 세상을 가만히 들여다보고 있으면 뭔가가 보인다. 현대의 세상은 분명히 서로가 연결되어 있지만, 또 분명히 서로는 연결되어 있지 않은 것이다. 내가 나를 죽이더라도, 누군가에게 이유도 모른 채 죽임을 당하더라도. 세상은 아주아주 촘촘한 각각의 선택들로 나아가고, 정해진다. 아주아주 많은 애벌레들을 보고 있으면 답이 나온다. 이 애벌레가 이렇게 움직여서 옆에 있는 애벌레는 저렇게 움직인다. 그것이 퍼져서 수십 마리의 애벌레들이 꿈틀거린다. 바람으로 움직인 그 낙엽까지도, 바람이라는 무언가에 흔들려

자리를 옮긴 것이다. 나의 죽음도 누군가의 무언가를 옮길 것이다. 그러고 싶지 않다. 애초에 사는 것이 손해이다. 나는 이런 세상이 너무 힘들다.

그 죽음을 살이 떨리는 죽음으로 만들지 않기 위해서는 살아 있을 때 제대로 살아야 하는 것인데. 여기에서 정말 제대로 산다는 것이 정상적으로 가동이 될까? 나는 지금 왜 이런 생각을 하고 있지? 세상에 대한 의문이 들었다는 사실에, 이 생각의 결과가 확실한 뒷받침을 할 수 있을까? 이런 생각이 들었다는 그 자체가 증거가 될 수 있을까?

주인공의 말은 맞다. 모든 직의 생명체는 싸우고 있다. 정신적으로, 신체적으로 서로에게 상처 입지 않기 위해 최선을 다해 싸운다. 철저하게 세상과 연결되어 있지 않은 나의 소중한 부분을 위한 행동이다. 함께 태어난 형제도 적이 된다. 기억이라는 피부에 한번 박혀 버린 순간이라는 가시는 죽을 때까지 빠지지 않는다.

모르겠다. 또 길을 잃었다.

'할아버지는 15살 때 무엇을 했을까. 이런 세상에서 잘 사셨을까. 그렇다고 믿고 싶다. 잘 모르겠지만 25살, 35살, 45살, 75살의 할아버지는 무엇을 했을까.'

잘 모르겠다. 다들 자신이 살아 있다는 것을 알고 있을까.

할아버지를 다시는 만날 수 없을까? 나도 죽을까?

• • •

    시골로 내려가는 차 안. 오늘은 이사를 가는 날이다. 아까부터 세상이 멸망할 것처럼 날씨가 우중충하더니. 결국에는 비가 내린다.
    오늘도 아무런 대화가 오가지 않는다. 조금 숨이 막힌다. 라디오 소리, 창밖에서 부는 바람 소리, 빗소리. 다른 자동차가 우리 차를 추월하는 소리도 있다. 어제의 그 장례식장 버스로 돌아간 느낌이다. 발인이라는 단어의 뜻을 겨우 아빠에게 물어서 알아냈다.
    라디오에서는 역시 익숙한 뉴스가 나오고 있었다. 이번에도 누군가가 행방불명되었다는 소식이었다. 아빠가 어릴 때만 해도 바이러스가 유행해서 몇 년간 전 세계 사람들이 고생했다는 이야기를 들었다. 하지만 나는 말할 것이다. 그때의 사람들에게 그 바이러스가 얼마나 고약했는지는 모르겠지만, 지금 내가 사는 세상이 훨씬 흉흉하다는 것을. 앞서 있다.
    이번 달에만 벌써 열네 명째. 더욱 중요한 것은 아직 8월 8일이라는 것이다. 8일 동안 없어진 사람들은 열네 명. 이유와 원인, 증거 따위는 모른다. 인과관계라는 것을 무시한다. 그냥 사람이 하루 아침에 없어지는 것이다. 도대체 뭐가 어떻게 흘러가고 있는 것인가. 그 사람들은 죽은 것인가. 아니면 어딘가로 납치된 것인가. 혹시 납치라면 한 사람의 움직임이 아니다. 당연하다. 전국 각지에서 사람들이 사라지고 있기 때문이다. 하루에 여섯 명이 사라진 날도 있었다. 정체 모를 단체가 강탈이나 강간을 목적으로 움직이는 것인가? 혹은 정치적인 이슈인가? 이렇게 똑똑하고 치밀한 세상에서 어떻게 그런 짓을? 이렇게 마구잡이로 사라지는 일은 보통 리스트를 품고 있지 않다. 두 명만 납치가 되어도 온 동네가 난리가 나는 세상이다. 감히 이런 짓을 하다니. 행방불명의 사람들이 살아 있다면, 그들은 지금 무엇을 보고 있을까. 무엇을 생각하고 있을까.

이 현상은 봄부터 시작되었다.

이제 3개월 정도가 지나고 있는데, 수가 줄어들기는커녕 늘어나고 있다. 정말로 이상한 점은 돌아온 사람은 한 명도 없다는 것이다. 시체가 발견되거나 기적적으로 구조가 되거나 하는 일이 지난 3개월 동안 없었다. 말 그대로, 하루아침에 사라진다.

사라진 사람들에게 공통점은 없다. 형편이 안 좋은 사람들만 사라지는 것이 아니다. 부자들만 사라지는 것도 아니다. 부산에서 노숙자가 사라진 다음 날에는 목포에서 대형 카페의 사장이 사라지기도 했다. 만약 움직이는 단체가 있다면, 무슨 기준으로 이런 행동을 하는 것일까. 나라는 무엇을 봐야 하는가? 전 국민이 구석구석 뒤지기 운동이라도 펼치면 조금이라도 단서가 나올까?

기남의 부모님은 이런 현상을 보고 있자니 도저히 사람들이 많은 곳에 살 수 없다고 판단했다. 바로 집을 내놓고 시골에 숨어 있는 마을로 이사를 결정했다.

살아 있으면 가장 좋겠지만. 혹시나 돌아가셨다면 모두 좋은 곳으로 갔기를. 당신들의 잘못은 없습니다.

"뭘 그렇게 중얼거려?"

동생이 물었다.

동생은 조금 짜증이 나 있었다. 장례식을 끝내고, 다음 날 바로 이사를 하려고 하니 당연히 피곤할 터이다. 쉽게 까칠해지는 아이가 아니기에. 기남은 이해를 했다. 앞자리를 보니 아빠는 생각에 잠긴 채 운전을 하고 있었다. 엄마는 조수석에서 잠들어 있었다.

"아니야."

기남이 말했다.

"혼자 뭐라고 했잖아."

"어."

"혹시 저 라디오를 듣고 있는 거야?"

"어."

"할아버지나 좋은 곳으로 가시라고 생각해. 남 걱정해서 뭐 해. 안 그래? 혹시 재화 오빠를 생각하는 거야?"

"아니야. 그 말은 그만해."

기남은 순간적으로 화를 냈다. 그런 이야기를 쉽게 꺼낸다니. 방금 다친 상처에 소금을 왕창 부어버리는 말이었다. 동생을 한 대 때릴까 생각했지만 그만두었다. 동생은 그런 오빠의 마음을 아는지. 다시 창밖을 바라봤다. 기남은 핸드폰으로 열네 번째 행방불명자의 신상정보를 보았다.

이름: 이만덕
나이: 37
신장: 191cm

이렇게 키가 큰 사람도 잡혀가다니. 일단 정보에 결혼에 대한 기록은 없었다. 최근에 찍은 사진인지는 모르겠지만, 밝은 노란색으로 염색을 한 머리가 눈에 띄는 특징이었다.

이만덕이라는 사람의 친구들에게 찾아가 만덕 씨에 대해서 인터뷰한 내용이 있었다. 기남은 손가락을 화면을 건드리며 읽어 내려갔다.

'만덕이는 결혼 안 했어요. 늘 하고 싶다고 했지만, 기회가 없었나 봐요. 잘 모르겠어요. 대학교 졸업하고 나서는 서로 연락이 뜸했으니까요. 가끔 술이나 마셨지. 그렇게 가까운 친구가 아니에요.'

'만덕이. 최근에 회사에서 승진했다는 소식을 들어서, 잘 살고 있다고 생각했는데. 여자 친구랑도 좋아 보였고요.'

'네, 저랑 만덕이는 친한 편이죠. 뭐, 항상 똑같은 놈이라서 최근에 기억나는 점을 물어보시면, 저로서는 자세히 말할 것이 생각이 안 나기는 합니다만. 하나는 있습니다. 아마도 여자 친구와 헤어진 모양이었어요. 당최 물어봐도 말을 안 하니, 이유를 자세히 모르지만. 딱 답이 나오죠. 그런데 이건 자살도 아닐 텐데. 이런 거 알아서 뭐 하나요? 이런 스토리는 아무런 관련이 없잖아요. 그 자식을 빨리 찾아야지. 자살이라면 만덕이의 최근 심리상태를 알아보는 것이 중요하지만, 몇 달 동안 사람들이 사라지고 있는 마당에 납치가 아니고서는 뭐겠어요. 신상정보랑 사진 많이 공개해 주세요. 정말 어떤 자식들이. 또 하필 이 자식이 없어질 줄이야… 잘 돌아왔으면 합니다. 제 친구.'

...

차로 마을까지 들어오느라 고생했다. 시골이라 그런지 몰라도 마을에 도착하자 날씨가 순식간에 바뀌었다. 파란 하늘에 거대한 구름이 피어난다. 산에서는 새소리가 들려왔다. 논과 밭으로 둘러싸인 마을이었다. 마을을 둘러싼 논과 밭을 작은 산들이 전체적으로 둘러싸고 있는데, 저 위에 떠 있는 인공위성을 제외하고는 누구도 이 마을을 찾지 못할 것 같다. 그 정도로 깊었다. 가끔 이 부근에서 캠핑을 하는 사람들이 있다고 들었는데, 정말로 오는 길에 텐트를 몇 번 보았다. 서로 멀리 떨어져 있는 텐트들은 숲속에서 조용히, 우뚝 서 있었다. 도시에서만 평생을 살다가 이런 곳으로 와 앞으로 남은 시간을 살아야 한다고 생각하니 기분이 이상했지만, 잔잔한 이곳이 마음에 들었다.

동생이 저 숲속으로 달려 들어간다. 화장실이 급하다고 차에서 내리는 바람에 기남도 차에서 내렸다. 고개를 들어 하늘에 떠 있는 구름을 보았다. 평소에도 눈여겨보던 구름이지만, 오늘은 아련하고도 동시에 포근해 보인다. 이 이상한 기분은 뭘까. 버스에서 보았던 그 구름을 떠올렸다. 기남은 다시 한번 할아버지를 떠올리며. 할아버지는 꼭 저런 곳으로 갔기를 바랐다. 그저 그가 편하기를 바란다.

곧 동생이 돌아왔다. 뜬금없이 오늘 밤은 야외에서 자야 할 것만 같은 기분이 들었다. 자연이 너무 아름다운 탓에 든 생각일 것이다. 캠핑을 가본 적은 없지만, 그렇게 하면 답답한 숨통이 시원하게 뚫릴 것 같았다.

아무리 둘러보아도 사방이 자연 그 자체였다. 동생은 딱히 말이 없어서 속을 알 수가 없었다. 동생은 항상 마음속에서만 결정하고 행동하기 때문이다. 어쨌거나 기남의 눈에 이곳은 아름다웠다.

"얘들아, 아직 더 가야 해. 차에 타."

아빠가 말했다.

"네."

집에 도착하니 넓은 마당이 먼저 눈에 들어왔다. 울타리는 없지만, 굉장히 넓었다. 언덕 위에 있는 집인데, 언덕의 가장자리에 울타리가 없으니 새벽 잠결에 굴러떨어질 것 같기도 했다. 나중에 엄마와 아빠에게 울타리를 제안해야겠다.

집도 컸다. 옛날 풍의 집이었고, 이 층이었다. 옥상이나 베란다는 없었지만 좋은 감성의 기와집이다. 기남은 마당 한가운데로 걸어갔다. 계단을 따라 마당에 오르자마자 마른 흙에 신발이 끌리는 소리가 났다. 동생도 기남을 따라갔다. 눈에 보이는 돌을 하나 찼다.

마당 구석쯤에서 집의 외관을 구경할 생각으로 걸어가고 있었다. 갑자기 어딘가에서 큰 개가 달려왔다. 기남과 동생은 동시에 개를 발견했다. 이쪽으로 달려오고 있는데, 저기 풀숲에서 나온 것 같다. 시골에서 흔히 보이는 진돗개인데. 가까워질수록 덩치가 꽤 크다는 것을 느꼈다.

"아! 귀엽다!"

동생은 자신에게 달려오는 개를 쓰다듬으려고 쪼그려 앉았다. 기남은 겁이 났다. 순간 자동차로 달려갈까 고민했지만, 자신에게 방향을 돌릴까 봐 그만두었다. 자신보다 2살 어린 동생 뒤에 숨은 기남은 동생이 똥개를 쓰다듬는 모습을 바라볼 수밖에 없었다.

"개야? 어디서 왔어?"

엄마가 수돗가에서 물을 틀어보다가 동생을 보며 말했다. 동생은 똥개를 안으며 모른다고 말했다. 똥개와 동생. 둘은 이미 친구가 되었다. 기남과 똥개의 눈이 마주쳤다. 똥개는 사람을 좋아하는 듯 보였지만, 기남은 여전히 겁이 났다.

동생이 자리에서 일어나자 똥개는 기남에게 달려왔다. 기남은 도망치려고 왼쪽 발을 돌렸지만, 역시 아까와 같은 이유로 그만두었다. 그 자리에 그대로 굳어서 자신의 오른쪽 다리를 핥는 똥개를 바라보았다. 최근 새벽에 가위에 눌렸을 때의 느낌이 들었다.

...

차 소리가 없다. 공사 소리도 들리지 않고, 심지어는 사람의 소리도 없었다. 평범한 시골 마을이라면 트랙터 소리나 경운기 소리로 가득할 테지만, 워낙 산속 깊이 있는 마을이라서 그런 종류의 소리조차 없었다. 덕분에 마을 사람들은 논이나 밭일을 하러 가는 데만 40분 이상을 걸어 다닌다. 소리가 두려운 사람들의 합의된 가치인가. 모르겠지만 마음에 든다.

어떤 상처를 그렇게 입었는지 몰라도, 치유 받는 느낌이 든다. 기남의 귀에는 오직 귀뚜라미 울음소리, 개구리 울음소리, 바람 소리, 바람이 흔드는 나뭇잎 소리가 들렸다.

그러고 보니 그런 소리들은 참 당연했구나. 기남은 생각했다.

이번 방학이 끝나면 새로운 중학교에 가야 한다. 그 사실도 참 나를 떨리게 만든다. 새로운 아이들은 나를 어떻게 생각할까. 첫인상이 안 좋지는 않을까. 또 나를 저 하늘에 날려 보내야 할까.

사람들은 자주, 내가 무슨 말을 자세히 하기도 전에 내가 어떤 생각을 하고 있는지, 어떤 태도를 가지려 하는지 빠르게 생각했다. 물론 대화가 안 될 정도로 시간을 너무 끌거나, 대화에 겁을 내버리면, 그렇게 대답을 안 하는 것이 대답이 되는 경우가 있다. 하지만 기남은 자신이 그 정도는 아니라고 생각했다. 다만 조금 더 신중하고, 진실되며, 확실하게 생각을 하고 난 후에 대화를 이어나가고 싶을 뿐이다.

모두들 나의 마음을 전부 안다는 듯. '이런가 보다.'라며 결론을 내버린다. 서울에서는 그런 일이 하루에 한 번 정도는 일어났다. 그래서 생존 비법을 개발했다. 매일 집을 나서며. 원래의 자신을 하늘로 날려 보내고, 자신이 상상하고, 제조해 버린 자신을 내려받아 장착했다. 그럴 때마다 기남은 생각했다. 언어가 가장 큰 역할을 하기는 한다만. 그게 다가 아닌데. 마음을 보라는 말도 그래서 생긴 것이고, 무뚝뚝한 사람들은 행동으로 대화를 하듯이. 그런 세계도 있는 것인데. 전부 제각각인데. 많은 이들이 그것을 '가만히' 들여다보려고 하지 않는다. 기남은 절대 그렇게 되면 안 된다며 마음을 먹었다.

이런 현상은 정말로 흔했다. 모르는 사람, 친구들, 가족과 대화를 해도 똑같았다. 이들은 차분하지 않았다.

내가 고쳐야 하는가? 나와 대화하는 대부분의 사람들이 그랬다. 나는 역시 새로운 학교에 들어갈 때. 저 하늘에 나를 날려 보내야 하는가? 정말로 그 정도는 아니라고 생각하는데⋯ 에이 모르겠다. 학교 생각은 나중에 하자.

이런저런 생각을 하고 있다 보니 어느새 방 정리가 얼추 되었다. 기본적인 자리가 잡혔다. 오늘 밤은 이 방에서 잠들 수 있을 것 같다. 창문으로 걸어갔다. 기남의 방 한쪽에는 커다란 창문이 있었고, 거기에는 기남이 걸터앉을 수 있을 정도로 넓은 판이 있었다. 나중에 좋아하는 책을 올려놓아도 되겠다.

창문에 걸터앉았다. 아직 마음이 심란했다. 새로운 학교나 사람들과의 대화법 때문이 아니다.

아직 어린 나이지만. 지금껏 살아오며 자신의 주변 사람이 없어진다는 생각을 해본 적이 크게 없었다. 쓰나미가 오기 전. 바다는 모든 것을 끌어당긴다. 그렇게 쓰나미는 가까운 미래의 일을 언뜻 비춰주기라도 한다. 그렇지만 이건 아니다. 너무 짧은 시간 동안 두 명의 사람들이 사라졌다. 재화를 잃었을 때는 펑펑 울었다. 목이 쉴 정도로 울었다. 아빠와 엄마의 티셔츠에 젖지 않은 부분이 없었다. 그 순간만큼은 누구와 싸워도 포기하지 않고 끝까지 일어서서 그 사람을 때려죽일 준비가 되어 있었다. 재화를 잃었을 때는 그런 정신이라도 있었다. 할아버지를 잃었을 때는 그런 에너지조차 없었다. 더 위험했다. 그저 멍했다. 꿈 같았다. 온 세상이 뿌옇게 보였다. 그 사람들을 다시 데려올 수만 있다면. 기남은 평생 장님으로 살아도 된다고 생각했다. 그렇게 마음을 먹었다.

재화는 좋은 곳으로 갔을까.

기남은 창문을 열었다. 밖에서는 귀뚜라미 울음소리 소리와 개구리 울음소리가 난다. 바람 소리가 난다. 기남의 방으로 들어온 방을 채웠다.

저 멀리 노을이 지고 있다. 하늘은 이미 짙은 붉은색에서 점점 어두워지는 밤하늘로 변하고 있었다. 산 위를 떠다니던 커다란 구름은 어둠에 물들어 있었다. 모양은 바뀌었지만, 그 구름이 맞았다. 구름을 향해 팔을 뻗었다.

'그 둘은 만났을 거야. 분명히.'

...

몇 달 전.

이제는 떨어져 말라버린 벚꽃잎도 어디론가 가버리고 없다. 바람에 날리는 것은 이제 꽃잎이 아닌 여름에 대한 설렘이다. 불가능하다. 설렐 수가 없다. 많은 사람들이 사라져 가는 마당에 즐거움이 어디에 있고, 설렘이 어디에 있을까.

종례를 마쳤다. 차분한 노을이 신발장으로 달려 들어온다. 운동화로 갈아신은 나는 같이 하교를 하기로 한 재화를 기다리고 있었다. 15분 정도 기다렸나. 갑자기 배가 아프다고 말한 재화를 기다리느라 지루해서 혼났다. 헤어지는 순간까지 재화는 기남의 옆에 있었다. 재미있는 이야기, 머릿속에 그려지는 이야기를 하늘에 그리며 항상 가던 그 골목길을 걸었다. 멀어지는 그 마지막 뒷모습까지 평소와 같았다. 재화는 마지막까지도 오늘 딱지를 많이 땄다는 이야기, 여자아이들이랑 공기놀이를 했고 공기가 깨지는 바람에 다 이긴 게임에서 졌다는 말을 해줬다.

다음 날, 재화는 학교에 오지 않았다. 재화의 자리에는 꽃이 놓여있었다. 선생님은 교실에서 말했다. 재화는 좋은 곳으로 갔다고. 하지만 교무실에서는 다른 이야기가 오갔다. 기남은 청소시간에 선생님들의 대화를 엿들었다. 재화의 시체가 공터에 있는 강아지 집 안에서 발견되었다는 이야기였다.

재화는 기남의 이야기를 차분하게 들어주는 유일한 사람이었다. 그저 멍했다. 생각을 할 수 없었다. 하기 싫었다. 선생님들의 대화를 듣고 집으로 가는 길은 잔인하도록 똑같았다. 일상의 풍경이 가장 고통스러운 지옥이 된다는 것이 바로 이런 것이었다. 나는 지옥을 봤다. 집에 도착해서 도대체 어떻게 집으로 돌아온 것인지 기억을 더듬어 보았다. 뿌연 시야 속의 골목길만이 떠올랐다. 샤워를 하고 침대에 누워 있는데 순식간에 몰려오는 굵은 눈물 때문에 어찌할 바를 몰랐다. 그래서 울었다. 엄마가 기남의 울음소리를 듣고 방으로 달려와 안아주었다.

기남이 태어나고, 이렇게까지 우는 모습을 본 적이 없다. 친구와 놀다가 넘어져서 크게 다친 날에도 그저 조용히 밴드를 붙이던 기남이었다.

몇 달 뒤, 할아버지가 세상을 떠나셨다.

느낄 수 없었다. 지금 밀려오는 이 감정이 무엇인지. 확실하게 잡히지 않았다. 알 수 없었다. 생각하는 법을 망각했다. 그래서 울 수조차 없었다. 지금 울어버리면, 재화를 너무 빨리 잃는 느낌이 들었다. 하지만 할아버지도 사랑한다. 재화도 할아버지도. 이 세상에서 그렇게나 빨리 사라지면 안 되는 사람들이었다. 그때는 몰랐다. 그렇지만 그래선 안 되는 것이었다.

· · ·

기남의 눈썹은 이미 다 젖어 있다. 양손을 들어 눈물을 닦았다.

'할아버지도 재화도 애초에 납치되었기 때문에. 다시 돌아온다는 희망이라도 있었으면 좋겠다.'

이상해 보이는지는 몰라도. 진심으로 그렇게 생각했다. 지옥이다. 가망조차 없다.

내가 지옥에 있으니, 그들은 조금이라도 더 편한 곳에 있을 거야. 그렇게 믿을 것이다.

죽음이 확실해지는 순간. 그 순간은 무엇일까. 왜 있을까.

재화네 집으로 찾아가면 재화가 문을 열고 나오지 않을까? 서울 병원에 찾아가면 할아버지가 그대로 누워 계시지 않을까? 지금 내 방을 이루고 있는 목재, 장판, 공기… 전부 다 정말로 지금인가? 버튼을 누르면 몇 달 전으로 돌아가는 그런 일은 일어나지 않는가?

새 한 마리가 날아와 창틀에 앉았다. 머리 부분에 노란색 털을 가진 새였다.

"…안녕."

기남이 손을 뻗어 새를 만지려고 하자, 새는 그만 날아가 버린다. 기남은 날아가는 새를 가만히 보았다. 저 어두워진 하늘로 날아가 점점 사라진다.

새가 어둠 속으로 사라지자 눈을 깜빡이며 정신을 차렸다. 그리고 연필을 꺼내 들어 칼로 깎았다. 기남의 머릿속에는 이미 무슨 말을 적어야 할지 전부 정리가 되어 있었다. 서울에서 가져온 아무 공책이나 집어 들었다.

이제 나는 무엇을 하며 살아야 할지조차 의심이 된다. 정말 모르겠다. 태어난 지 15년밖에 안 됐는데. 사람으로서 언어를 대충이라도 구사할 수 있게 된 것도 10년 정도가 지났다. 그리고 이제 나는 나의 진로에 대해 생각도 해야 한다. 곧 다가올 미래다. 왜 태어난 지 15년밖에 되지 않은 내가 이런 일로 머리가 아파야 하는가. 사람들의 기준은 무엇인가. 나의 기준은 어디에 있나. 무서워서 앞만 보고 달려가는 사람을 보고 잘하고 있다고 말하는 세상이다. 칭찬하는 사람도, 달리는 사람도 보편적인 심리에 휩쓸렸다. 입 밖으로 내뱉는 말이 그것밖에 안 된다. 그럴 수밖에 없는 구조이지만. 사고의 구조가 잘못되었고, 내가 옳은 것 같다고 말해버리면 세상은 기꺼이 집어삼킬 여유가 있다. 난 여유가 없다. 나는 길바닥에서 자고 있을 수도 있다. 나는 그 누구의 도움도 받지 못한 채 지구에서의 선물 같은 시간을 마감할 것이다. 영화와도 같은 아름다운 퍼즐은 맞춰질까. 무서워서 앞만 보는 사람들은 결승선에 도착하겠다. 그때 그 머릿속에는 어떤 지혜가 담겨 있을까? 달리는 것이 옳았다는 판단이 옳았다고 생각할까? 감자를 갈아서 면보에 넣고, 물에 담가 흔든다. 기다린다. 물을 천천히 따라내면 바닥에 감자 전분이 남아 있다. 입체적으로 옆을 보지 않은 사람에게 남아 있는 전분은 없을 것이다. 방황하는 그들의 아이에게 그 시절 아빠는 무엇을 보았다. 엄마는 무엇을 보았다. 지금의 우리는 무엇을 보고 있고, 앞으로는 무엇을 보게 될 것이다. 그렇지 않아도 그것은 이치다. 그런 말을 심장에서부터 꺼내어 진심으로 할 수 있을까. 자신 있게 이야기보따리를 풀 수 있을까. 그런 행동을 터득할 수 있을까. 이 세상에 살아 있는 존재는 아직 우리들뿐인데. 그 생의 초점이 어딘가 이상하다. 내가 이런 걱정을 하고 있다니. 사람을 납치하거나 하는 배울 것 없는 어른들은 너무 많다. 어른은 나보다 위에 있는 것이 아니다. 나보다 낮은 어른은 많이 많이 존재한다. 내가 어른이 되어도 똑같은 것이다. 그 사람들은 왜 그렇게 되었을까. 왜 누군가를 아프게 해야 하나. 무엇이 그 사람들을 그렇게 만들었나. 그건 전적으로 그 사람들의 잘못인가. 의미는 각자의 머릿속에서 정해지는 관점에서 생성된다. 나의 머리는 그것을 거부한다. 죽으면 끝이라는 현실을 보았기 때문이다. 살아 있을 때 보내온 시간은 힘없이 거기에 남아 있는 것이다.

"저녁 먹자."
엄마의 목소리다. 한 문장씩, 생각하고 쓰고, 생각하고 썼다.
"네."
평소처럼 무의식중에 대답이 나왔다. 힘이 없다.
펜을 내려놓고 방문을 열었다. 맞은편 방에서 동생도 같은 타이밍에 문을 열었다. 기남은 동생의 얼굴을 보았다. 동생의 얼굴 옆으로 보이는 방 안을 보았다. 완벽하게 정리가 되어 있었다. 기남은 조용히 계단을 내려갔다.
계단을 내려가며 기남은 아빠가 돌아가셨다고 생각해 보았다. 눈물이 나올 것 같지는 않았다. 그렇게 슬프지도 않았다.

일 층으로 내려가니 먼지 냄새와 된장찌개의 냄새가 섞여 있었다. 엄마는 아직 여러 군데 먼지가 있는 주방에서 급한 대로 저녁을 준비했다. 엄마 혼자서. 내일이면 다 같이 대청소를 준비할 것이다. 스피커로 노래를 틀 것이다. 아빠가 뭐라고 해도 틀 것이다. 다 같이 이곳을 깔끔하게 만들 것이다.

"아빠는요?"

라디오 소리와 접시가 닿는 소리 속에서 기남이 말했다.

"방 정리 중인데. 금방 오실 거야. 먼저 먹으래."

"네."

"잘 먹겠습니다."

동생이 숟가락을 들며 말했다.

기남은 동생을 보고 조금 놀랐다. 안 그래도 우울한데. 다 같이 함께 먹고 싶었다.

"기남이도 먹으렴."

엄마가 말했다.

"…네."

입맛이 없어 뒤적거리고 있으니 아빠가 왔다. 엄마도 입맛이 없어 보이기는 마찬가지였다. 아빠의 어깨와 머리에는 먼지가 묻어 있었다. 가슴 부분에 손바닥 자국이 있었다. 먼지를 대충 털고 나온 것이다. 머리에는 굵직한 실뭉치 같은 것이 여러 군데 있었다. 먼지다. 아빠는 말없이 식탁에 앉았다. 기남은 깨작깨작 밥을 먹으며 아빠의 표정을 관찰했다. 장례식장에서 보았던 아빠의 모습이 기남의 머릿속을 떠나지 않았다. 아빠의 눈물방울.

"기남이랑 윤정이는 할아버지와 좋은 시간을 보냈니?"

아빠가 물었다.

"응."

동생이 대답했다.

"뭐가 기억에 남아?"

아빠가 되물었다.

"우리를 산에 데려갔을 때. 할아버지 댁 거실에서 바둑을 배울 때. 마당에서 주운 나무로 새총을 만들어 줄 때."

윤정은 그 뒤에도 여러 가지를 이야기했다. 계곡에서 물놀이를 할 때, 황금빛 논에 있는 메뚜기를 잡을 때. 많은 기억을 풀어냈다. 그 모든 이야기 속에는 기남도 있었다. 기남도 함께했다. 그렇지만 기남은 아무런 이야기도 꺼낼 수 없었다. 라디오에서 열다섯 번째 실종자가 나왔다는 이야기가 들려왔다. '김민희'라는 이름을 가진 여대생이었다. 기남은 아까 쓰던 일기를 떠올렸다. 입맛이 사라졌다. 지금은 뭔가를 먹고 싶지 않았다.

"잘 먹었습니다."

"벌써?"

엄마가 말했다.

"아, 별로 입맛이 없네요."

기남은 밥그릇은 싱크대에 놔두고 이 층으로 올라갔다. 계단을 올라가며 왠지 아까 만났던 노란색 새가 생각났다.

"이제 학교 가는데. 학교 이야기도 좀 하자."

엄마가 말했지만, 기남은 이 층으로 올라갔다.

•••

이틀이 지났다. 밤이 되어버린 창밖에서는 보슬비가 내린다. 며칠 전 보이던 그 노을은 어디로 갔는지 보이지 않는다. 덕분에 개구리들의 울음소리가 몇 배는 커진듯하다. 그리고 덕분에 기남의 우울감도 이틀간 계속되고 있다.

짐을 정리하다가 창문에 걸터앉았다. 이틀이나 정리를 해도 끝나지 않는다니. 짐이 많아도 너무 많다. 어제도 주방을 비롯한 대청소를 해서 힘이 다 빠졌다. 티를 내지는 않았지만, 이삿날에는 정말 죽을 맛이었다. 가족과는 이틀간 대화를 하지 않았다. 부모님도 굳이 다가오지는 않았다. 밥을 먹을 때를 제외하고는 누구와도 얼굴을 마주하지 않았다. 동생도 마찬가지다. 윤정도 방에서 나오지 않았다. 윤정도 기남과 상태가 비슷할 것이다. 다만 윤정은 표현을 잘하는 편이라, 부모님과 대화를 많이 했다.

빗소리를 가만히 듣던 기남은 고개를 돌려 다락방을 보았다. 이사 올 때부터 거슬렸던 곳이다. 첫날 호기심에 문을 열어보았더니 위로 올라가는 계단이 꽤 길게 만들어져 있었다. 저 위는 창고일 테다. 자다가 귀신이 문을 열고 보고 있거나, 노크 소리가 들리면 어쩌나. 무섭다.

창문 밖에서 새 한 마리가 비를 피해 날아왔다. 창문 앞에 앉았다. 기남은 새를 가만히 바라보았다. 새의 이름은 몰랐지만, 어디에선가 본 적이 있는 새. 그 정도로만 생각했다. 머리의 움직임이 참 빠르다고 생각했다. 기남은 생각했다. 차라리 내가 새가 된다면 편해질까? 여러 가지 고민을 안 해도 되고, 깊은 생각을 할 필요도 없다. 무엇보다 새끼 때부터 앞날을 이렇게도 깊이 걱정할 필요가 없을 것 같다. 생존하는 훈련이 덜 되었다면 나중에 목숨이 위태롭겠지만, 당장은 편할 거야. 아니다. 배가 고프면 어떻게든 사냥을 할 것이다. 나무에서 발이 떨어지면 어떻게든 날개를 펼칠 것 아닌가. 어떻게든 해결이 될 것이다. 할 수 없다면 죽으면 된다. 죽을 때 많은 생각이 들지도 않을 거야. 사람이 아니니까. 그저 신체의 고통만 느끼는 거야. 소중한 사람을 생각하며 슬퍼할 필요도 없다. 그것 때문에 사는 것이 싫어질 필요도 없다. 나도 언제 죽을지 모른다. 무섭다. 싫다. 아, 그냥 새가 되어서 훨훨 날면서 살고 싶다.

사람들이 사라지는 것은 무서운 일이다. 그래서 소중한 사람들은 자신과 자신의 사람들을 보호하기 위해서 밖으로 나가지 않는다. 텔레비전이 없는 이곳 사람들은 예외이지만. 잡혀간 사람들. 혹시 살아 있다면 아등바등 버텨서 꼭 살아주기를. 살아야 하는 이유가 있을 것이라고 믿겠습니다. 그러면 안 되지만, 혹시나 목숨을 잃었다면. 좋은 곳으로 갔기를. 그곳에서 우리 멋진 할아버지를 만나 웃을 수 있기를.

기남은 다락방 문으로 다가갔다. 문을 열자 계단이 보인다. 방 한 구석에 던져두었던 박스를 집어 들고 계단을 올랐다.

어디선가 바람이 불어왔다. 낡은 계단에 조용히 누워 있던 먼지들이 일어나 기남에게로 달려들었다. 기남은 다락방에 있는 창문이 열려 있는 것이라고 생각했다. 계단을 더 올라갔다. 창문이 없었다. 그런데 이것은 창문이 있고 없고의 정도가 아니었다. 이 정도의 바람이 분다는 것은 상식적으로 불가능했다. 기남의 머리가 휘날렸다. 아무리 눈을 비벼도 눈에 들어간 먼지가 나오지 않았다. 너무 많이 들어갔다.

"아빠! 엄-"

박스를 손에서 놓치는 순간 바람이 아래에서 불어 올라왔다. 머리카락이 펄럭이며 이마가 드러났다. 배에서 이상한 느낌이 났다. 아무리 몸을 허우적거려도 기남의 손발은 어디에도 닿지 않았다. 몸이 빙글빙글 도는 것 같다. 어릴 때 물에 빠진 것 같은 느낌이 들었다. 비어 있음에 속박되어 움직일 수 없는. 아무것도 만질 수 없었다. 그저 강한 바람이 아래에서 불어 올라왔다.

...

드디어 눈을 떴다.

"아아악!"

꿈인가. 아니면 드디어 정신이 나간 것인가.

날은 이미 밝아 있었다. 저 멀리서 땅바닥이 점점 가까워져 온다. 허우적대던 기남은 팔과 다리를 최대한 뻗었다. 그대로 떨어져 죽으려고 했다. 공기가 표면적이 넓어진 몸에 정면으로 부딪히면서 기남의 몸이 튕겨 나왔다. 점점 수평을 찾았다.

팔을 위아래로 움직이니 기남이 원하는 경로로 움직일 수가 있었다. 가끔 거세게 불어오는 바람 때문에 몇 번 당황하기는 했다. 그래도 금세 적응할 수 있었다.

저 아래 작은 숲이 보였다. 그중 가장 커 보이는 나무로 날아가 앉았다. 가지에 부딪히기 직전에 날갯짓을 하니 속도가 급격히 줄면서 안전하게 앉을 수 있었다.

가지에 앉아 주변을 둘러보았다. 기남은 두 눈을 믿을 수 없었다. 자신의 집이 보였기 때문이다. 아빠는 아무렇지 않게 마당에 굴러다니는 도토리들을 쓸고 있었다. 벌써 도토리가 떨어져 있다니.

이삿날에 만났던 개가 그런 아빠를 졸졸 따라다녔다. 집 안을 보니 엄마도 보였다. 주방에서 아침을 준비하는 모습을 창문을 통해서 볼 수 있었다.

'이것은 꿈인가?'

기남은 꿈을 꿀 때마다 '이것은 꿈'이라는 것을 잘 알아차렸다. 볼을 꼬집는 그런 방법은 아니다. 머릿속으로 명령을 내렸다. 케이크가 먹고 싶어. 그러면 케이크가 나왔다. 다른 명령을 내리면 곧바로 그것이 생겨났다. 그럼 그것은 꿈인 것이다.

'저 개를 이 나무 밑으로.'

나무에 앉아 똥개를 집중해서 바라보았다. 명령을 아무리 내려도 똥개는 아빠를 따라다닐 뿐이었다. 기남의 명령대로 움직이지 않았다. 고개를 이리저리 돌리며 꿈처럼 희미하게 보이는지 확인했다. 하지만 모든 것이 또렷했다.

'나는 지금 나무 위에 앉아 있어? 그럼 저 방에 나는 없는 것인가? 모두가 나를 걱정할 거야. 안 돼.'

자신의 방까지 날아가 확인을 하고 싶었다. 불가능했다. 아래를 보니 너무도 높았다. 겁이 났다. 어젯밤 일어난 일인가? 그건 도대체 뭐였지?

"새로운 분이 오셨네요. 일단은 제 말을 따르세요. 나도 같은 처지입니다."

누군가의 목소리가 들렸다. 기남은 목소리가 들리는 쪽으로 고개를 돌렸다. 머리에 노란 깃털을 가진 새였다. 기남은 말하는 새를 멍하니 바라보았다.

"일단은 포기하세요. 그것이 현명합니다. 이게 현실입니다. 진정하시고. 인간으로 돌아갈 수 없어요. 저도 방법을 모르죠. 온갖 시도를 했는데도."

새가 말을 한다. 도대체 뭐란 말인가. 인간으로 돌아갈 수 없다고? 나도 새인가? 그러고 보니 아까 본능적으로 날갯짓을 했고, 본능적으로 집으로 날아가려는 생각을 했다.

"따라와요. 일단은 집으로 갑시다."

"집이요? 우리 집은 저기 있어요."

"네. 알아요. 원래 집은 따로 있겠죠. 저도 그래요. 하지만 지금 당장 당신은 새라고요. 따라와요."

기남은 까칠한 노란 대가리를 무시했다. 기분이 나빴다. 노란 깃털의 새는 날개를 펄럭이며 날아올랐다. 기남은 날아오르지 않았다. 이유는 두 가지였다.

따라가면 무슨 짓을 당할지 모른다. 우리 집은 저곳이다.

노란 깃털의 새는 저만치 날아갔다가 다시 돌아왔다. 착지 직전에 날갯짓을 해서 속도를 늦춘다.

"아, 이럴 줄 알았어. 귀찮구먼. 일단은 가자고요."

"다짜고짜요? 도대체 어디를요? 나는 왜 지금-"

"저도 그런 반응이었습니다."

기남은 집을 바라보았다. 엄마가 쟁반을 들고 이 층으로 올라가고 있었다.

"어. 안 되는데."

"안 되니까 일단은 따라와요. 지금 당신은 새라고요! 아무것도 바꿀 수 없어요. 어떻게 설명을 해야… 지금 여기 가만히 있을 거면, 그래도 돼요. 당신의 선택입니다. 하지만 곧 죽을 겁니다. 자연 속에서는 미래가 더욱 불확실하죠. 지금의 당신을 살려놔야 나중에라도 인간으로 돌아갈 수 있지 않을까요."

"자꾸 가자고 하는 거기가 어딘데요. 우리는 지금 어떻게 이런 모습으로 대화를 하는 거죠?"

"저도 잘 몰라요. 저도 며칠 전에 이렇게 변했어요. 결국에는 거기로 갈 수밖에 없어요. 고집부리지 말고. 지금의 판단을 잘하세요. 스스로의 결정에 따라 미래가 순식간에 바뀐다는 것을 알죠? 전 당신이 저를 따라와야 한다고 생각합니다. 따라오지 않겠다면 장소를 알려드릴 수 없습니다. 다른 생명들이 알면 곤란해지거든요. 인간이었을 때, 몇 살이었죠?"

2장

붉은 노을이 진하게 타오른다. 새 한 마리가 손에 닿으면 뜨거운 것만 같은 붉은 아름다움으로 사라진다. 강훈은 하늘 아래. 언덕을 올라 집으로 돌아왔다. 왼손에는 검은 봉투가 들려 있다.

집에 들어가니 민희는 방에서 공부를 하고 있었다. 일을 마치고 돌아와 몸이 부서질 것 같았지만 민희를 생각해서 얼른 돌아왔다. 강훈은 봉지를 책상에 올렸다. 이제 대학 준비를 해야 하는 민희는 얼마나 자주 생각에 잠기는지, 오빠가 집에 들어온 것조차 눈치채지 못했다. 봉지가 책상에 나타났을 때가 돼야 오빠의 존재를 느꼈다.

"민희야, 먹어."

"…언제 왔어?"

"방금 왔지, 뭐."

"일, 힘들었지?"

"아니야. 안 힘들었어."

부모님이 교통사고로 돌아가시고 이제는 둘만 남은 그 방. 추운 겨울이라서 더 초라해 보였다.

　민희는 봉지를 열어보았다. 유럽에서부터 시작된 쓰레기로 만든 재활용 용기가 보였다. 뚜껑을 열어본 민희는 절로 미소가 피었다. 통 안에는 뜨거운 떡볶이가 담겨 있었다. 봉지를 열 때부터 온기가 느껴졌다. 강훈도 민희의 옆에 앉았다. 민희는 주방에서 접시를 가져와 오빠에게 덜어준 뒤, 자신도 먹기 시작했다.

　"우와. 이게 다 무슨 소리야."

　민희가 보고 있던 공책을 보고 강훈이 말했다. 빽빽하게 많은 것들이 적혀 있었다.

　"맛있다… 고마워 오빠. 오늘 저녁을 이렇게 먹으면 되겠어."

　"이거 설명할 수 있어?"

　민희의 표정이 어두워진다.

　"그냥 물어본 거야. 할 수 있어?"

　"아니. 안 해."

　"왜 안 해? 할 수 있잖아."

　"그냥 안-"

　"설마 못 하는 거야? 큭큭."

　"할 수 있어! 하지만 필요 없어."

　"왜?"

　"대학에 가지 못하면 더 깊게 배울 수도 없고. 더 깊게 배우면 사회에서 사용할 수도 없으니까. 오빠, 배우고 싶으면 내가 나중에 다 가르쳐 줄게. 조금만 기다려."

"그럼 대학에 가면 되겠네? 쓸 곳이 있으면 설명을 할 수 있을 거 아니야?"

"어떻게 가? 못 가."

"왜 못 가?"

강훈이 고개를 갸우뚱했다. 장난기가 담겨 있었다.

"엄마랑 아빠가 없어. 지금 일하는 사람은 오빠밖에 없고. 절대, 이 집을 팔아도 원하는 대학에는 못 가."

"그럼 집을 팔면 되겠네?"

"무슨 소리야? 그럼 어디서 살아? 살 때는 비싸고 팔 때는 싸다고 오빠가 말했잖아."

"방이 작더라도 거기서 살지 뭐. 뭐 어때? 어쩔 수 없잖아? 이 집을 팔고-"

"팔아도 안 된다니까? 우리가 잘 곳을 없애는 거야. 다른 곳으로 가도, 역부족이야."

강훈이 주머니에서 봉투를 꺼냈다. 책상에 올렸다.

"뭐야?"

민희는 떡볶이 통을 옆으로 치우고 봉투를 집었다. 예전에 오빠가 옷을 안 들고 샤워를 하러 들어가는 바람에 민희에게 옷장의 수건을 달라고 했다. 그때 옷장에서 보였던 그 봉투다. 확실하지는 않지만 똑같은 봉투 같다. 봉투를 만져보기만 해도 알았다. 겹겹이 쌓인 지폐였다.

"대학에 갈 수 있어. 미리 단정 지을 필요 없어."

민희가 봉투를 열어보았다. 어이가 없었다. 봉투 안에는 정말로 더 싼 집을 구하고 대학에도 갈 수 있을 만큼의 충분한 돈이 들어 있었다.

"…어디서 났어?"

"로또 맞았지."

"정말이야?"

"응."

"그러니까. 나중에는 이거 다 설명해 줘. 나도 뭔가는 알아야지 밖에서 무시를 안 당하지. 안 그래?"

강훈이 민희의 머리를 쓰다듬었다.

민희는 소매로 눈물을 닦았다.

"예전에 오빠가 설치한 기찻길을 밟고. 꼭 같이 여행 가자고 했었지. 같이 가자."

"그래. 그러자. 간단한 거야. 하면 되는 거야. 안 하면 안 되는 거야."

2년 후, 민희에게 들려온 소식은 이 이 세상의 그 무엇보다 날카로웠다. 피가 날 것 같았다.

강훈은 그날 옆 동네에 새로 들어오는 카페 바닥에 방수작업을 하고 퇴근을 했다. 드디어 원하던 돈이 모인 날이 되었다. 모아놓은 돈을 집으로 가져갈 생각을 하니 설 다. 2년 전 이사를 간 집은 달동네에 있는 작은 집이었지만, 본인의 힘으로 동생에게 공부할 기회를 주고 있다는 것이 행복했다. 이사는 성공적이었다. 아빠가 사놓은 집을 팔았다. 그 돈으로 달동네에 있는 전셋집으로 갔다. 이사를 마치고는 900만 원이 남았다. 그 돈과 모아온 돈을 합치면 민희의 앞날에 큰 도움이 될 수 있었다.

강훈의 사정을 잘 아는 동료 아저씨의 와이프가 강훈에게 쌀과 반찬을 나누어 주었다. 강훈은 퇴근하고 곧장 돌아와 민희와 밥을 먹었다. 최소한의 생활 고정비를 내보내고, 다시 봉투에 돈을 담았다. 카드를 들고 다니면 너무나 쉽게 돈을 써버릴 것 같았다. 그래서 모두 현금으로 간직했다. 하루 일당이 13만 원이니. 이렇게 봉투 몇 개만 더 만들면 민희의 결혼까지는 문제가 없다. 이게 행복이다. 나에게 소중한 사람을 도울 수 있다는 것. 그런 나를 매일 아침 맞이할 수 있는 것.

뜨거운 가슴을 안고 봉고차에서 내린다. 집으로 가기 위해 서둘러 길을 건넌다.

...

민희는 전화를 받자마자 병원으로 달려갔다. 응급실에서부터 핏방울이 보였다. 그것이 강훈의 피라고 생각하고 싶지 않았다. 절대로 믿고 싶지 않았다.

건물 안으로 들어가자마자 주변을 둘러보았다. 직원에게 강훈의 이름을 대고 자신이 보호자라고 알렸다. 강훈은 피범벅이 되어 누워 있었다. 민희는 충격을 받아 정신이 어지러운 와중에 의사의 설명을 들었다.

응급처치는 끝났지만, 수술 동의가 필요하다.

의사가 민희에게 봉투를 건네어 준다. 강훈의 봉투였다. 지폐가 잔뜩 들어 있었다.

의사가 수술 동의를 물었다. 그의 목소리가 민희의 귀에 들어왔지만 울려 퍼지기만 할 뿐이었다. 이해가 되질 않았다.

"해주세요. 이 정도면 충분한가요? 동의서도 쓸게요. 오빠 살려주세요."

저는 오빠와 그 기찻길을 밟아야 해요. 오빠에게 그 공식들을 설명해 줘야 하고. 자유가 되어야 해요.

...

부모님의 장례식장 이후로 맞이한 장례식은 처음이다. 오빠는 저 행복을 닮은 꽃들 속에서 작은 미소를 짓고 있었다. 그 희미함은 지금 이 순간, 이 세상의 어떤 거대함보다 거대했고, 짙었다.

또 이러네.

잠시 밖으로 나왔다. 담배에 불을 지피니 새 한 마리가 얼굴 바로 앞을 날아간다. 민희의 입에서 담배가 떨어졌다. 민희는 미간을 찌푸리며 고개를 들었다. 비가 내리는데도 새는 잘만 날아다니고 있었다. 민희는 새를 가만히 바라보았다. 이름 모를 새는 높은 아파트 사이를 누비다가 저 높은 하늘로 상승해 몸을 맡기기 시작했다. 눈에 힘이 풀렸다. 멀어지는 새를 응시했다. 마음이 저 새를 따라가고 있었다.

'또. 왜 이래. 왜. 다 빼앗아 가는 거야.'

가족은 옆에 있는 것이 가족이잖아. 옆에 놔둬도 되는 거잖아. 거대한 사랑을 받을 권리가 있는 거잖아.

...

오빠를 보내주었다. 본래 이렇게 사는 걸까? 겨우겨우 나아가려는 마음이 차올랐을 때. 다른 마음의 형상을 한 태풍이 몰아쳐 그 마음을 덮쳐버린다. 익사시켜 버린다. 다시는 수면 위로 올라갈 수 없을 것 같다.

의사는 정말 최선을 다했을까? 물론 그랬겠지. 그 돈은 꼭 가치가 있었을 것이다. 오빠의 땀방울이 고여 모여진 웅덩이. 그 돈은 그렇게 쓰이는 것이 맞았다.

또 가족을 잃었다.

세상은 이토록 잔인했다. 일어나는 일은 그냥 일어나는 것이었다. 사자에게 먹히는 사슴의 심정을 헤아려 보려 한 적이 없었다. 지금 나의 심정이 사슴의 심정일 것이다. 일어나는 일은 그냥 일어난다. 선이나 악이 아니다. 오빠는 그냥 순리대로 죽었다. 여기서조차도 나아가려는 마음이 결국에는 차오를까?

'오빠. 나를 위해서 돈을 모으고. 음식을 얻어주고. 집이 작아졌지만 대학에 보내줬어. 집이 무슨 상관이야. 크고 작음은 분노와 같아. 중요한 것인 줄 알았지만, 그런 신경을 쓸 필요가 없었던 거야. 난 이 집이 좋아. 오빠와 나의 흔적이야. 내가 마음을 쓰는 것은 바로 오빠의 흔적이 남아 있는 이 집이야. 오빠와 나의 상황이 어땠든. 나는 기뻤어. 오늘도 오빠는 돈을 벌고 있었어. 하나만 부탁할게. 그 돈도 나를 위한 돈이었어? 그 노동도 나를 위한 노동이었어? 혹시 그렇다고 해도 응이라고 답하지 마. 오직 나만을 위해서 살았다고 하지 말아줘. 혹시라도 살아 있다면 그렇게 해줘. 이제 정말 없는 거지? 어제와 같은 순대를 사 들고 들어오지 않는 거지? 나는 방 안에 혼자 있어. 내일 나는 학교에 가야 해. 같이 기차 여행을 하고 싶었는데. 그 순간을 기다리며 살았는데. 공부와 학교는 두 번째였는데. 물리학을 가르쳐 주고 싶었는데. 이 세상은 냉정히도 단단하지만 그래서 아름답다고. 여전히 세상의 입장을 이해하지 못하겠어. 그렇게 단단하고 거대하면서. 왜 눈에 보이지도 않게 작은 우리의 모든 것을 빨아먹고 자라는지.'

집으로 돌아온 민희는 곧바로 거실과 이어져 있는 주방으로 갔다. 칼을 꺼내 자신의 배에 가져갔다. 눈물이 방울처럼 매달려 있다가 바닥에 떨어졌다. 결심을 하기 전, 손으로 눈물을 닦았다. 오빠도 사라진 사람들처럼 사라진 거라면. 희망이라도 있었을 텐데. 창밖에 새 한 마리가 날아갔다.

차라리 새로 태어났다면. 오빠와 함께, 엄마 아빠와 함께. 날아다니면서 살았다면 더 좋았을까.

사람의 가슴 깊은 곳의 벌거벗은, 순수한 마음은 따뜻하고도 아름답다. 나는 이 세상에서 어딘가에 숨어 있는 그 마음을 다시는 만날 수 없을 것이다. 아름다웠다. 그 꿈같은 시간은 꿈같은 만큼 잔인하다. 나는 오늘을 아름답다고 여길 수 없다.

"그랬다면 좋았을까."

세찬 바람이 불어왔다. 민희는 갑작스러운 바람에 창문이 열린 것인가, 생각했다. 흐릿한 시야로 아무리 보아도 창문은 닫혀 있었다. 문단속은 버릇이 돼 있었다. 오빠에게 잔소리를 들었기 때문이다.

그게 아니다. 그게 문제가 아니다. 이런 바람은 실내에서 생겨날 수 없다. 민희의 긴 머리가 위로 솟아올랐다. 순간적으로 칼이 얼굴로 날아올까 봐 칼을 보았다. 칼을 놓칠 정도의 바람은 아니었다. 그러고 보니 칼이 떨어지는 소리가 들리지 않았다. 민희는 팔을 허우적거렸다. 싱크대라도 잡기 위해 달려가 손을 뻗었지만, 닿지 않았다.

발에서 뭔가가 따끔거렸다. 언제 놓쳤는지 알 수 없는 그 칼이 발을 찌르고 있는 것 같다. 민희는 발을 보았다. 눈을 가린 머리카락 사이에는 수십 마리의 새들이 민희를 지탱하며 날갯짓을 하고 있었다. 그녀의 발에는 칼이 꽂혀 있었다.

정신이 없었다. 나는 이미 나의 배를 찌른 것인가? 헛것인가? 새들이 나를 업고 날개를 펄럭이고 있다. 배를 찔러 정신이 나간 것이 분명했다. 눈을 제대로 뜰 수 없었다. 민희는 눈을 가리고 있는 머리카락을 치웠다.

눈 앞에 펼쳐진 광경은 그녀의 달동네였다. 민희는 하늘에서 떨어지고 있었다. 정신을 또렷하게 유지하려고 애를 썼지만 정신이 없었다. 정신을 잃기 직전이다. 달동네가 점점 가까워졌다. 어찌할 바를 몰랐다. 팔을 허우적거리니 몸이 튕겨 나오는 느낌을 받았다. 민희는 팔을 보았다. 팔이 아니었다. 날개였다.

"뭐야? 악!!!"

소리를 지르며 발버둥 쳤다. 공중에서 몸이 이리저리 뒤집히면서 정신이 없었다. 방금의 감각을 기억했다. 팔을 쭉 뻗었다. 공기가 민희의 몸을 강타하며 몸이 튕겨 나왔다. 민희는 감고 있는 눈을 떴다. 그렇지만 아직도 떨어지고 있는 현실은 변함이 없었다.

흔들렸지만, 조금씩 균형을 잡았다. 팔을 조금만 잘못 움직여도 아래로 떨어질 것 같았다.

일단은 떨어져서 죽고 싶지는 않았다. 바닥에 닿는 순간. 얼마나 아플까. 겁이 났다. 그래서 칼을 들었다. 일단은 어딘가에 안전하게 떨어져야겠다고 생각했다. 민희는 어느 한 옥상이 가까워지자 날갯짓을 했다. 그러자 속도가 급격하게 줄면서 안전하게 앉을 수 있었다. 어떻게 한지는 당최 모르겠다. 몸이 기억했다. 있지도 않은 기억을 했다.

저기 민희의 집이 보였다. 햇살을 보니 아침인 것 같다.

민희는 집으로 날아가서 창문에 앉았다. 자신이 어떻게 날 수 있는지는 알 수 없었다. 쉬웠다. 그냥 날면 됐다. 집 안에는 아무도 없었다. 당연하다. 자신이 여기 있으니까.

'잠시만. 나는 지금 무엇을 하고 있지? 학교에 가야 하는데.'

창문 앞을 이리저리 걸었다. 창문에 비친 자신의 모습이 보였다. 민희는 깜짝 놀라서 울음소리를 냈다.

'뭐야…!'

한참 동안 소리를 지르며 혼잣말을 했다. 이게 뭐냐, 나는 새인 것이냐. 옆집 아저씨가 창문을 열었다. 오빠와 이사를 왔을 때 인사를 드렸던 그분이다. 상의는 없었다. 오른쪽 눈이 감겨 있었다. 방금 일어난 모양이다. 한쪽 눈으로 민희를 노려보았다.

"아저씨!"

그러자 아저씨는 집 안으로 들어가더니 곧 민희에게 뜨거운 물을 뿌렸다.

"시끄러워 죽겠네!"

"이쪽으로 와요!"

발에 물을 맞았다. 뜨거웠다. 민희는 물을 피하기 위해 자리에서 날아올랐다. 목소리가 들리는 쪽을 보았다. 늙은 새 한 마리가 전깃줄에 앉아 민희를 부르고 있었다. 저 새가 늙었다는 것은 어떻게 알았는지 모르겠다. 본능적으로 느꼈다.

"어쩔 수 없답니다."

민희는 자신에게 새가 말을 걸고 있다는 것이 믿기지 않았다. 곧장 그 자리에서 날아가 버렸다. 늙은 새는 민희를 따라갔다.

"당신, 방금 혼자서 날았잖아요. 인간으로 돌아가고 싶다면 일단 저를 따라오세요. 마음의 안정이 필요해요."

"..."

"...저도 당신과 비슷한 경험을 하고 있는 사람입니다."

"저는 곧 깨어납니다. 아니면 이미 죽었거나."

"전깃줄에 앉아 있는데 당신이 떨어지고 있는 거 있죠. 당신과 같은 사람들이 저 위에 많아요. 일단 따라와서 안정을 찾으시기를 바랍니다."

"저는 살기가 싫어요. 방금까지도 죽으려고 했죠."

"그런 사람들이 모여 있는 곳입니다."

"어딘데요? 비슷한 사람들이라면 더더욱 가기가 싫어요."

"당신이 그곳에 도착한다고 해서 해코지를 할 사람은 없어요. 모두 당신과 같은 '사연'이 있습니다. 당신에게 말을 걸지 않을 겁니다."

"관심 없습니다."

"당신은 정말 자신을 죽일 수 있었을까요? 죽으면 안 되는 이유가 단 하나도 없었나요?"

"네."

오빠 생각이 났지만, 거짓말을 했다. 이 노인을 일단 떼어내는 것이 목적이다.

"일단 마음을 추스르고. 올라갑시다. 그래요. 아가씨 말대로 어차피 살기가 싫은데. 그럼 죽기 전까지 시간이 넘쳐나잖아요. 그분들도 아직 사람으로 돌아가는 방법을 찾지 못했습니다. 찾으려고 하는지도 모르겠습니다. 하지만 거긴, 푹신하고 좋습니다. 물을 맞을 필요도 없어요."

노인은 민희에게 따라오라는 고갯짓을 하며 위로 떠올랐다. 민희는 고민이 되었지만. 지금 당장 자신이 할 수 있는 것이 없을 것 같았다. 그저 이곳을 날아다니다가 꿈에서 깨거나, 죽을 수는 없을 것 같다. 유리에 머리를 박고 죽으면… 아플 것 같다.

하늘로 몸을 띄워 올라갔다.

...

"어디까지 올라가요?"

민희가 소리쳤다. 늙은 새를 따라가며 생각했다. 정말로 믿어도 되는 것인가. 지금 당장 내 상황도 모르는데. 다른 이상한 생물체와 대화를 섞어도 되는 것인가.

"거의 다 왔어요."

늙은 새가 대답했다. 뒤도 돌아보지 않았다. 거의 다 왔다면서 눈

앞에 보이는 것은 없었다. 하늘뿐이었다. 둘은 거대한 뭉게구름에 가까워지고 있었다. 어디까지 가는 것인가. 민희는 아래를 보았다. 동네는 이미 작은 점이 되었다.

앗.

늙은 새가 구름 속으로 사라졌다. 구름 안으로… 들어갔다. 민희는 늙은 새를 삼켜버린 구름을 보며 생각했다. 들어가야 하나? 들어갔다가 죽으면? 저곳이 입구인가.

생각을 하던 중에 구름으로 폭 들어갔다. 아무것도 보이지 않았다. 늙은 새의 모습도 찾을 수 없었다. 하지만. 늙은 새가 보이지 않더라도. 민희는 어디로 가야 할지 알 것 같은 느낌을 받았다. 왠지 늙은 새가 이쪽으로 가고 있을 것 같다는 느낌이 들었다.

"들어왔어요? 잘 따라와요."

여기가 맞는 것인가. 그런 생각이 들 때 늙은 새의 목소리가 바로 앞에서 들렸다.

얼마나 올라갔을까. 숨이 가빴다. 회색빛으로 어둡던 구름의 색이 점점 밝아졌다.

마침내 밖으로 빠져나왔다.

구름에서 나오자마자 너무 눈이 부셔서 아무것도 볼 수가 없었다. 눈을 계속해서 깜빡이며 민희의 눈이 드디어 빛에 적응했을 때는 지금껏 보지 못했던 거대한 뭉게구름이 눈앞에 펼쳐져 있었다. 거대한 구름으로 이루어진 세상이 끝없이 펼쳐져 있었다. 뭔가가 이상했다. 구름 위에는 까만 점들이 콕콕 박혀 있었다.

"저건."

"저건 사람들이라네. 우리와 같은 처지의 사람들."

민희는 늙은 새와 함께 구름에 가까워질 때 그 말을 이해할 수 있었다. 그 점들은 바로 다른 새들이었다. 다양한 종류의 새들이 구름 여기저기에 앉아 있었다. 이상했지만 눈이 부셨다. 가까이서 보는 거대한 뭉게구름은 스스로 빛을 냈다. 다른 구름보다 더 밝았다.

천국인가. 생각했다.

"그럴지도 모르죠."

"네?"

민희는 놀랐다.

"놀랍죠? 동물의 감각입니다. 당신이 무슨 생각을 하는지 대충이라도 느낄 수 있어요. 날갯짓 소리와 눈알만 보아도 대개는 맞죠."

"맞아요… 지금은 제가 뭔 생각을 하는데요?"

"내가 참 멋지다는 생각입니다."

"아닙니다."

할머니는 웃었다.

"항상 맞지도 않죠. 그래서 동물들끼리도 싸웁니다. 당신을 처음 만났을 때 순순히 따라올 사람이 아니라는 것은 알았어요."

"그게 정상이라 생각해요."

"우리는 싸우지 맙시다. 마음을 열어도 됩니다."

"네."

민희는 너무 성급하게는 마음을 열지 않기로 했다. 모든 것을 확인한 뒤에야 안심할 수 있었다.

"저도 가족이 있었죠."

할머니가 말했다.

"말했듯이, 이곳에 있는 새들은 전부 사람들이에요. 사람의 생각을 가지고 있어요. 이곳에 오는 조건은 아직까지는 두 가지입니다. 사람들과 대화를 나누어 본 토대에서 나온 빈약한 결과이지만요."

"뭐죠?"

"바로 생이 다해 완전히 죽기 전 누군가가 마지막으로 들르는 장소입니다. 한숨 돌리고 떠나는 것이죠. 또 하나는 새로 살고 싶다는 생각을 강하게 한 사람. 아직 모르는 게 많습니다만, 아직까지는 그렇게 보입니다."

"할머니는요?"

"저는 생이 다 했죠. 마지막으로 생각을 정리합니다."

할머니는 잠시 침묵했다. 그리고 다시 말을 이어나갔다.

"죽음에 가까웠든 아니든 '머리 아플 필요 없이 그저 하늘을 훨훨 날며 살아가는, 새가 보는 세상에 대한 부러움과 막연한 호기심이 강하게 발동되었다.' 정도죠. 사상 적응에 어려움이 있었다고만 말하기에는 어려움이 있습니다. 새가 되고 싶다는 간절함이 없기 때문이죠. 이곳에는 나름 큰 회사의 사장도 있습니다. 회사 운영에 문제가 생겼다거나, 개인적인 감정으로 느낀 회의감이라거나. 그분의 속은 나도 모르죠. 그저… 생각하는 공간. 떨이로 누군가가 남겨준 공간. 그 정도로 이해하시면 될 것 같아요. 현재까지는 그렇습니다. 저희도 왜 이런 일이 일어났는지, 이런 세상이 원래부터 있었지만, 생을 마감해 본 사람들만이 이미 경험한… 우리가 몰랐던 세상인지. 아직 모릅니다. 일단, 지금. 우리는 이곳에 있어요. 그게 가장 중요한 거죠. 우리 모두 정신을 차리니 뜬금없이 하늘에서 떨어지고 있었으니까요. 그렇죠?"

"새가 되고 싶었던 사람은 새가 되었다고 둘러댈 수 있어도, 생을 다 살고도 새가 됐다는 것은 모두가 그럴 것 같지는 않아요. 생을 다 살았지만, 이곳에 온 사람들도… 마냥 세상을 완전히 떠나기 전에 모두가 오는 경우는 아닌 것 같아요. 그렇다면 90억 명의 사람들이 전부 거치는 공간이라는 것이고, 하루에도 얼마나 많은 사람들이 죽는데. 그에 비하면 여기 계신 분들의 수가 너무 적어요. 어르신에게도 뭔가가 있었던 게 아닐까요."

"잘 모르겠네요. 인간 세상을 날아다니고 싶다면 그렇게 해도 됩니다. 원하는 곳에서 자도 되고, 구름 위에서 자도 됩니다."

"그러다가 새가 된 사람을 만나면 도와주고?"

"네. 겁을 낼 겁니다. 그렇지만 모두는 체계적인 심리에서 안정을 느낍니다. 끝까지 거부한다면 안타깝지만, 그 사람의 자유입니다. 강요하지 마세요. 미리 경험한 우리가 할 수 있는 일은 해야 하기 때문에. 그 정도만 하는 겁니다. 그렇지만, 제 생각에는 이 구름은 역시 우리를 위해 존재하는 겁니다."

"그렇네요. 감사합니다."

할머니는 웃어 보였다.

"자, 이제 마음대로 시간을 보내세요. 이름이 뭐죠?"

"비밀입니다."

"생각할 시간이 필요할 겁니다. 고요한 곳으로 가서 평온을 찾으시고, 말동무가 필요하시면 이 할머니를 찾으세요."

"고맙습니다."

할머니는 날아갔다. 펄쩍 날아올라 압도적으로 거대한 뭉게구름의 중심 기둥을 넘어 저 멀리 사라진다.

...

구름 위는 평화로웠다. 하지만 그것이 마냥 좋은 것은 아니었다. 기억의 조각들이 퍼즐을 맞추어 또렷해지려고 하면, 하늘의 평화로움이 밀려와 그 퍼즐을 흩뜨려 놓았다. 이곳은 아무런 생각 없이 멍하니 있기에는 좋다. 하지만 생각에 집중하고 싶은데 어김없이 보이는 아름다움이 짜증이 난다. 이렇게 아름다운 구름도 슬퍼할 줄 알까. 구름에는 그런 순간이 있을까.

구름 위를 날아다니다 보면 대화를 나누는 새들이 보인다. 바람 소리와 날갯짓 소리, 오직 그들의 목소리가 들리는 소리였다.

오빠가 보고 싶다. 오빠도 이곳에 있을까? 있지 않을까?

완전히 죽기 전 생각을 정리하는 공간. 두 가지 옵션 중에 그 사실이 있었다. 가능성은 있다. 오빠가 하염없이 새를 부러워했다면, 오빠는 이곳에 있다.

이곳에 온 지 며칠이 지났다. 희망이라는 것은 멀리 있는 법. 오빠는커녕 할머니도 만나지 못했다. 뭉게구름은 너무나도 거대하고, 높았다.

오빠는 나를 위해, 돈을 위해 살았어. 나를 위해 자신의 시간을 엄청나게 버렸어. 그런 사람에게 왜. 왜 그런 일이. 세상은 참 멍청하다. 옳고 그름을 모른다. 참된 사람은 대접받지 못하고, 바보들이 대접을 받는다. 그들이 본래는 참된 사람이었다고 해도 바보로 전락할 수밖에 없었던 것은, 그들이 바보라서다.

　오빠는 애초에 오빠의 인생을 버린 것이 아니다. 그래. 사랑이다. 나를 사랑해서. 나를 위해서… 그런 감정을 느껴본 사람이 과연 많을까? 감히 많지 않을 것이다. 아, 다른 새들이 근처에 있다는 것이 짜증이 난다. 고요하면 뭐 하는가. 신경이 쓰인다.
　나는 꼭 오빠에게. 나 자신에게 부끄럽지 않은 사람이 되어 웃으며 살고 싶었다.
　그런 내가 나를 죽이려고 했다.
　잠시 머리가 어떻게 됐던 것일까. 내가 필기해 놓은 공책을 보면 놀란다. 내가 이런 말을 언제 썼던 것이지? 그런 것일 테다. 그때의 나는 미쳤었다. 자살하려고 하다니.
　오빠는 좋은 삶을 살았다. 내가 안다. 오빠는 나를 자식처럼 생각했다. 오빠는 시간을 버리지 않았다.
　민희의 눈에 눈물이 고인다.
　오빠는 시간을, 낭비했다. 나를 위해서 보낸 시간이다. 이미 지났으니 돌아갈 방법은 없다. 내가 오빠의 몫까지 잘 살아야 하건만. 그런 오빠의 시간을 등지고 나는 자신을 죽이려 들었다.
　아무리 오빠의 시간을 곱게 장식하려 애써도. 포장하려고 애써도. 민희의 가슴은 이미 정해진 현실과 정답을 알아차린다. 그것을 막을 수는 없었다.
　허무하다. 보고 싶다.

...

"어머니가 돌아가셨어요. 그래서 일에도 집중하지 못했죠. 뭐, 승진은 했지만. 승진도 기적적이었지만. 사람들이 없어지는 사건들 때문에 사람들이 밖으로 나오지 않았어요. 엄마도 마찬가지고. 경제 상황도 그렇고, 승진을 어떻게 했는지."

새벽의 찬 공기가 날아다니고, 밝은 달빛이 구름을 비추는 밤이었다. 바람이 눈에 보이는 듯, 보이지 않는 듯했다. 보이지 않더라도 여러 바람 무리의 경로들을 감각으로 느낄 수 있었다.

그렇게 멍하니 밤 구름을 보는데, 어떤 새가 민희 옆에 앉았다. 머리에 노란색을 띠고 있는 새였다.

"네."

이야기를 하다가 이쯤 되니, 나에게 감정을 풀러 왔구나. 민희는 그렇게 생각했다. 이 사람이 이러는 이유는 이해가 됐다. 누구나 감정을 해소할 필요가 있다. 그런데 나도 힘든 사람이라고요.

"힘들었겠어요."

만덕의 말을 조금 끊어버리고 말했다.

"네. 이제는 여기 있으니까. 좀 살 것 같아요. 차라리 새가 되고 싶었거든요. 뭐가 어떻게 됐는지는 모르겠지만, 막상 이렇게 되니까. 아, 그런데 머리는 사람의 머리 그대로네요. 이거는 뭐."

"그러게요."

사람의 머리 그대로라는 부분은 동의했다. 민희는 사람들이 의외로 자신과 비슷하다는 생각을 했다. 가끔 예상치 못한 논리가 튀어나올 뿐이었다.

"아무튼, 어린 나이에 앞으로 사용할 감정을 전부 써버린 거예요. 그래서 느껴지지 않는 거죠. 뭐라고 할 수 있는 말도 없고, 소통도 힘들고, 하기도 싫고. 사이코가 되어버린 것은 아니지만, 감정선이 타버려서 끊어졌어요. 가슴이 뻥 뚫렸어요. 부모님이 이곳에 계신다면 이야기를 하고 싶은데. 있다고 해서 여기서 찾아내기란 불가능한 것 같네요."

"아니요. 바람이 불면 머리카락이 흔들리는 것이 필연적인 것처럼. 가족은 연결되어 있어요. 저는 그렇게 믿죠. 그분들을 마주한다면 느낄 수 있을 거예요. 새가 되니 감각도 달라졌잖아요."

"전 잘 모르겠어요. 사람의 머리, 그대로인 것 같아요."

민희는 역시라고 생각했다. 자신의 감정을 배출하러 온 사람. 나를 이용해 만족을 느끼려는 사람. 바깥세상은 당연, 심지어 이곳의 모든 이들은 이미 민희의 적이었다.

하지만 만덕을 보며 한 가지 생각이 들었다. 오빠가 생각났다. 누군가가 눈물을 흘리며 온다면. 눈물을 흘리지 않더라도 진심으로 다가와서 대화를 청한다면. 그것은 순수한 진심으로 보아야 하지 않을까. 사기꾼은 아는듯하다.

"김만덕 씨라고 했죠?"

"네."

"사실은 뉴스에서 봤어요. 노란색 염색 머리에, 키가 엄청나게 큰 사람. 여기 계셨군요."

"사라진 사람들의 대부분이 이곳에 있습니다. 오늘도 한 명 올라왔고요."

"그래요?"

"네. 어린 친구인데. 그런 생각을 다 했더라고요. 시한부는 아니었어요. 자살도 아니고, 새가 되고 싶다는 생각을 한 모양이에요. 어떤 할아버지 말로는 이곳에 온 사람들은 전부 조건을 거쳐서 온 것이라고 설명하던데. 듣기 싫어서 안 들었어요."

할아버지? 그 할머니가 아는 사이인가.

"여기서도 머리 아프기는 싫어서. 그냥 각자 생각을 하면 되죠."

"돌아가기 싫으세요? 사람으로."

"몰라요."

"인터뷰 내용을 들어보니 애인분이 돈을 들고 도망갔다고 기억해요. 질문해도 괜찮으면-"

"그 질문은 제가 하고 싶어요. 대체 하루아침에 무슨 일이 일어났길래. 사람이 갑자기 변했어요. 어머니가 돌아가시고 남은 땅을 팔아먹으려고 알아보고 있더군요. 우연히 발견했어요. 손에 땀이 다 나더라고요. 장례식장에서 이 손을 잡아준 사람이 맞나, 그렇게 생각했어요. 그런데 그 일이 있고 며칠 후에 제 계좌에서 모든 돈을 빼서 도망갔어요. 제 비밀번호를 알거든요."

"그런 사람들은, 자신이 누군지도 몰라요. 살아가는 의미도, 감정도 제대로 느낄 수 없는 확실한 짐승이죠. 삶을 창조하고, 매 순간을 친절한 섬세함과 함께 예술로 만들려는 시도는커녕… 오직 생활만을 생각하는 짐승이죠. 육체만이 이 세상 속에서 나뒹구는 겁니다."

만덕은 민희의 시원시원한 표현이 마음에 들었는지 허탈한 웃음을 털어냈다.

"갑자기 뭔가에 홀린 것처럼 마음이 변하는 사람은 아주아주 많아요. 사실은 그것이 사람이기도 하고요. 우리의 역사도 그렇고요. 일단은 내가 살아야 하니까. 거기에 집중하다 보면 양심을 등지게 돼요."

"제가 그 기록을 발견하고, 땅값을 왜 알아본 것인지 조심스럽게 물어봤어요. 그다음 날부터 집에 안 들어오더군요. 우리는 9년을 만났습니다. 그 시간이 이제는 의미 없는 대본이었다고 느껴져요. 마음을 따르는 것이 아닌, 머리로 계산하며 보낸 시간. 1년에 한 번씩이라도 어머니를 안아주었다면. 아홉 번이네요. 아홉 번이나 안아주었다면 어머니를 더 깊게 알 수도 있었을 기회들이 많았네요. 어머니는 나중에 저의 손을 잡고는 사과를 하셨어요. 이런 모습을 보여 미안하다고. 이제부터는 그럴 일이 없을 것이라고. 저는 어머니의 생일, 태어난 곳, 좋아하는 노래. 아무것도 몰라요. 그 마음이 이제야 열린다는 것은 어떤 것일까요? 민희 씨가 말한 그 바보 같은 세상이 감히 가르침이라도 주는 건가요?"

민희는 만덕에게 다가가 만덕의 가슴에 머리를 비볐다. 뭐라고 해야 할지 몰랐고, 그렇게 해야 민희의 마음이 표현될 것 같았다.

"민희 씨는 부모님을 잃으면 안 돼요."

"네."

"다시 인간으로 돌아간다면, 꼭 대화도 많이 하고. 안아드리세요. 그렇지 않으면 그건 잃은 거예요. 다르지 않아요."

"네."

민희는 하늘을 보았다. 달빛은 여전히 구름을 밝게 비추고 있었다. 달의 위치가 바뀌었다. 구름 위의 하늘에는 달과 별을 제외한 그무엇도 없었다. 넓은 밤하늘에 엄마와 아빠의 얼굴을 그려보았다.

...

정말로 인간으로서 가치 있는 시간을 산다는 것은 어떤 형태라고 생각하세요?

저는 그렇게 생각해요. 오빠를 보며 생각했어요. 오빠는 건물을 지어 올리거나, 기찻길을 까는 일을 했어요. 코피를 흘리면서 저를 밀어줬어요. 그러다가 사고로 죽었지만요. 사실은 저희 엄마와 아빠도 사고로 돌아가셨어요. 많은 사람들이 오빠의 외모와 행동을 보고 쉽게 판단했어요. 오빠를 모르는 사람들이니까.

제가 생각하는 정말로 가치 있는 시간을 보내는 것은요.

인간이라는 껍질 안에 단단하고 아름다운 알맹이가 들어 있는 것이에요. 최대한 사람의 언어로 표현을 하자면. 보세요. 결국에는 모든 것이 머릿속에서 이루어져요. 나는 슬프다. 행복하다. 보람이 있었다. 역사가 슬프다. 이기적이다. 더럽다. 비겁하다. 그렇죠? 돈이 많든, 뭐가 있든. 다 좋다 이거야.

그렇지만 결과적으로 가장 진실한 저 아래를 파고들어 가면, 그런 것은 첫 번째가 아니에요. 내 머릿속에 무엇을 넣고 시간을 사는가. 어떤 머릿속의 세상을 건설해서 사는가. 그것이 첫 번째입니다. 오빠와 같은 진실과 사랑. 아련함을 느껴본 사람은 이 세상에 그렇게 많지 않을 거예요. 오빠를 깔봤던 사람들은 모두 더 배워야 하는 사람들이에요. 제가 직접 봤거든요. 그런 사람들은 아직 존재해요. 껍질들. 오빠가 머릿속에 넣었던 그 무언가의 농도는. 저에게만큼은 이 세상 그 무엇의 농도보다 짙었어요.

맞다. 오빠가 진정한 삶의 농도라는 것을 만들어 냈다. 오빠는 좋은 삶을 살았다. 사랑을 느꼈다. 오빠를 마지막까지 기억할 거야. 미안해. 엄마랑 아빠도 미안해. 나 죽으려고 했었어. 하지만 나, 지금 결정했어. 어떤 아저씨와의 대화 덕분이야. 나, 꼭 짙은 사람이 될 거야. 그렇지 않으면 오빠가 위를 향해 팠던 구멍이 막히게 되는걸. 나, 꼭 그 동굴 속에서 나갈 거야. 꿋꿋하게 살아 빛의 통로를 발견할 거야. 오빠의 가치를 이어나갈 거야.

오빠는 하늘을 향해서 구멍을 팠다. 아무리 파도 끝이 없었을 것이다. 바로 거기에서 끝없는 사랑을 발견했고, 끝없는 지옥을 발견했을 것이다. 그 구멍이 하늘을 뚫을 수 있다면, 나는 계속해서 구멍을 파나갈 것이다. 내가 하늘로 올라온 이유를 알았다. 오빠.

구름 위는 평화롭다. 기억의 퍼즐 조각들이 서로를 만나 또렷해지려고 한다. 만덕 아저씨, 속으로 욕해서 미안해요. 감사합니다.

어디선가 바람이 불어와 민희의 볼에 닿는다. 바람은 서로를 만난 퍼즐 조각들을 한데 모아 강력하게 접착시킨다. 하늘을 올려다보았다. 맑고 파란 하늘이다. 너무 파랗다 못해서 남색으로까지 보인다. 가슴이 뻥 뚫렸다. 좋은 구멍이었다.

바람이 멍들었던 구멍을 빼앗아 날아갔다. 아침이 되자 눈부신 햇살에 빛나는 오렌지색 구름의 표면이 보였다.

오빠.

여기저기 흩어져있던 사람들이 일제히 건물에 들어가는 것 같은 느낌이었다. 민희의 마음은 그렇게 정리가 됐다. 파도에 색종이를 떠내려 보내면, 파도는 색종이를 가져간다. 젖어서 찢어진 줄 알았더니만. 한순간 그 파도를 따라갔던 색종이는 종이배가 되어 돌아왔다. 그런 기분이었다.

오빠.

"잘 지냈어요? 생각에 잠겼네요. 걱정이 돼서 왔어요."

만덕이었다. 천천히 날개를 정리하는 중이었다. 방금 민희의 옆에 앉은듯했다.

"아니요. 괜찮아요. 용케 알아보시네요."

"네. 처음으로 대화를 나눈 분이니까요. 제가 좋아하는 마을에서 좀 날다가 올라왔는데, 민희 씨가 보이더라고요. 제가 자주 캠핑하던 마을이죠."

"그날의 대화는 정말로 좋았습니다. 덕분에 생각이 정리가 되었어요. 처음에 낯을 가려서 죄송했어요."

"그게 정상적이죠."

그때 다른 새가 날아와 만덕의 옆에 앉았다. 만덕의 뒤를 쫓아오다가 잠시 거리가 벌어진 듯했다. 기남은 만덕의 옆에 앉아 날개를 정리한다.

"아, 여기는 기남 씨라고 해요. 민희 씨도 첫날에 누군가가 여기로 데리고 왔죠? 이분도 똑같이 제가 방금 데리고 왔어요. 첫날이시랍니다."

기남은 민희를 쳐다보고는 구름을 둘러보았다. 만덕과 민희가 어색했다.

구름은 경이로울 정도로 웅장했다. 막상 올라와서 주변을 보니 끝없이 펼쳐진 구름에 압도당한다.

"안녕하세요."

민희가 기남이게 말했다.

"…네."

또, 새가 말을 한다. 기남이 생각했다.

...

"그래서 할아버지는 마치 나무라고 생각해요."

기남이 말했다.

기남과 민희가 나란히 앉아 있다. 하늘은 이미 검정을 입었다. 그 속에는 설탕이 뿌려져 저곳으로 가면 저 별들을 쪼아먹을 수 있을 것 같았다.

"나무요?"

"네. 아까 말했듯이 할아버지가 돌아가시고 이사를 갔죠. 그죠? 그 산속 마을에서 숲을 봐요. 그런데 한 나무가 이상하게도 이파리를 전부 잃은 거예요. 흐린 하늘에 쭉쭉 뻗어 있는 나뭇가지를 가만히 보면 왠지 '악착같다.'라는 감정이 느껴져요. 구불구불. 어쩌면 날카롭기도 한 나무가 악착같이 살아나가다가 그대로 굳어버린 모습 같아요. 마지막 순간까지도 움직이고 있었던 것처럼. 여러 가지의 경로로 악착같이 뻗어나가고 있었던 모습이죠."

"그 나무 안, 바위보다 단단하겠어요."

"한편으로는 아주 넓은 곳까지 번성했던 문명이 멸망하고. 그대로 보존이 돼서 발견된 모습 같기도 해요. 악착같죠."

갑자기 기남의 머릿속이 복잡해졌다.

"왜 그래요?"

민희가 물었다. 기남이 말을 하다가 갑자기 멈춘 것 같은 느낌을 받았기 때문이다.

"기남아."

"네."

"여기에 모인 사람들은 대부분이 삶에 회의감에 느꼈기 때문이야. 노인들은 좀처럼 보이지 않아. 가슴이 텅 비었던 사람들이라는 거야. 나도 기남이가 오기 전, 많은 사람들과 이야기를 나누었어. 모두가 새가 되고 싶다는 생각을 했어. 우리는 다 비슷해. 그러니 너의 눈에 내가 괜찮은 사람이라고 생각된다면. 그리고 대화가 필요하다고 생각된다면 나에게 털어놔도 돼."

기남이 미소를 지었다.

"너의 그 나뭇가지 표현. 마음에 들어."

"일단은 좀 날고 싶어요. 밤하늘 속에서."

"그래. 같이 갈까?"

"아니요. 나중에 돌아올게요."

"응."

"여기가 가장 좋아하는 자리예요?"

"응."

"그래요. 기억할게."

민희는 웃었다.

...

저 아래 가로등 불빛이 은은하게 빛난다. 모두가 잠들었다. 가로등이 은은하게 내뿜는 빛을 제외하고는 아무것도 보이지 않는다. 바람이 기남의 얼굴을 감싼다.

그 순간. 왜 아름다움이라는 단어가 튀어나왔을까. 악착같이 살던 사람. 멀리까지 퍼져나갔던 문명. 널리 퍼진다는 것은 무언가에 이끌려 악착같이 그 무언가를 향해서 달렸다는 것이다. 나무의 전부가 삶의 순간들이고, 기억이다. 그것이 남은 전부다.

'그 나무 안, 바위보다 단단하겠어요.'

아무것도 없는 하늘이다. 앞을 바라보면 저 멀리 펼쳐지는 산맥과 인간들의 생활 빛이 보인다. 넓다.

'재화야.' 기남은 아래를 바라본다.

'할아버지.'

어디에 있어?

지상에 다다랐다. 환한 달빛이 이곳까지 내려왔다. 여기가 어디인지는 모르겠다.

분명히 우리 집에서 이런 이상한 모습을 하게 되었다. 우리 집에서 새가 되었다. 그 직후 기남은 엄마와 아빠를 보았다.

새로운 집과 마을이 보였다. 내가 앉은 이 나무는 어느 산의 나무인가. 나는 어디에 있나. 우리 마을인 줄 알았더니만.

내가 이곳을 구분하지 못하는 것인가. 아니면 세상이 나에게 등을 돌려 스스로를 숨기는 것인가. 소설의 주인공이 생각났다.

'걔는 죽었을까?'

희망을 되찾는 내용일 것이라고 예상은 했다만. 사실은 누구도 모른다. 죽었을지도 모른다. 죽었다면 작가는 무슨 말을 할까? 어떤 선택을 했을까?

나도 이대로 나무에서 떨어져서 죽으면 편해질까.

갑자기 온 세상이 까맣게 변해버렸다. 저 멀리 보이던 가로등의 불빛도 보이지 않았다. 아무것도 보이지 않았다. 한순간에 모든 것이 사라졌다. 기남은 나무에서 점프했다. 날개를 휘저으며 저 높은 하늘로 올랐다. 밤하늘에는 여전히 수많은 별이 보인다. 하지만 그것만이 보인다.

꽤 높이 올라왔는데도 사람들이 빛이 보이지 않았다. 어두웠다. 우주에 와 있는 느낌을 받았다. 우주도 이것보다는 밝을 것 같다. 온통 어둠이다.

기남은 암흑이 보내는 바람을 맞으며 눈을 감고 날았다.

3장

...

 추억의 냄새를 맡으면 옛날의 기억이 떠올라 눈물을 흘린다. 나만의 기억, 혹은 사랑하는 사람과의 기억이 살아 있는 장소에 간다. 몇 시간, 몇 년 동안이나 그곳에서 빠져나올 수 없다. 정말 사람의 마음에는 무언가가 있는 모양이다. 그렇게 생각했다.
 이런 생각이 든 것은 저 여자의 노랫소리를 듣고 난 후부터였다.
 '오늘도 시작했다.'
 저 여자는 매일 노래를 부른다. 슬픈 노래를 부른다. 처음에는 정말로 듣기 싫었다. 무슨 저런 이기적인 사람이 다 있을까. 그렇게 생각했다. 다른 방의 감정을 전적으로 무시한 채. 소리가 너무 시끄러웠거나 컸던 것은 아니지만. 방문으로 새어 들어와 희미하게 들리는 그 소리가 더 싫었다.
 그 작은 소리는 강훈의 신경을 심하게 건드렸다. 그런데 이젠. 강훈 자신도 모르게 그녀의 멜로디에 집중하고 있었다. 저렇게 슬프게 흐느끼는 소리를 듣고 있으면 본인도 모르게 그 감정을 좇았다.

오늘은 처음 듣는 노래다. 강훈은 오늘도 저 사람의 감정 위에 올라타 자신의 손가락을 움직였다.

원래는 카페나 공원에서 가사를 적었지만, 저 목소리를 들은 후부터는 방 안에 틀어박혀 서글픈 목소리에 의지하며 글을 써나간다. 글이 더욱 술술 잘 치고 나간다.

언젠가는 말을 걸어보고 싶었다. 하지만 그럴 수는 없다. 강훈이 거주 중인 빌라의 삼 층에서 들려오는 저 목소리가 5개의 문 중, 어디에서 들려오는지 알 수 없었다. 목소리를 들으러 나갔다가 배달원이라도 만난다면, 그리고 나중에 이 주변에서 불미스러운 일이 일어난다면. 지목될 확률이 높아진다. 어느 문인지 알아도 말을 걸 수 없는 것은 마찬가지다. 모르는 사람인데. 그리고 결정적으로, 그렇게까지 그 사람이 궁금하지는 않았다.

'나와. 술 먹자.'

8월을 한여름 바람은 의외로 선선하다. 자고 있는 동생을 확인하고 민소매를 걸쳤다. 반바지를 입었다. 슬리퍼를 끌고 계단을 내려가니 가로수길에서 들려오는 참매미 울음소리가 가장 먼저 강훈의 귀를 파고들었다. 여름이 가고, 또다시 오고를 반복할수록 이놈의 매미들은 점점 수가 많아지는 듯하다. 어떻게 매년 이렇게 시끄러워질까.

"낮에는 그렇게 푹푹 찌더니 의외로 선선하네. 오늘 저녁은."
"그러게."

친구와 강훈이 사는 빌라 일 층에 있는 술집으로 들어갔다. 이런 동네에서 장사를 한다는 것도, 12시가 넘은 시간인데도 손님으로 가득 차 있는 것도 신기했다. 자리가 없어서 나가야 하는지 생각했다. 키가 조그만 점원이 쪼르르 달려와 구석에는 자리가 있는데 어떠냐고 물었다. 점원은 자리가 좁다는 말도 함께 전달했다. 둘은 점원의 미모에 딸려 가 자리에 앉았다.

"이거랑 이거 주세요. 그리고 소주 2병이요."

도현이 주문을 했다.

점원이 방긋 웃으며 주문을 받고서는 다시 쪼르르 달려갔다. 사람이 너무 많아서 바빠 보였다.

"웃는 게 예쁘시네."

도현이 점원의 엉덩이를 물끄러미 쳐다봤다.

"반했네."
"아니거든. 이사는 잘했고?"
"그럼. 자, 그래서. 뭔데?"
"뭐가?"
"자주 마시는 술이지만. 오늘은 뭔가, 너, 분위기가 다르다."
"그렇게 바로 물어보기, 있어?"

강훈은 허허 웃었다. 도현이 말을 이었다.

"아니 뭐…"
"소주 먼저 드릴게요!"

예쁜 점원이 소주 2병을 테이블에 놓았다. 강훈은 갑자기 나타난 점원 때문에 깜짝 놀랐다. 놀라서 웃음이 나와 도현을 바라보았다. 도현은 점원을 뚫어져라 쳐다보다가, 이내 "감사합니다. 참 친절하세요."라는 대참사를 일으켰다.

"아, 감사합니다!"

점원이 다시 한번 미소를 지으며 도현에게 말했다. 팁이나 달라는 얼굴이었다.

"자, 뭔데?"

"아니. 방금 다 사라졌어."

"뭐가?"

"요즘 나의 삶에 대한 회의감이 크게 돌고 있었는데, 저분 덕분에 전부 사라졌어."

"답이 뭔데?"

"사랑."

"삶이 걸린 문제를 두고 이렇게 빨리 결정하셨구나."

"그러게. 그것도 힘이지. 사랑으로 태어났으니 사랑으로 나아가야지."

"시끄럽고. 네가 술 산 후에 번호라도 물어보든지… 무슨 일 있었냐?"

"누구든 이런 나이에는 경험하는 것일 테지만 말이야."

도현이 팔꿈치를 테이블에 올리고 나에게 가까이 왔다. 조심스럽게 말을 이었다.

"살아 있음의 의미."

"아이고."
"이런 대화가 가능한 사람은 주변에 너뿐이라고."
강훈은 잠시 생각했다.
"왜? 일이 잘 안 풀려? 네가 원하던 삶이 이루어졌잖아."
도현은 자신의 삶을 성공으로 이끌었다. 그토록 원하던 산에 들어가서 찻집을 만들었다. 도시의 소리와 냄새. 모든 것들이 몸서리가 난다며 자연으로 들어가기를 항상 원했다. 서울이라는 대도시에서 카페를 운영하던 도현은 강훈과 술자리를 함께할 때마다, 매번 자연, 산속 타령을 했다. 그로부터 몇 년이 지나고, 올해 2월. 경상도의 어느 산 중턱에 떡하니 카페를 차렸다. 정말로 실행할 것이라고는 생각하지 못했다.
"바로 그것이 문제가 된 것 같아."
"참나."
"지금이 8월이지? 자연에 들어가서 반년을 지내보고, 계절이 바뀌고. 그러는 것을 가만히 지켜보고 있으면 감정이 너무나 깊어진단 말이지. 그래서 오히려 마음에 병이 오는 것 같기도 하고."
"집어치워. 잡생각. 그토록 원하던 삶을 이루어 냈는데, 그것을 문제의 시작으로 만들어 버리는 것은 너야. 너의 마음속에서 모든 것이 이루어지는 것이라고. 반년이면 계절이 아무리 바뀌어 봤자 두 번인데. 무슨 다 산 사람처럼 말하냐."
도현은 강훈이 말하는 동안, 그 말을 들으며 뚜껑을 따더니 두 잔에 소주를 따랐다.
"내 생각에는 그냥 외로운 거야. 고등학교 시절 이후로는 여자 친구 한번 안 만들었으니. 마음이 허해서 그래."

"역시 외로움인가… 작사가가 그렇다면야."

도현이 테이블을 '탁' 쳤다.

"음?"

"저 점원. 역시."

강훈이 웃었다. 옆 테이블의 사람들이 순간 그들을 보았다. 강훈이 말을 이었다.

"그래. 그게 답일 수도."

그러고 보니 도현과도 알고 지낸 지 10년이다. 고등학교 1학년 때 처음 만나 지금껏 함께했다. 처음에는 서로 다른 중학교에서 입학한 서로를 기선제압 한다는 이유로 관계가 삐뚤어질 뻔했다. 결국에는 절친이 되었기에 상관은 없다.

그 시절에는 착하고 조용해 보이는 도현이가 마음에 들었다. 지금 이렇게 밝아져서 자신의 앞에 앉아 재잘거리는 모습을 보니, 다시 좋았다.

계산을 하고 술집을 나왔다. 자리에서 일어설 때 테이블에 올려져 있는 술병만 보아도 5병은 족히 넘었다. 지금 내가 비틀거리고 있을 만하다.

강훈의 양쪽 발 형태가 희미해져 갈 때쯤, 그 점원이 생각났다.

"야."

"왜."

도현이 비틀거리며 대답했다.

"네 생명의 은인이 저기에 있는데 그냥 가냐? 너를 살렸으니 평생 살려줘야지."

"아!"

도현이 손에 들고 있던 지갑을 바닥에 던진 뒤 술집으로 뛰어 들어갔다. 강훈은 어질거리는 시야를 바로 잡으며 지갑을 주웠다. 유리문 밖에서 도현을 관찰했다. 웃음이 나왔다. 도현이 가게 안으로 들어가자 점원이 다시 웃으며 인사를 했다. 그리고는 곧바로 웃음이 사라졌다. 도현이 왜 또 들어온 것인지 의아할 것이다. 아니면 본인에게 관심이 있었다는 것을 알았기 때문에 큰일 났다는 생각을 했거나.

도현이 비틀거리며 머리를 쓸어 넘기고는 이런저런 손짓을 하며 말을 한다. 강훈은 점원의 표정에 집중했다. 예쁘긴 하다. 점원은 도현의 이야기를 듣다가 멋쩍은 미소를 지었다. 그때 강훈의 종아리가 타는 것처럼 뜨거웠다.

"아!"

재빨리 뒤를 돌아보니 어떤 아저씨가 담배꽁초를 땅에 던지고 있었다. 아마 꽁초를 튕기면서 나온 불씨가 강훈의 다리에 앉은 것일 테다. 화가 나서 아저씨를 잡으려고 걸어갔다.

딸랑.

가게 문이 열리는 소리가 귀에 파고들자 저 새끼를 잡을까 말까 고민이 됐다. 역시 저런 새끼는 신경 쓰지 말자는 생각이 먼저였다. 잡으면 뭐 하나. 말도 통하지 않을 텐데.

뒤를 돌아보니 도현이 문을 닫고는 강훈에게 걸어오고 있었다.

어느새 술도 깬 것처럼 보였다. 아니. 깰 수밖에 없었겠지.

"어땠냐?"

"넌 역시 작사가야."

"뭐."

"무턱대고 말하면 술에 취했다고 의심을 받을까 봐. 자초지종을 설명했어. 물론 술에 취한 것은 맞으니까 인정을 하고 들어갔지. 저, 술에 취한 것이라고 의심을 하실 테지만. 맞아요. 하지만 이건 그것과는 다른 문제예요."

픕.

"어, 그래서."

"'네?' 하더라. 그래서 말했지. 사람은 마음이 말하는 대로 살아야 합니다. 그런데요. 저는 며칠 전까지 살기가 싫었어요. 하지만 그쪽이 저를 살렸어요. 텅 빈 가슴에 무언가를 뿌려줬어요. 지금 그것이 싹을 틔우려 하네요."

"하하하!!"

강훈이 도현의 가슴을 주먹으로 때리며 웃었다. 도현도 웃으며 말을 이어나갔다.

"앞으로는 제가 그쪽을 살려내며 살아갈게요. 사람이 원래 서서히 죽어가는 생물이잖아요. 그쪽도 언제 힘들어질지 몰라요. 아프기 전에 이미 경험해 본 사람을 곁에 두는 시도를 부탁드려도 될까요."

"오. 그래서."

"'협박인가요?'라고 했어."

강훈은 바닥에 앉아 깔깔 웃었다. 지나가는 사람들이 둘을 쳐다봤다. 도현은 이제부터가 중요하다며 강훈의 옷을 잡고 일으켜 세웠다. 그리고는 진지한 표정을 지으며 강훈의 어깨를 두 손으로 잡았다.

"그쪽의 미소는 마법 같아요. 다른 사람에게 빼앗기기도 싫고요. 이상한 놈 만나서 그 보물을 잃지 말고, 저에게 그 미소를 더욱 크게 만들 수 있는 기회를 주세요. 저에게도 마법의 힘을 주세요. 그쪽이 마음에 드는데 연락처를 받을 수 있을까요? 저는 카페 운영하고 있어요."

"오… 또라이."

도현은 말없이 손가락 사이에 끼워진 종이를 펄럭였다. 번호를 적기 위해 찢은 종이였다. 그 종이를 빼앗아서 흐릿한 시야로 들여다보니 전화번호가 쪼르르 적혀 있었다.

"산속에서 글이나 써. 카페 같은 거 하지 말고."

도현은 비틀거리며 강훈을 한번 안고는 터덜터덜 걸어갔다. 강훈은 도현의 어깨를 잡았다.

"어디 가려고? 지금 차도 없어. 우리 집이 여기 삼 층이니까 자고 가라."

"그래? 고맙다."

침침하고 어질러진 방. 강훈의 아크릴 페인팅 작품들이 바닥에서 나뒹군다. 몇 번을 되새겨 읽다가 질려버린 책들이 카펫 여기저기에 던져져 있다. 도현은 방으로 들어오자마자 이불에 발라당 누웠다. 강훈은 도현에게 집에 동생이 있으니 조용히 하라며 강조했다.

강훈은 모든 불을 다 끄고 자면 불안해지고, 두려워지는 느낌을 강하게 받기에 화장실 불을 켜놓았다. 도현의 옆에 누웠다. 은은한 화장실 불빛에 보이는 천장이 핑핑 돌았다.

"저 사람은 매일 저렇게 울어 재끼냐?"

노래 부르는 여자에게 하는 말이다. 강훈이 졸린 눈을 닦고 말했다.

"한 달 정도 됐는데. 매일 밤 저렇게 슬픈 노래를 부르네."

"짜증 나겠다. 지금이 몇 시야."

"처음에만. 지금은 의외로 가사를 쓰는 데 도움이 돼. 요즘 같은 세상에 미치지 않을 수가 없지. 사람들은 사라지고…"

도현이 '풉' 하고 웃었다. 돌아누워서는 자기는 이제 자겠다고 했다. 사실은 강훈의 돌아가신 부모님이 생각나서였다. 강훈이 술도 마셨는데 양치라도 하라고 말하자, 그런 것은 필요 없다며 거절했다.

...

참매미의 울음소리가 동서울 터미널을 꽉 메운다. 이놈의 매미새끼들. 8월을 햇살은 지칠 줄 모르고 내리쬐며 옥죄어 온다. 자신들도 너무 지쳐서 사람들을 옥죄는 것인가. 생각했다.

도현은 가방도 하나 없이 지갑만 딸랑 들고 버스에 오른다. 기사의 옆에 서서 강훈을 돌아보고는 웃는다. 이 자식. 자살하러 서울에 온 것인가. 생각했다.

지하철을 타기 위해서 다시 터미널로 들어가니 사람들이 더 많아졌다. 주말이라서 그런지 굉장히 바빠 보였다. 핸드폰을 꺼내서 도현에게 문자를 보냈다.

'잘 가라.'

앞으로 걸어가며 고개를 드는 순간, 지나가는 할머니와 어깨가 부딪혔다.

할머니는 다리를 휘청거리며 뒤로 꼬꾸라지셨다. 그 뒤를 지나가던 여자와 부딪혀서 여자의 핸드폰이 땅에 떨어졌다.

"괜찮으세요? 죄송합니다. 제가 잘 보고 다녔어야 했는데."

여자가 강훈을 도와 할머니를 일으키며 말했다.

"네… 괜찮아요. 나도 미안해요."

할머니는 갈색을 띠는 모험가의 향기가 나는 모자를 썼다. 흰색 티셔츠를 입었고, 바지는 펑퍼짐한 회색 바지를 입고 있었는데, 마치 여승처럼 보이기도 했다.

여자는 할머니에게 고개 숙여 여러 번 사과했다. 강훈도 두 번 정도 사과를 드리고 가만히 서 있다가 여자를 따라서 몇 번 더 사과를 해야 했다. 할머니는 강훈의 어깨를 툭 치며 괜찮다며 웃었다. 여자에게는 모험가의 모자를 주며 마음이 예뻐서 주는 거라며 받으라고 했다. 뜬금없었지만 내심 부러웠다.

곧 할머니가 떠나고 우리는 끝까지 인사를 했다. 여자를 돌아보며 말했다.

"미안해요. 제가 앞을 제대로 보지 않아서 그래요. 다친 곳 없어요?"

"네. 괜찮아요."

이 여자. 예쁘다.

"핸드폰도 괜찮아요?"

"네."

방금의 친절하던 모습은 싹 사라졌다. 그저 강훈의 말에 대답하며 빨리 가고 싶다는 뉘앙스를 풍겼다. 강훈도 곧 판단이 섰다.

"미안합니다."

"네, 괜찮아요."

여자가 모험가 모자를 쓰며 대답했다.

강훈은 우리의 일상이 곧 영화가 된다고 생각했다. 지루하게 살다가 죽기보다는 그런 장면을 만드는 선택을 선호했다. 말도 안 되는 에너지를 발산하거나 굉장한 기술을 사용하는 영화 말고. 일상을 담은 영화. 영화에서 일어나는 그 특별한 일들은 전부 일상에서 일어나는 일들이다. 자세히 들여다본다면 모두 일상에서 보이는 장면이라는 것이다. 지금 이 순간을 영화로 만들기 위해서는 무언가를 해야 했다. 지금 이 순간을 영화의 한 장면으로 만든다면 나라는 영화의 중간 어딘가에서 벌떡 일어난. 말도 안 되게 사랑스러운 장면이 될 것이라고 생각했다.

"저기 혹시."

"다 됐죠? 그럼 고생하세요. 잘 보면서 다니시고요."

말을 하려고 했다는 것을 분명히 들었을 것이다. 여자는 차갑게 말을 끊고는 그대로 걸어갔다. 이름을 물어볼 새도 없었다. 이름이 뭔가. 말을 할 새도 없었다. 눈높이가 비슷할 정도로 키가 컸던 여자는 단 한 번도 뒤를 돌아보지 않았다. 강훈은 여자의 뒤통수를 보며 멍하니 서 있었다.

'이 새끼가 나보다 낫네.'

정신을 차리고 모험가 모자를 쓴 여자를 따라서 사람들 사이를 비집고 들어갔다. 저 앞에 보이는 여자는 운동화를 신고 넓은 보폭으로 걸어가다가 갑자기 한 손으로 모자를 벗었다. 긴 머리를 쓸어 넘긴다. 이게 정말로 영화가 되어버렸다. 여자가 순간적으로 시야에서 사라졌고, 결국 모두가 똑같은 정수리를 보여주고 있을 뿐이었다.

...

예전에 아버지의 시를 여러 편 받았다. 강훈의 아버지는 시인은 아니지만, 감성과 상상력만큼은 시인과 다른 바가 없었다. 그 정도의 아이디어와 감정으로 작가가 되었어도 이루었을 사람이다. 하지만 젊은 시절, 아빠의 목표는 오직 돈이었다. 글쓰기는 그저 감정적인 표현이며 고통이나 슬픔, 사랑으로부터의 '글쓰기'에 불과했다. 강훈에게는 그것이 삶의 전부였다. 완벽한 반대다. 글을 그렇게 취급한다면, 시는 왜 썼는가?

강훈은 자신이 쓰는 가사에 대한 감이 전혀 오지 않았다. 머릿속으로 그린 세상을 써나가고 있기는 하지만. 그래서 왜 이 가사를 쓰고 있는지 당최 이유를 알 수가 없었다. 그저 죄 없이 태어난 손가락만이 무의식의 노예가 된듯했다. 강훈은 글을 써나가다가 아버지의 공책을 다시 펴 보았다.

> 사랑, 그대의 향기 죽도록 간직하고 싶어라.
> 변하지 않는 마음 오래도록 가지고 있고 싶어라.
> 나의 마음을 간절히 빌면 들어줄까.
> 서로가 의지하면서 오늘은 힘들지만, 밝은 내일을 바라보면 달

콤하고, 고소한 향 내음 오래도록 지켜, 마음 다져 먹고.
서로가 이해하고, 의지하면서 힘든 일 잊어버리고 사랑하며,
그대의 향 내음 죽도록 맡고 싶어라.

아빠는 한때 아주 좋은 사랑을 했겠다고 생각했다. 방을 둘러보았다. 바닥에 쌓인 책들. 책꽂이에 꽂혀 있는 책들. 이번에 처음으로 프로듀싱을 한, 지인들에게 나누어 줄 여러 곡이 들어 있는 공책. 책, 책, 책.
'아, 나의 인생은 결국 세상 사람들의 정신세계에서 막을 내리나.'
한숨을 푹 쉬고는 아버지가 쓴 개인 시집의 다음 장을 넘겨보았다.

사랑의 향기는 피울수록 향기롭고
사랑의 빛은 태울수록 빛이 나는데
그녀의 향기
그녀의 빛을 가질 수만은 없지만
조금이나마 나누어 가질 수 있다면
얼마나 행복할 수 있을까.
나는 사랑이라는 것을
조금이나마 가져볼 수 있어.
행복하였다.
나누어 줄 수 있는 사랑하는 사람이 있어
더욱 기쁘고
좋았습니다.

그대와 나만의 고귀한 마음의 사랑.

서로 같이 나눠주세요.

공책을 덮고 잠시 생각에 빠졌다. 화장실 불만 켜놓은 어두컴컴한 자취방. 문밖에서 들려오는 여자의 목소리가 강훈의 방, 공기 속에 길을 만든다. 아빠의 얼굴이 그 위를 유유히 떠다니며 강훈에게 미소 짓는다.

문장이 어색하더라도 아빠는 글의 논리적이고 문법적인 완성도보다 감정에 집중했다. 사실 감정으로 글을 써도, 글의 완성도가 완성되는 것이기도 한 것 같다.

'잘 계시지요.'

이 공책들을 손에 넣은 것만으로도 성공한 인생을 살았다. 가족들과 감정을 공유하는 부분에 있어서는 지금 죽어도 한이 없다. 아빠의 젊은 시절. 그 시절의 필체와 냄새를 눈과 코로 마주할 수 있는 이 영광. 버스를 타고 집에서 나오며 아빠보다 한 수 위라고 큰 소리를 쳤지만. 인터넷이 없는 시대에 살았던 사람을 감정으로 이기지는 못한다. 절대로 능가할 수 없다. 나는 만족한다. 그저 민희의 앞날을 도와주며, 문학을 느끼고, 민희의 성공을 바라보고 살면 나는 만족한다. 이대로만 가면 된다.

한참을 생각하다가 쓰고 있던 가사를 모두 지워버렸다. 갑자기 지금까지 한 일이 전부 알맹이 없는 껍질이라는 느낌이 들었다. 핸드폰이라는 것을 내 인생에서 없애버릴까. 세뇌이자 시대의 변화다.

애인에게 보고 싶다며 전화를 하면 받을 수 없는 상황이 아닌 이상, 몇 초 안에 그 전화를 받는다. 멀리 떨어져 있어도 보고 싶으면 SNS에서, 갤러리에서 함께한 많은 사진을 보면 된다. 자꾸자꾸 부족하지만. 행동과 느낌이 그리우면 동영상을 보면 된다. 이 모든 것이 가능하다는 현실이 결국에는 강훈을 고통스럽게 만들었다.

보고 싶으면 새벽에 맨발로 달려가 창문에 돌을 던져보았던 우리 아빠에 비하면, 강훈은 자신이 글을 쓸 자격도 없다고 생각했다. 무엇을 느껴보았다고 문학에 접어들겠는가.

아빠의 시 옆에 아빠가 색깔 있는 볼펜으로 그려 넣은 소나무와 제비꽃을 보았다. 그때는 모두 그려야 했겠지. 아빤 이 소나무를 그리며 무슨 생각을 했을까? 어떤 심장박동을 느끼고 무슨 상상을 했을까? 이어폰도 없이 오로지 바람 소리와 옆집을 생활 소리, 귀뚜라미 소리를 들으며 30년을 살면… 나도 이렇게 될 수 있을까. 강훈은 깨닫지 못하고 있었다. 자신이 그런 아빠의 공책을 보며 다르게 변화하고 있다는 것을.

아빠는 가끔 맞춤법을 틀렸다. 하지만 그 글을 쓰고 있던 그 내면을 들여다볼 때마다 강훈은 자신이 껍질에 불과하다는 것을 느꼈다. 아무리 생각해도 쓰던 형편없는 현대적인 가사를 지운 것은 속이 시원했다. 이 세상을 인간은 볼 수 있다. 우리가 느끼는 감각에 비하면 너무나도 넓은 세상이다. 강훈은 아버지가 살아온 시대를 살아보고 싶다고 생각했다.

갑자기 노래가 멈추었다.

뭐지? 이거 큰일인데.

생각을 할 수가 없잖아!

강훈은 자리에서 일어났다. 현관문으로 향했다.

문을 열고 맨발로 복도에 나갔다. 눈앞에 놓인 4개의 문을 보았다. 민트색으로 똑같이 칠해진 네 짝의 문들은 강훈을 보며 비웃고 있었다. 순간적으로 화가 나서 가장 거슬리는 문을 때릴 뻔했다. 주먹이 날아가는 도중 멈추었다. 지금 문제를 일으키면 안 된다. 자칫하면 돈도 날아갈 것이고, 손이라도 다치면 내일 일을 하지 못한다.

오른발을 들어서 발바닥을 보았다. 그렇게 더럽진 않았다. 그대로 몸을 돌려 집으로 들어왔다. 집으로 들어와 문을 닫으려는데 다른 문이 열리는 소리가 들렸다. 현관문이었다. 다른 집이었다. 재빨리 문을 닫고 귀를 붙여 소리를 들었다.

운동화가 대리석에 닿아 마찰을 일으키는 소리가 복도에 울렸다. 발걸음이 멀어지자 강훈은 방의 불을 끄고, 도어록의 버튼을 눌러 문을 열었다.

저 멀리, 모자를 쓴 여자가 계단을 내려가는 것이 보였다. 강훈은 재빨리 몸을 앞으로 내밀어 여자를 자세히 보았다. 이 층으로 내려가는 계단이 갈색빛을 띠는 모험가 모자를 빨아들이고 있었다.

문을 닫아버렸다. 도저히 믿을 수가 없다.

이게 가능한 일이라고? 이것이야말로 영화다. 같은 빌라에 사는 거야? 같은 층에.

곧장 신발을 신고 문밖으로 달려 나갔다. 운동화가 대리석과 마찰을 일으켜 소리가 났다. 저 계단 아래에서 아직 여자의 기척이 느껴졌다. 최대한 빨리 계단을 내려갔다. 이 층에 다다를 때 일 층에 켜져 있던 불이 꺼졌다. 계단을 여러 칸씩 뛰어 내려갔다.

밖으로 나온 강훈은 건물을 반 바퀴 돌아 가로수 길로 나왔다. 구조상 건물을 반 바퀴 돌아야지만 거리가 나왔다. 건물의 입구는 건물의 엉덩이에 숨어 있었다.

매미의 울음소리가 가로수 길을 뒤덮고 있다. 강훈은 매미 소리에 파묻힌 채 멍하니 술집 앞에 서 있었다. 강훈의 코에 뭔가 촤르륵 떨어졌다.

'윽.'

위를 올려다보았다. 참매미 한 마리가 소리를 지르고 강훈의 주위를 몇 바퀴 날더니 날아가 버렸다. 매미 오줌을 맞았다. 매미 오줌에 정신을 차리고서는 주변을 보았다. 그 여자는 어디에도 없었다.

비둘기 한 마리가 강훈의 옆을 지나간다. 강훈은 화가 나서 비둘기에게 발길질을 했지만, 비둘기는 반응이 없었다.

"하…"

비둘기를 노려보다가 빌라 입구로 향했다.

'응?'

그 여자의 모험가 모자가 주차장 난간에 걸려 있었다. 모자에게 다가갔다. 분명히 여승이 선물한 그 모자였다. 모자를 집어 들었다.

주변을 둘러보았다. 참매미 울음소리와 강훈을 노려보는 비둘기만이 있었다. 모자를 썼다. 주변을 다시 보았다. 여자는 보이지 않았다.

빌라 안으로 들어갔다. 자신의 집 현관문 바깥 문고리에 모자를 걸어놓고 집으로 들어갔다. 방으로 들어오자마자 바닥에 무릎을 꿇었다. 두 눈을 감은 뒤, 두 손을 모아 입술에 가져갔다.

'미친 짓일 수도 있지만, 정말 무언가가 존재한다면 이루어 줘. 사랑은 순간적이라지만 나는 그 여자에게 빠진 것 같아. 필연적이야. 그 여자가 저 모자를 보고 우리 집 문을 두드리게 해줘.'

눈을 뜨고 두 손을 가만히 바라보았다.

'이 세상에 그런 존재가 있을 리 없지. 아무리 예술가라고 해도 현실 세계가 어떤지는 잘 안다고.'

역시 미쳐가는 건가. 순간적으로 창문에서 무언가가 움직였다. 강훈의 등에 소름이 쫙 끼쳤다. 팔과 다리에 닭살이 돋았다. 강훈의 집은 삼 층이다. 천천히 시선을 창문으로 옮겼다. 비둘기가 난간에 앉아서 강훈을 정면으로 쳐다보고 있었다. 사람이나 귀신이 아니라는 사실에 순간적으로 안심이 됐지만, 여전히 강훈을 노려보는 눈에 소름이 끼쳤다. 결국 강훈은 짧은 비명을 질렀다. 비둘기의 눈에서 눈을 뗄 수가 없었다. 비둘기의 눈에서 바늘이 나와서 강훈의 눈을 관통해 벽에 단단히 강훈을 박제한 압도를 느꼈다.

"뭐야!"

자리에서 간신히 일어나 창문을 다가가자 비둘기는 날아가 버렸다. 곧장 달려가 창문을 열었다. 고개를 내밀고 비둘기를 바라보았다.

유유히 넓은 하늘 어딘가로 날아가고 있었다.

...

'똑똑'

눈을 떴다. 창문 바로 옆에서 허리가 꺾인 채로 잠들어 있었다. 민희는 수업을 듣고 있을 것이다. 어떻게 이런 자세로 잘 수 있는지 생각했다. 하긴. 어릴 때부터 잠꼬대는 기가 막혔다. 방을 이리저리 모험해 대며 잤으니까. 그러면 엄마가 강훈을 안아 자리에 눕혀놓곤 했다. 창문을 닫으려다가 그냥 두었다. 그대로 잠이 들었나 보다.

'떵동'

아.

급하게 자리에서 일어났다.

악. 허리가 너무 아프다. 한 손으로 허리를 잡고 화장실에 들어갔다.

"잠시만요!"

그래도 상태는 확인해야 했다. 그 여자일 것이다. 강훈의 집에 찾아올 사람이 어디 있겠는가. 그 여자다.

머리보다는 수염이 문제였다. 며칠 동안 면도를 하지 않은 탓에 지저분했다. 머리에 물을 묻히고, 일회용 마스크를 쓴 뒤, 문을 열었다.

그 여자가 서 있었다. 여자가 모험가 모자를 쥐고 말했다.

"무슨 하룻밤에 소리를 세 번이나 질러요?"

"세 번이요?"

"아, 아니요. 방금 두 번 질렀잖아요. 그래서 어젯밤에 한 번쯤은 더 질렀겠다고 생각했죠."

"아."

"아무튼, 고마워요. 여기서 만나네요. 모자 감사해요."

나를 기억한다.

"아, 아니에요. 난간에 걸려 있더군요."

"그래요? 저를 왜 따라오셨죠."

"아. 그…"

"그럼."

여자가 돌아선다.

"잠시만요."

"네?"

머리가 멈췄다. 큰일 났다. 음…

"저도, 여기에 친구가 없어서 그러는데요. 언제… 음, 카페에 같이 가요."

끝났다. 난 끝났어. 머릿속으로 그랬다. 이제 여자가 돌아서면 나는 문을 닫고, 벽에 머리를 박고 죽으면 된다. 그림의 완성이다. 여자가 나를 바라본다. 이상한 눈으로.

"그래요."

여자는 대답을 하고 맞은 편인 304호로 들어갔다. 멍하니 닫힌 304호의 문을 바라보았다. 현관문을 닫았다. 방 안으로 들어와 집필용 테이블에 앉았다. 그 무언가가 나의 이야기를 들어준 거야? 우연의 일치야? 아무튼.

천천히 두 팔을 올려 주먹을 쥐었다. 그리고 네 번 중에 가장 긴 네 번째 소리를 질렀다.

...

"그럼 아직 하시는 일이 없는 거네요?"

"네, 그렇네요."

채은이 대답했다.

"좋아하는 것은요?"

"너무 광범위한데요?"

"아니. 그냥… 무엇이든요."

채은은 찻잔을 돌리며 생각을 했다.

"솔직히요?"

"그럼요. 거짓말하려고요? 하하."

"노래, 하늘, 자유, 자연, 지구요."

"환경에 관심이 있나 봐요."

"아니요. 그건 또 아닌데. 근데 우리 동갑이라면서요?"

채은의 성격에는 벽이 없었다. 1급수 물이다. 처음 대화를 섞어보는 사람에게는 계산해서 말할 법도 한데. 채은은 투명 그 자체였다. 예의가 없는 듯하기도 했지만, 강훈에게 채은은 이미 필연적인 존재였다. 없어서는 안 되는 사람이다.

채은이 말을 이어나갔다.

"너는 어떤 가사를 써?"

"지금은 안 써. 아까 말했듯이. 다 지워버렸어."

"아예? 왜?"

잠시 생각하다가 말했다.

"감정이 부족해."

채은은 조금 식은 차를 한 번에 들이키고는 자리에서 일어났다. 점점 멀어지는 채은을 멍하니 바라보다가 정신을 차리고 자리에서 일어났다.

강훈과 채은은 집 근처에 있는 공원에 도착했다. 강훈은 채은을 자기 생각이 짙고, 즉흥적인 사람이라고 생각했다. 마음에 들지 않는 것은 아니다. 그냥 그런 생각이 들었다.

공원에는 역시 매미 울음소리, 귀뚜라미 소리가 날아다니는 공기와 저녁을 먹고 산책을 나온 사람들이 천천히 걸으며 자리를 지키고 있었다. 갑자기 식은 차를 들이켜고 나간 채은을 따라온 강훈도 거기에 있었다.

조금 어두워진 공원은 옆 사람의 목소리와 걸으며 그 목소리에만 집중하기 딱 좋은 곳이었다. 말없이 채은의 이런저런 이야기를 듣다가 그만 얼굴이 벌게졌다. 채은이 강훈의 어깨를 '탁' 치고 웃으며 말했다.

"안 그래? 우리는 모두 자연에서 온 사람들이야. 생물이지. 지금의 사람들은 사람들의 세상에 적응을 해버렸지만, 몸과 마음은 본능적으로 알아. 난 그런 것 같아. 지금 공원에 나온 사람들을 봐. 공원이 정글은 되지 못하지만, 대자연이 아니지만, 간접적으로라도 느끼고 싶은 거야. 자연의 힘이야."

노래를 부르던 날들이나, 우리가 처음 만난 날이나, 현관문 앞에 서 있던 채은과는 또 다른 사람이었다. 강훈이 금세 편해졌는지 이야기보따리가 터졌다. 좋았다.

"맞아. 나도 그렇게 생각해."

"왜 웃어?"

"응?"

나도 모르게 웃고 있었다.

"아니… 신기해서. 터미널에서 만났고, 알고 보니까 바로 앞집에 살았고. 생각도 비슷하고. 신기하고 재미있어서."

"응. 나도 재미있어. 너는 꿈이 뭔데?"

"나… 그러게. 꿈이라고 할 건 딱히 없는데."

"그럼 그 비슷한 거는? 원하는 게 뭐야? 왜 죽지 않고 살아가?"

"과거에서 살아보기, 하늘 날기, 돈 걱정 안 하기… 동생의 행복을 보장하기… 지금은 이 정도야. 기억이 나면 또 말해줄게."

"좋아."

"그런데 너. 터미널에서 왜 그렇게 급했어?"

채은을 보았다. 무슨 말을 하려다가 강훈의 말을 듣고는 눈썹을 움직였다.

"내가 미안해서 말 섞으려고 하니까, 그냥 갔잖아?"

"정말 미안해서 그런 거야?"

대답하지 않았다. 당황했기 때문이다.

"크크. 장난이야. 음. 무서워서."

"뭐가 무서워?"

"세상이 무서워. 난. 사람도 무서워."

"왜?"

"그러게. 합당한 이유가 꼭 필요한가?"

"필요 없지."

"그냥 느낌이, 고통으로 가득 찼어. 그게 다 보여. 이 세상이."

"원래도 보였어?"

"지금은 덜해."

채은이 미소 지으며 대답했다.

"현관문에서도 내가 무서웠어?"

"그건, 누구나 무서울걸? 특히 너처럼 키가 크고 험악하다면."

"하하하."

강훈은 채은을 보았다. 말장난을 할 수 있는 기회라고 생각했다. 채은의 표정은 어두웠다. 자세히 물어볼 수도 있었지만, 그만 입을 닫았다.

우리 집 문 앞에 서자 채은이 말했다. 정적을 깨는 채은의 목소리가 들려 기뻤다.

"뭐 해?"

"뭐가?"

"술도 한잔해야지. 내가 대접할게."

채은은 자신의 집 문을 열고 강훈에게 들어오라는 손짓을 했다. 채은의 가슴 너머로 집 안이 보였다. 메두사의 머리를 닮은 식물이 늘어져 있었다. 땋아진 각각의 머릿줄 끝에는 분홍색 꽃이 피어 있었다. 다섯 번째 소리를 지를 것 같았다.

...

술이 달다. 둘 다 오늘은 많이 마시지 않기로 했다. 하지만 강훈의 눈 상태와 채은의 상태를 보니 그 말은 간단히 무시가 된 것 같다.

강훈은 세상과 사람이 무서운 이유를 물어보았다. 채은은 한참 동안 생각에 잠겨 대화를 잇지 않았다.

"미안. 말 안 해도 돼."

"사실 무섭다기보다는… 갇혀 있어."

"그래. 나도 말하지 않은 게 있어. 난 작사가가 되고 싶지만, 지금은 공사판에서 일해."

"응. 괜찮아."

"응… 갇혀 있다니?"

"내일 죽을 거야."

"…"

"헤헤. 놀라지 마. 나는 항상 내일은 죽자. 그래 죽자. 그런 마음으로 살려고 해. 뭐랄까. 구속받지 않게 돼. 우리네 세상은 심각하도록 어딘가에 갇혀 있거든. 매일을 같은 틀에서 살아야 하는 생을 가볍게 놓아주는 거야. 물론 내가 나를 진짜로 죽이는 일은 없을 거야."

"음."

채은은 머리카락을 귀 뒤로 넘긴다.

"우주, 은하단, 은하, 별, 행성, 지구, 나무. 그들과 같은 생물들. 다 자신만의 완성체를 가지고 살아가."

"인간만이 예외라는 거지?"

나는 채은의 말을 끊었다. 채은은 확실한 틀에 갇혀 있었다. 말을 이었다.

"하지만 인간은 감정이라는 것이 있어서, 또 수많은 이유로 절대로 완전할 수 없어. 내가 쓰던 가사에도 그런 내용이 있어. 자기가 필요한 것이 있으면 다른 나라 사람이나 자신의 가족을 종으로 사용하기로 하는 판단과 같이. 완전할 수 없어."

"말은 끝까지 들어야지. 나의 요점은 그게 아니었거든."
"뭐? 뭔데?"
부끄러웠다.

"우주."

.

"은하단."

.

"은하."

.

"별."

.

"행성."

.

"지구."

.

"나무."

채은은 천천히 단어들을 나열했다. 한 단어를 이야기하고, 다음 단어를 이야기할 때까지의 시간은 5초 정도가 걸렸다.
"나는 요약하지 않기를 원해. 나는 네가, 이 단어들을 있는 그대로 느끼기를 원해."
"…"
"나도 알아. 벗어날 수 없어. 한마디로 요약할 수도 있어. 하지만 그렇게만 할 수는 없어."

"…"

"우주."

.

"은하단."

.

"은하."

.

"별."

.

"행성."

.

"지구."

.

"나무"

"…"

"느꼈어?"

"응."

"다 괜찮을 거야."

"그럴까?"

"응. 괜찮게 만드는 건 너잖아. 이 텅 빈 곳에서 만들어지는 것은, 너의 마음이 전부야. 나도 그렇고."

···

　가족을 생각하니 우리 마을이 보였고, 그 속에도 들어갈 수 있었다.
　죽음을 생각하니 온 세상이 검게 변했고, 저 높은 하늘에 떠 있는 별들만이 보였다.
　이 요상한 하늘의 세상에 대하여, 한 가지는 발견했다. 이곳은 나의 마음이 바뀔 때마다 모습을 변화한다. 동물의 감각은 완벽히 익혔으면서. 그런 변화를 보지도, 느끼지도 못했다니.
　기남은 어제의 경험을 떠올렸다.
　아빠의 얼굴을 떠올리니 다시 기남의 마을이 보였다. 역시 맞았다. 그 보여지는 세상이 정말로 현실의 세상인지, 자신의 씨앗이 잘못된 곳에서 자랐던 것인지는 모르겠다. 마치 꿈과 같다.
　'하지만 지금 보는 것은 지금 내가 보고자 하는 것이다.'
　기남은 집을 생각한 뒤, 그 세상 속으로 들어갔다. 집에 다다르자 엄마와 아빠를 보기 위해서 창문에 앉았다. 커튼이 닫혀 있었다. 이 층으로 날아가서 동생의 방으로 날았다. 동생은 자고 있었다. 기남의 예상대로 자신의 방은 비어 있었다.
　지붕으로 올라갔다. 생각을 했다. 어떻게 사람으로 돌아갈까. 사람으로 돌아간 사람은 없다는데. 이대로 계속되면 우리 가족은 어떻게 되는 건가.
　"사람이 되고 싶어?"
　아래를 내려다보았다. 이사 왔을 때 만났던 그 똥개였다. 나에게 말을 한다.
　"또 보네? 왜 그런 모습을 했어. 사람은 사람다워야지."

나는 왜 개의 말을 알아듣고 있는 것인가. 똥개는 눈빛으로 기남에게 메시지를 전했다. 느낄 수 있다. 무슨, 어떤 말을 하려는 것인지 다 알아들을 수 있는 느낌이었다.

"아니, 그런 것보다는 일단 생각할 시간이 필요해."

기남이 말했다.

"나는 서울에서 개로 변했어. 한 달 전부터 길을 걸으며 여기까지 여행을 했어."

"사람이에요?"

"응."

"그럼… 잠시만요."

"머릿속이 복잡하지? 새가 되고 싶었던 사람은 새가, 개가 되고 싶었던 사람은 개가 돼."

"그 말은…"

"이 세상이 마음에 드나요?"

"아니요. 사람이 되고 싶어요."

"당장 돌아갈 수 있다고 말하면 돌아갈 수 있는 건가요?"

"…"

"당신은 시간이 필요할 거예요. 저처럼."

"…"

"제 여자 친구가 죽었어요. 그래서 개가 되고 싶었어요. 방법을 최대한 빨리 찾으세요. 나의 망설임이. 그 한순간들이 여자 친구를 죽게 했거든요. 당신처럼 새가 되었다가 돌아온 사람인데."

"돌아온 사람이 있어요?"

기남이 놀라 물었다.

"하늘에 있는 사람들은 없다고 그랬어요."

"무경험자들이 뭘 알겠어요? 기남 씨처럼 시도도 안 하는데."

"…"

"제 여자 친구는 몇 시간 만에 사람으로 돌아왔어요. 여자 친구와 이야기를 나눈 새도 없죠. 사람도 없고. 언론도 모르는 거죠. 걔는 혼자 갔다, 혼자 왔어요."

"…"

"…제가 저녁에 말을 걸고 싶어서 따라가는 길에 새가 되었다가 새벽에 사람으로 돌아왔죠. 너무 보고 싶어요."

"돌아갈 수 있는 방법이 있군요."

"채은이가 말해줬어요. 필요하세요?"

"뭔데요."

...

그 자체에 의미는 없다. 그저 무중력 속에서 중력을 가지며 둥둥 떠다니는 것이다. 공간과 작용의 현실만이 있다. 다시 한번 둥둥 떠다닌다. 그럴 뿐이다.

기남은 구름 위로 올라왔다. 모든 것을 포기하기로 했다. 그러기로 했다. 구름 위에서 보는 세상, 아름답다.

저 아래에서 움직이는 상상 속의 세상. 꿈틀거린다. 언제든지 갈 수 있다. 하지만 희미하다. 뿌옇다. 닿아봤자 나는 그곳에서, 창조하지 못한다.

기남은 4일간 구름에 누워서 아무것도 하지 않았다. 먹을 필요도 없었다. 모든 것이 꿈같으니까. 생각도 하지 않았다. 멍하니 눈앞을 떠다니는 구름의 입자를 보았다. 다른 새들과는 최대한 멀어졌다. 다른 새들이 보이지 않는 곳까지 날아갔다. 힘이 닿는 만큼.

구름을 벗어나면 상상이다.

할아버지를 보고 싶으면 보면 될 것이고, 죽은 친구를 보고 싶으면 친구를 만나면 된다. 하지만 그런 세상은 진짜가 아니다. 나는 무엇이 더 좋은가? 꿈의 세상? 아니면 할아버지가 사용하던 아빠의 베개에 코를 박고 할아버지의 꿈을 이어가고 싶은가?

4일간 잤더니 머리가 아팠다. 저 앞을 보니 구름의 가장자리가 보였다. 걸어간다. 아래를 보았다. 기남의 마을이 보였다. 그대로 점프했다. 강한 바람이 기남의 얼굴로 날아와 강타한다. 날갯짓은 하지 않는다. 그럴 필요를 느끼지 못한다.

사람은, 돌을 넘어 떨어지는 시냇물이다. 상승하다가 결국에는, 지금의 나와 같이. 떨어지기 마련이다.

...

눈앞이 하얗다. 아무것도 보이지 않았다. 눈을 부릅떴다. 마을을 서성거리는 강아지가 기남의 집 마당으로 들어온다. 새 한 마리가 누워 있었다. 음.

강아지는 기남을 물고 총총 걸어간다. 현관 앞에서 기남을 떨어뜨린다. 강아지는 숲으로 돌아갔다.

뭔가가 몸을 때리는 느낌이 들어 눈을 떴다. 바닥이 볼에 붙어 있었다. 떨어졌다. 우리 집의 현관이 보인다. 누군가가 문을 열었다.

엄마다.

엄마의 눈이 퉁퉁 부었다. 많이 울었나 보다.

아빠가 엄마를 따라 나온다. 아빠 역시 많이 울었다. 동생이 걸어 나온다. 기남의 영정 사진을 들고 있었다.

'안 돼.'

안 된다. 안 된다고 생각했다. 누워 있던 자리에서 발버둥을 쳤다.

"안 돼!"

강아지가 다시 마당으로 들어왔다. 장례식장의 사람들이 강아지를 돌려보내려 했지만 소용없었다. 강아지는 달리기 시작했다. 기남을 물고 달아난다.

"안 돼!"

"알아요. 그러니까, 몸에서 힘을 빼요. 힘드네. 마지막까지 당신에게 가장 소중한 것을 생각해요. 가장 소중한 것. 그것을 버리면서까지 버릴 수 없는 것. 당신을 이렇게 보낼 수는 없어."

강훈은 낭떠러지의 끝에 다다르자 기남을 아래로 던졌다.

'언제까지 생각만 할 거야? 너의 사람들이 있잖아. 네가 있잖아. 일어나.'

강훈의 눈이 말했다.

기남은 풀숲으로 떨어진다. 나뭇잎이 기남의 몸을 감싸는 순간, 바람이 아래에서 불기 시작했다.

눈을 떴다. 어질거리는 것 같기도 하다.

지난 기억이 떠올랐다. 영정 사진.

온몸에 소름이 쫙 끼쳤다. 바로 구름의 가장자리로 달려갔다. 지상이 보이자 날개를 펼쳤다.

하지만, 왠지 다시 접고 싶었다.

기남은 다시 마당에 떨어졌다. 강훈이 쪼르르 달려와 기남을 현관 앞에다가 두었다.

현관문이 열린다. 교복을 입은 기남이 나온다. 얼굴이 어둡다.

동생이 기남의 뒤를 따른다. 많이 울었다. 엄마가 나온다. 엄마는 한 손으로 아빠의 영정 사진을 들었고, 다른 손으로는 눈물을 닦았다.

"싫어!!!!!!!!!"

기남이 자리에서 발버둥 친다. 사람들은 웬 새가 다쳐서 짹짹거린다고 생각했다. 강훈이 능숙하게 달려와 기남을 물었다. 또다시 숲으로 들어가 산을 올랐다. 어느 바위 끝에 선 강훈은 숨을 가다듬는다.

기남을 아래로 던진다.

눈을 떴다. 구름의 끝으로 달려간다. 엄마의 요리가 먹고 싶다. 할아버지의 사진을 보며 그리워하고 싶다. 그들이 썼던 베개에 코를 박고 실제로 울고 싶다. 재화의 필통을 죽을 때까지 사용할 것이다. 동생과는 더 친해지고 싶다. 아빠를 안아주고, 엄마를 안아주고 싶다. 그럴 것이다.

발이 구름의 끝에서 떨어졌다. 바람이 강타한다. 저 멀리 산맥이 늘어나 있다. 선명하다. 기남의 마을이 점점 가까워진다. 저 멀리 숲에서 강훈이 달리고 있었다.

하늘에서 자유낙하 하며 집을 보았다. 자신의 방은 비었고, 일 층의 부모님 방은 커튼이 없었다.

　기남은 날개를 펼쳤다. 바람을 타고 방향을 틀어 일 층의 안방 창문으로 돌진했다.

···

　와장창!
　커다란 매 한 마리가 유리를 박살 내고 집으로 들어왔다. 엄마와 아빠는 놀라서 소리를 질렀다.
　"엄마! 아빠! 나 기남이예요. 함부로 없어져서 미안해요. 이제 떠나지 않을게요. 그러려고 그런 것이 아니에요! 새가 되고 싶다는 생각도 하지 않을게요."
　매는 시끄럽게 울어댔다. 꽂혀 있던 골프채로 매를 내리쳤다. 매는 몇 대 얻어맞고 그 자리에서 날개를 퍼덕거렸다.
　기남은 바닥에서 가족들을 보았다. 다들 겁에 질린 눈으로 기남을 보았다. 그 가운데서 기남은 매가 들어왔음에도 상관하지 않고 TV를 보고 있었다.

···

　엄마가 쓰러지고 4시간이 지났다. 기남이 뒷마당에 던져진 지 3시간. 기남은 눈을 감았다. 그리고 떠올렸다.
　사람으로 돌아간다면. 내가 만들 수 있는 것은 무엇이 있을까. 강훈이 터덜터덜 다가왔다. 피 냄새를 따라가니 겨우 기남이 보였다.
　"눈을 감고 있네요. 그럼 이제야 준비가 됐군."

강훈은 기남을 물고 산꼭대기로 올랐다. 냄새가 역했는지 자주 기남을 내려놓고 헛구역질을 했다.

산 정상에서 기남을 절벽 아래로 던진다. 바람이 아래에서 불었다.

'깨어나. 심장을 뚫어버리는 의미를 창조해.'

강훈의 눈이 말했다.

눈을 뜨자마자 구름을 쪼았다. 저기까지 달려갈 여유가 없다. 구름에 점차 구멍이 생기기 시작하자, 구멍으로 빨려 들어간다. 기남이 마침내 구멍으로 빠지자 구름이 전체가 뻥, 하고 터졌다. 거대한 뭉게구름에 앉아 있던 새들은 전부 난리가 났다. 대부분의 새들은 자다가 그대로 추락했고, 몇몇 새들은 날개를 펼쳐 하늘로 날아올랐다.

"우리가 가야 하는 곳은 하늘이 아니라고!"

할아버지, 엄마, 아빠, 윤정아. 나는 소중한 것이 있어. 이 모든 것이 터져버려도. 내가 죽어버려도 닿고 싶은 것이 있어. 나는 만들 수 있어. 죽지 않을 거야. 돌아갈 거야. 바보.

눈을 뜨지 않았다. 사는 이유를 모르지만 살아간다. 그 사실이 삶과 발버둥의 시작이다. 몰라서 발버둥 치고 있다면, 아주 잘하는 것이다. 나의 눈에 비추어진다. 나의 다른 것이 사라져도. 나는 여기에 있다. 심장이 뛴다. 지나간 것은 그대로 그곳에 심장박동 소리를 울리며 그곳에 존재한다. 그렇게 흘러간 강에서 익사하는 나. 그런 나를 누가 원할까. 나조차 원하지 않는다. 나는 살아갈 것이다. 악착같이 2100년을 보고 말 것이다.

그들의 놀이에는 각자의 재미와 즐거움이 있었다. 잊었더라도 분명히 있었다. 익사하는 나를, 할아버지는 원치 않으신다. 나는 나를 생각할 것이다.

성공하면 사는 것.

실패하면 진심인 것.

"젊은이."

기남은 눈을 뜨지 않았다. 누군가가 구름을 터뜨린 대가로 복수를 하러 온 것이다. 누가 와서 다리를 쪼든, 뇌를 파먹든. 상관없다. 나는 아래로 내려간다.

"자네는 스스로도 길을 찾았구먼. 내가 편하게 갈 수 있겠어."

허리에 흰 깃털이 있었다. 민희를 구한 할아버지다. 틀림없다. 민희의 묘사대로 생긴 새다. 대답을 하기는 싫었다.

"그렇다면. 이 할애비는 다른 사람을 도울 것이야. 네가 저지른 짓을 수습할 사람은 있어야지. 아무리 옳은 일이라도. 민희라는 친구가 있어. 너보다 나이가 많고, 고민도 많지. 기억해라. 사람은 시간이 지날수록 괴로워하게 돼 있고, 모순이 되기도 한다. 그건 잘 하고 있는 것이다. 나 때문에 쓸쓸함에 갇히지 말고 기남이의 삶을 기억해라. 기억할 만한 기억을 만들어라. 길에서 만난 민희도, 사랑하는 나의 손자 기남이도. 벌써부터 그렇게 고민이 많으면 안 되는 나이야."

"뭐?"

할아버지는 기남의 주변을 빙글빙글 돌며 추락하고 있었다. 민희가 그랬다. 삶을 다 살아서 이 세상에 머무는 새들은 하늘에만 머물러야 한다고. 이 할아버지가 알려준 이야기다. 할아버지의 날갯짓이 점점 급해졌다.

"오늘 너는 눈을 감았고, 곧 눈을 뜰 것이야. 시간은 그렇게 나아간다. 무엇을 만들지는 생각했나? 이렇게 많은 사람들이 새가 되기를 바라는 세상이라도, 바라기만 하며 애늙은이가 될 것이냐? 그것도 좋다. 하지만, 힘들잖아."

할아버지의 웃음소리가 하늘에 퍼졌다. 우리 할아버지다. 목소리가 나오지 않았다. 난 더는 새가 아닌 것인가.

"나 때문에 힘든 삶을 살려거든, 차라리 나를 마음에서 버려라. 나의 손자가 그렇게 사는 것을 원하지 않아. 너의 시간을 만들고, 남기고, 기억하기를 바란다."

…

종례 시간을 알리는 종에 쳤다. 오늘이 어떻게 지나간 것인지 모르겠다. 종일 멍해 있었다.

"잘 가. 기남아."

오전부터 계속 기남을 쳐다보았던 아이가 인사를 건넸다. 전학 첫날부터 친구가 생긴 것 같다.

"어, 잘 가."

버스를 타고 가다가 아침에 엄마가 일러준 정류장이 보이자 벨을 눌렀다. 언덕을 올라 집으로 향했다.

마당에 들어서자 엄마와 아빠가 마당에서 일을 하고 있었다. 엄마는 물을 뿌리고, 아빠는 텃밭 가장자리에 나무를 세우고 있었다.

"왔니?"

부모님을 보자마자 눈물이 쏟아졌다. 가방을 벗고 달려갔다. 땅에 각목을 세우던 아빠에게 안겼다. 아빠와 기남이 넘어지면서 각목이 기울어졌다.

"왜 이래? 첫날부터 마음에 안 들어?"

아빠가 당황해서 말했다. 자신의 품에 파고드는 기남의 얼굴을 보았다. 뺨을 데우는 눈물이 흐르고 있었다.

"쉿."

엄마가 아빠에게 눈치를 보낸다. 기남이 태어나고 이렇게 운 적이 있나 싶었다. 하얀 교복은 이미 흙투성이가 되었다.

윤정이 참외를 가지고 나온다. 직접 깎았나 보다. 윤정은 오빠를 보고 흠칫했다. 일단은 걸어간다.

"참외 먹어요…"

윤정이 말했다.

기남은 자리에서 일어나 참외를 집어서 윤정의 입으로 가져갔다. 참외에 흙이 다 묻었다. 엄마가 웃으며 참외를 가져가자 기남은 윤정을 안고 울기 시작했다. 참외의 끈적거리는 단물이 묻은 손으로 윤정의 얼굴을 잡았다. 다리가 간지러워서 뒤를 돌아보았다. 강훈이다. 기남은 강훈의 머리를 쓰다듬었다.

"할아버지 좋은 곳으로 갔어요."

...

오늘 꼭 그곳으로 돌아가야 한다. 해야 하는 일이 남아 있다. 정신을 차리니 엄마가 과일을 들고 올라오고 있었다. 돌아오는 시간은 그리 길지 않다. 그 세상으로 가는 방법이 뭐지?

새가 되고 싶다고 아무리 진심으로 생각해도 쉽지가 않았다. 그렇다면, 어떡하지? 자살 시도? 첫날 학교에서 돌아오고, 내가 어떻게 했더라? 왜 새가 됐더라?

그 세상의 사람들을 위해서 꼭 해야 하는 일이 남았다.
오늘 밤에는 성공하겠다.

...

택일과 부모님이 거실에 나란히 앉아 뉴스를 본다. 뉴스는 특히 택일의 가족이 놀랄만한 내용을 전달했다.

며칠 전, 이번 달 열다섯 번째 행방불명자의 기본 정보를 공개했다. 그 상자 안에는 기남이 웃으며 택일의 가족을 보고 있었다. 기남과 그렇게 친한 사이는 아니었지만, 자신이 아는 누군가가 무언가를 당했다는 이야기를 보니 소스라치게 놀랐다.

오늘 뉴스의 내용은 더욱, 택일의 팔에 닭살이 돋도록 만들었다. 첫 번째로 발견된 행방불명자가 있다는 것이다. 기남이었다. 육체적으로 피로한 상태였지만 인터뷰는 가능했다. 기남도 본인의 의지가 있어 보였다. 병원 침대에 누워 있는 기남이 모습이 화면에 들어왔다.

"선생님. 몸이 좀 괜찮으신가요?"
"네, 괜찮습니다."
"선생님은 가장 늦게 사라졌음에도 불구하고 첫 번째로 발견이 되셨습니다. 그런데… 계셨던 장소가 본인 집의 뒤뜰이라고. 9일 동안…"

"…네. 정신을 차리니."

"하루 동안, 무슨 일이 있었던 것인지. 설명을 부탁드려도 될까요."

"갑자기 정신이 혼미해지더니 그대로 쓰러진 것 같아요. 이사를 갔을 때 만난 강아지가 제 볼을 핥아준 덕분에 정신이 들었어요. 풀숲에 파묻혀 있더라고요. 제 몸은 모기들이 뜯어서 너무나 간지러웠고. 숨을 쉬기가 어려웠어요. 눈물이 흐르고 있었어요. 동생이 너무 보고 싶어서 알몸 그대로 뛰어 들어갔어요. 가족을 모두 안았어요. 어머니는 또 쓰러지신 상태였어요. 제가 매의 형태로 집에 들어갔을 때도 쓰러져 계셨는데…"

"매의 형태…요?"

"전 지금 여기에 있습니다."

기남의 눈은 편안해 보였다. 기자의 고집 있는 질문에도. 어디를 갔냐. 누가 이런 짓을 하느냐. 기남은 그런 사람은 없다고 했다. 다 자기 자신이고, 주변 사람들이라고 했다. 무엇을 숨기고 있는 거야? 기남아. 말해.

"우리의 시간은 우리의 심장에 달려 있습니다. 심장 속에는 씨앗이 있습니다. 씨앗을 잃어버리면 안 돼요. 내가 사랑했던 사람이 죽어도. 제일 친한 친구가 죽어도. 어쩔 수 없습니다. 발버둥 치세요. 발버둥 쳐주세요!!!! 제발요!! 그건 잘하는 겁니다!! 주변에 이야기를 하세요. 잘 들어주세요!!!! 부디, 제발 씨앗을 썩게 만들지 말아 주세요. 머리를 벽에 박아서 터뜨리고 싶을 정도로 슬프고,

의심스러워도. 우리는 여기에 남아 있다는 말입니다! 그냥 듣지 말아 주세요. 귀 기울여 들어주세요!!!!!!!!!! 우리 모두 사랑-"

기자는 인터뷰가 불가능하다고 판단해 마이크를 거두었다. 동문서답을 하기 때문이다. 아마도 어려서 그럴 것이다. 말로 침착하게 표현할 줄 모르는 것이다. 부모는 누구란 것인가? 아이를 동등하게 봐주는 것이 아닌 압박을 주기 때문이다. 아래로 찍어 누르기 때문이다. 불쌍하다. 아이도 사람인데.

택일은 소설책을 마저 읽으며 기남의 얼굴을 조금씩 보았다. 무서웠다.

소설의 주인공은 결국, 자살로 죽었다. 기남의 목소리가 더 이상 들리지 않았다. 계속해서 화면에 나오는 기남을 보았다. 화면이 넘어갈 듯하면서도 기남의 얼굴을 계속해서 보여주었다.

모기와 풀독으로 퉁퉁 부은 얼굴. 손. 다른 화면으로 넘어가기 직전, 기남은 손을 모아 입에 가져다 댔다. 그러고는 자신의 손에 키스했다.

이유 없이 저럴 수는 없다. 비눗방울이 터지는 데에도 이유가 있다. 기남의 말을 알아들을 수는 없었지만. 분명히 뭔가가 있다. 누가 도대체 사람들을 납치하는 것인가. 기남은 분명히 큰 충격을 받은 것이다. 최소한 그렇게 믿고 싶었다. 이유가 있는 것이 아니라면, 기남은 미친 것이 맞기 때문이다.

소설에 대한 감상을 쓰러 방으로 들어간다.

"택일아!"

"네?"

"빨리 와서 뉴스 봐봐!"

엄마의 목소리에 다시 거실로 나갔다. 열네 번째로 사라진 이만덕이 나오고 있었다. 그는 어머니, 아버지. 그 말을 반복했다.

"저 위에. 하늘에는 다른 세상이 있어요. 구름 위로 가면 새들이 잔뜩 앉아 있고, 그들은 모두 사람입니다. 그곳은 생각하는 장소입니다. 나는 거기를 다녀왔습니다. 사라진 사람들은 모두 거기에서 오는 길입니다. 성공한 사람도 있을 것이고, 죽은 사람도 있을 겁니다. 성공의 길은 자신입니다. 실패한 사람들은 아직도 헤매고 있을 겁니다. 제발 도와주세요. 비행기를 띄워주세요."

만덕에게 마이크를 댄 기자들과 촬영을 하는 아저씨들은 전부 만덕을 안쓰럽게 바라보았다. 만덕은 계속해서 하늘나라 이야기를 했고, 새 이야기를 했다. 기남이보다 더한 것 같다. 아저씨잖아. 언어는 더 발달했을 텐데. 이건, 정신이 나갔다고 볼 수밖에 없다.

실제로 몇 시간 전. 갑작스럽게 나타난 새떼들의 영상이 텔레비전에서 나오기는 했다. 그 영상을 본 모두는 만덕의 말에 흠칫거렸지만, 끝내 질문을 멈추었다.

...

눈을 뜨니, 행방불명된 사람들이 연이어 발견되고 있다는 소식이 속보로 올라왔다. 사망자도 있었다. 마음이 아렸다.

씨앗이 떨어
지는 곳

초판 1쇄 발행 2025. 4. 25.

지은이 김태우
펴낸이 김병호
펴낸곳 주식회사 바른북스

편집진행 황금주
디자인 김민지

등록 2019년 4월 3일 제2019-000040호
주소 서울시 성동구 연무장5길 9-16, 301호 (성수동2가, 블루스톤타워)
대표전화 070-7857-9719 | **경영지원** 02-3409-9719 | **팩스** 070-7610-9820

•바른북스는 여러분의 다양한 아이디어와 원고 투고를 설레는 마음으로 기다리고 있습니다.

이메일 barunbooks21@naver.com | **원고투고** barunbooks21@naver.com
홈페이지 www.barunbooks.com | **공식 블로그** blog.naver.com/barunbooks7
공식 포스트 post.naver.com/barunbooks7 | **페이스북** facebook.com/barunbooks7

ⓒ 김태우, 2025
ISBN 979-11-7263-340-0 03810

•파본이나 잘못된 책은 구입하신 곳에서 교환해드립니다.
•이 책은 저작권법에 따라 보호를 받는 저작물이므로 무단전재 및 복제를 금지하며,
이 책 내용의 전부 및 일부를 이용하려면 반드시 저작권자와 도서출판 바른북스의 서면동의를 받아야 합니다.